SV

Band 629 der Bibliothek Suhrkamp

Louis Aragon
Libertinage, die Ausschweifung

Suhrkamp Verlag

Originaltitel *Le Libertinage*
Aus dem Französischen von Lydia Babilas

Erste Auflage 1979

Lizenzausgabe mit Genehmigung des Econ Verlags

Druck: Nomos Verlagsgesellschaft, Baden-Baden
Printed in Germany

Inhalt

Für Pierre Drieu La Rochelle

Aber ich,
der ich nicht von dieser Welt bin . . .
ALFRED DE MUSSET

Vorwort

... Mein Wille zum Roman stand in genauem Gegensatz zu jener Verschwörung bei hellichtem Tage, die mit Dada Gestalt annahm und sich im Surrealismus fortsetzte und die sich gegen die Kunst, den Roman usw. richtete. Man ließ mir diese verdächtige Tätigkeit nur sehr ungern durchgehen, und vielleicht war ich sogar der einzige unter den Verschwörern, dem man sie, zumindest anfangs, überhaupt durchgehen ließ ...[1] Wenn mich in jener Periode, die vom Zerbrechen Dadas bis zur Bildung der surrealistischen Gruppe geht, meine Freunde buchstäblich verjagt hätten, wenn ich auf dem Gebiet des Romans rückfällig geworden wäre, so waren sie mir gegenüber doch noch so nachsichtig, zu tolerieren, daß ich kleine Geschichten, Erzählungen, Novellen, Dialogszenen schrieb, die ich 1923 (mit dem Druckabschlußvermerk »erstes Quartal 1924«) unter dem zweideutigen Titel *Le Libertinage* sammelte, ein Wort, das ich immer nur im Sinne der *Libertins* des 17. Jahrhunderts verstand, das heißt der Freidenker, deren Inbegriff Théophile de Viau ist ...[2]

Welch göttliche Seele! mit dem Datum 1903-1904 diente als

1 Anspielung auf *Anicet oder das Panorama, Roman,* Paris 1921, dt. Übersetzung im Verlag Werner Gebühr, Stuttgart 1972 (A. d. Ü.).

2 Man wird es vielleicht merkwürdig finden, daß ich die Widmung dieses Buches beibehalten habe, die einem Manne gilt, dessen späteres Verhalten hätte rechtfertigen können, daß ich diese Seite des Buches zerreiße. Dazu kann ich mich nicht entschließen: derjenige, dessen Namen ich damals *Le Libertinage* voranstellte, war mein Freund; ich akzeptiere es nicht, daß der Faschist, der er später geworden ist, mir heute das Gesicht unserer Jugend auslöscht. (Aragon, 1964)

eine Art rhetorischer Regenschirm. Den eigentlichen Anfang von *Le Libertinage* bildet *Das Fräulein mit den Prinzipien*, das ich noch im Militärlazarett Val-de-Grâce, vor der Abfahrt zur Front, begonnen hatte und das von Paul Budry in *Les Écrits nouveaux* (August 1918) veröffentlicht wurde. Jenes Fräulein war mein erster erwachsener Schritt in die Fiktion gewesen: das Dandytum, das sich in der Gestalt des Denis ausdrückt, steckte sicherlich nicht mehr in den Kinderschuhen. Man kann jedoch am *Ton* von *Anicet*, im zweiten Kapitel, sehen, was aus diesem Dandytum werden sollte. Aber vielleicht muß man seine Wurzel suchen, um sein Fortschreiten zu verstehen: wo könnte man sie besser finden als in diesem bis heute unveröffentlichten Text aus der Zeit, bevor man mich publizierte, nach dessen Lektüre Apollinaire in den ersten Herbsttagen 1917 mich bat, für *Sic* den Artikel über die Aufführung seiner *Mamelles de Tirésias* zu schreiben (das war das erste, was man von mir druckte). Zur Zeit von *Alcide oder Von der Ästhetik des Geschmacklosen*, wie das hieß, dachte ich noch nicht daran, mit meinem Namen zu signieren, es trug daher das Pseudonym *Piere Cèpe*. Die Beziehungen zwischen Alcide und dem »gut erzogenen Mädchen« bereiten offenbar jene zwischen Céline und Denis in *Das Fräulein mit den Prinzipien* vor, aber in *Alcide* . . . steht das System im Vordergrund, das heißt es ist ein Essay, der fiktiven Gestalten in den Mund gelegt wird. Während in *Das Fräulein* . . . das System nur noch ein Mittel der Dramaturgie ist. Hier der Text:

ALCIDE
oder VON DER ÄSTHETIK DES GESCHMACKLOSEN

Der große Kunstkritiker, der noch keine zwanzig Jahre

alt war, betrachtete mit mitleidsvoller Miene das dumme, gut erzogene Mädchen, das ihn begleitete:
»Teure«, sagte er mit einem stark fremdländischen Akzent, »das Schöne ist ebensowenig das Falsche wie das Wahre: das Schöne ist das Unerwartete.« Ein Blick auf das Kaufhaus Samaritaine, das vor ihm sein Türmchen in der Rue des Prêtres erhob, regte ihn an, sich auszusprechen:
»Jeder ästhetischen Emotion liegt das Unerwartete zugrunde. Nur weil alle Frauen anders sind als sie, erscheint uns die Venus von Milo als schön; dabei ist sie keineswegs vollkommen, haben wir sie doch zu oft gesehen, so daß sie uns eigentlich nicht mehr überrascht; sie ist für uns gerade noch ein passendes Aushängeschild für ein Bandagengeschäft. Allzu lange hat man die Ästhetik auf die Untersuchung der Proportionen und Verhältnisse reduziert. Wir haben die Gleichungen satt, die wir zu lösen verstehen; wenn man uns gefallen will, muß man uns überraschen.« Das Mädchen flüsterte verständnisvoll den Namen Edgar Allan Poe. »Teure Seele«, sagte Alcide (was bei ihm heftige Gereiztheit bedeutete), »das Sonderbare kennen wir nur allzu gut, überlassen wir das dem Grand Guignol. Wenn es unsere Zustimmung finden soll, muß das Unerwartete adäquat sein. Die Samaritaine ist so recht das Beispiel der modernen Schönheit: in wunderbar harmonischem Einklang mit dem Stadtviertel, das sie schmückt, ist sie genau ihren Funktionen angepaßt. Bevor der Architekt auf den Gedanken kam, ein Kunstwerk zu machen, baute er ein solides Gerüst aus kräftigen Eisenträgern, die sich rechtwinkelig schneiden. Aber was den Reiz der Samaritaine ausmacht, ist das Geschmacklose der Dekoration (das Wort ist nicht pejorativ gemeint); sie ist nicht der Tempel der Vernunft oder der Kunst oder der Wis-

senschaft oder der Religion oder der Liebe – das sind zwar angenehme, aber irreale Chimären –, sie ist nur der märchenhafte Palast, in dem gepuderte Fräuleins mit unharmonischen Bewegungen Stücke armseliger Stoffe abmessen und den ganzen Tag über Stammkunden, die mit den Aufzügen hochgefahren sind, Manschettenknöpfe oder elektrische Birnen feilbieten. Wie gut wußte auch der Architekt, der voller Stolz sein Werk auf der Goldkeramik einer Tafel signiert und paraphiert hat, wie gut wußte der Architekt, welches Denkmal er erbaute! Er hat es mit allem geschmückt, was beweisen kann, daß es ein Haus ist, dessen Aktionäre reich sind und dessen Geschäft prosperiert. Er hat es mit unnützen Platten aus jenem rosa Marmor versehen, von dem Basiliken wie die Fourvière, das Sacré-Cœur, von dem Männer wie Félix Potin allzu reichlich Gebrauch machten; er hat nicht an Goldkeramiken gespart, auf denen sich hypertrophe Vergißmeinnichtblumen abzeichnen; zwischen den Eisenträgern ließ er gelbe Schilder malen, auf denen magische Wörter stehen: Futter, Trauerkleidung, Windeln, Kattun, Vorhänge; sie erinnern oben an die Farbe des Pactolus und gehen nach unten zu allmählich in die Farbe des Zeisigs über. Sein Einfallsreichtum hat sie mit mystischen Passionsblumen vervollkommnet, die uns im rechten Augenblick daran erinnern, daß Monsieur Cognac Christ ist. Das ganze Gebäude ist, ohne daß dies einen anderen Nutzen hätte als den, unsere Augen in Erstaunen zu versetzen, mit wunderbaren Kunstschmiedearbeiten überladen, die zu goldenen Blumen aufblühen (man kann sie nur dann beim Namen nennen, wenn man gute botanische Kenntnisse hat). Blaue und goldene Ziernägel machen im dritten Stock ein finsteres Gesicht. Gold, nichts als Gold, und auf der Tür Latein: ›Per laborem‹, denn wir sollen von der Wissenschaft geblendet sein. Die Lampen sind nicht nur Bogenlampen: sie wurden mit braunem Tang umwickelt. An der Ecke zu einer Straße erhebt sich, eine grundlose Geste, ein Fahnenmast; und das Gebäude wird abgeschlossen mit vielgestaltigen Türmchen, auf denen riesige goldene Orchideen blühen, und über ihnen ragt ein sicherlich unzugänglicher Balkon, der aus Angst vor dem Regen mit einem spitzen Dach bedeckt ist. Und die Schaufenster bergen pietätvoll Flanellmieder zu fünfneunzig und leinene Jacketts, die zum Kühlhalten bestimmt sind. Gewiß, wenn das Grabmal des Mausolus, klassisch, immens und rein, unweigerlich an die Zerbrechlichkeit des menschlichen Lebens erinnerte, dann manifestiert die Samaritaine dessen ganze exaltierende Mittelmäßigkeit.«

In diesem Augenblick hielt es das Mädchen für richtig, ein lateinisches Zitat zu bringen; Alcide hielt es für richtig, nicht hinzuhören.

»Sie werden mir sagen«, fuhr er fort, »oder vielmehr Sie würden mir sagen, daß nichts weniger unerwartet ist als die Gemeinplätze und daß sie gerade die Quelle jeder klassischen Schönheit sind. Aber bleibt uns heute etwas anderes übrig, als die Tragik zu verachten, die mühelos aus dem Zusammenstoß der Gefühle, der Pflichten und des Schicksals entsteht? Es wäre wirklich zu bequem, wollte man uns dadurch in Rührung versetzen, daß man drei oder fünf Akte hindurch über dem Kopf einer Marionette den Tod schweben läßt. Es existiert jedoch für uns eine Alltagstragik, die des Grotesken, des Geschmacklosen, die des schrecklichen Lachens, das die Seele wie eine Schale ihrer Nuß entleert und das den Körper schüttelt wie eine Wollust, die zu stark ist, als daß sie nur die

Bitterkeit der verflogenen Trunkenheit hinter sich zurückließe. Das Geschmacklose, das ist das burleske Unerwartete, das ist der echte moderne Lyrismus. Wollen wir wirklich lyrisch sein, müssen wir gerade die Dinge exaltieren, die die Menschen verachten, jene Dinge, über die sie lachen, ohne daß wir sie dabei aber deformieren; wir müssen von dem Lachen ausgehen, das verhöhnt, um aus ihm ein Lachen zu machen, das verherrlicht.«
Aber das gut erzogene Mädchen hörte nicht mehr zu und blickte nach Saint-Germain l'Auxerrois; dabei dachte es an Monsieur Boylesve. Alcide merkte es auch:
»1914«, fuhr er fort, »wohnte die Dame meiner vorläufigen Gedanken in einem möblierten Zimmer drei Stockwerke über einem Weinhändler, und von ihrem Fenster aus sah man in den friedlichen Junitagen die Buden des Festes von Neuilly. Ich lehnte mich gern hinaus, um zu hören, wie die Melodien ohne Kunst und ohne Posen aufeinanderprallten wie brave Dirnen, die lachen, was sie einem für das Geld, das man ihnen gibt, schuldig sind. Barbarisch und ungewohnt füllten sie die Nächte im schwindelerregenden Lichtschein der Karussells und sammelten wie zu einem Ritus, dessen Sinn verlorengegangen ist, die Pariser zu einem immensen Jux mit festem Datum. Ah! wie geschmacklos war dieser Jahrmarkt, und wie liebte ich ihn gerade deswegen, mit seinen Schweinen, seinen Toboggans und den absurden Porzellanvasen und den funkelnden Taschenmessern, den Preisen für Geschicklichkeit beim Ringwerfen! Wer hat nicht den Lyrismus dieser vom Regen verwaschenen, Wunder verheißenden *idiotischen Gemälde* gespürt, die die Jahrmarktsbuden schmücken? Schon andere als ich wurden von eurem Zauber durchdrungen, o Jahrmärkte!, und jene Leute

schrieben *Petruschka* oder *Parade*. Beklagenswerte Gegenstände, ihr seid die armen Realisationsversuche des unausdrücklichen Ideals der immer kindlichen Volksseelen; aber euer Material ist nichts wert und eure Form ist vulgär, daher verwerfen euch die ›Leute mit Geschmack‹ voller Verachtung. Nun! ich werde euch auflesen, ich werde euch auswählen und mit euch alles, was angeblich von schlechtem Geschmack ist: Stutzuhren mit Bildmotiven, Voltaire-Sessel, Rokokokandelaber, Second-Empire-Kästchen, Louis-Philippe-Stühle, Pariser Artikel. Letzten Endes ist der Geschmack nur eine Auswahl, und ich unterscheide euch. In euch lebt so recht der moderne Lyrismus, denn ihr seid die Zeichen für höhere Aspirationen, doch nicht deren tote und endgültige Realisierungen; euer Wert besteht vor allem in dem Unausgedrückten, das in euch liegt und das sich so geschickt verbirgt, daß man über euch lacht, ihr armen Geschmacklosigkeiten, die ihr einen nach Wunsch zum Lachen bringt! Auch die Negerskulpturen, die für uns vor kurzem erst eine Offenbarung göttlicher Art waren: aus der kindlichen Einbildungskraft afrikanischer Stämme entstanden, schneiden sie groteske Grimassen in ungewohnten und – oh wirklich! – völlig geschmacklosen Stellungen. Sie bringen zum Lachen, und doch trägt man sie den Scharen voran, die ins Gemetzel ziehen. O ihr Blutrünstigen und Grotesken! wahrscheinlich bei eurem Anblick sagte der Ubu aller Sudans: ›O schau doch, seht euch mal den kleinen Wauwau an. Ist er nicht niedlich?‹ Und was außer dem Geschmacklosen können wir lieben, wenn die Liebe selber geschmacklos ist, sie, die mit sentimentalen Träumereien im Mondschein beginnt und in Schlafzimmerverrenkungen und banalen Ehestreitigkeiten endet? Hatte das nicht schon

Molière empfunden, als er *Sganarelle oder der eingebildete Geschmacklose* schrieb?«

»Der Titel lautet ein klein wenig anders«, wandte das gut erzogene Mädchen ein.

»Entschuldigen Sie mich«, sagte der Fremdländer, »ich kenne nicht alle Feinheiten der französischen Sprache.«

Pierre Cèpe

Ich wollte dieses vorsintflutliche Muster meiner selbst hier hinsetzen, weil es recht gut zeigt, wie ein Denken, das noch ganz besessen ist von Jarry, Rimbaud, Lautréamont (und man muß Villiers de l'Isle-Adam und den frühen Barrès hinzufügen), von der Rede zur Erzählung fortschreitet. Zumal da auf *Das Fräulein* . . . gleich ein anderer Versuch, die Ideen zu personifizieren, folgen wird.

Madame steigt in ihren Turm hinauf ist nicht zufällig André Breton gewidmet. Es gab zwischen uns in einem bestimmten Moment so etwas wie den Plan, zu zweit einen Roman zu schreiben; das, was eine Erzählung wurde, war als zweites Kapitel gedacht, das erste war Breton überlassen. Doch wurde außer diesem zweiten Kapitel nichts geschrieben. Die Fassung, die man in *Le Libertinage* findet, muß bereits die dritte oder vierte sein: ich habe vielleicht nie in meinem Leben einen Text so oft umgeschrieben und durchgearbeitet. Ich glaube, daß die endgültige Fassung 1923 auf den Korrekturfahnen von *Le Libertinage* festgelegt wurde, während die erste von 1919 datiert. In der Zwischenzeit (ich glaube 1921) war das in englischer Sprache in *The Dial* (New York) erschienen. Auch hier wird der Wunsch, ein lebendiges Wesen darzustellen, mit einem Artikel über Ästhetik verflochten: es wird eine

Frau namens Matisse erfunden. Sicherlich bildet sich diese Gestalt in mir parallel zu der Mirabelles[1]; Matisse ist nicht eigentlich die erste Verkörperung der *modernen Schönheit*, aber sie ist gleichsam ein anderer Probedruck dieser Schönheit, den ich, als Kapitel VI von *Anicet* schon begonnen war, nach einer Reflexion über das abstrakte Bild, das ich dort von dieser Schönheit gegeben hatte, abzog. Insofern bereitet Matisse die spätere Entwicklung vor und kündigt sie bereits an. Die Wohnung von Matisse mit ihren kühnen Farben und Perspektiven (diese Sehweisen haben ihren Ursprung natürlich beim gleichnamigen Maler) verbindet ein fremdes Element mit der Malerei, ich meine diese ganze Dramaturgie, die man auch in *Anicet* wiederfindet und die aus *Fantômas*, aus *Nez-en-l'air*, aus *Judex* und aus den *Vampiren* stammt, ein anderer Aspekt des Dandytums jener Zeit (man ermesse hier den Abstand zwischen diesem Dandytum und dem des jungen Barrès, zum Beispiel in *Sous l'œil des Barbares: ... ich bin gleichzeitig ein Tanzlehrer und seine erste Tänzerin ...).* Aber *Madame steigt in ihren Turm hinauf* hat noch ganz offensichtlich, weil das ursprünglich als ein Romankapitel gedacht war, als ein Porträt in der Exposition eines Romans, dessen Peripetien mir noch unbekannt waren ..., *Madame steigt in ihren Turm hinauf* hat noch den statischen Charakter von *Alcide*. Später wird der Wille zur Aktion als etwas systematisch Gewolltes erscheinen. Ich muß allerdings sagen, daß zwischen dem hier, was im April-Mai 1919 geschrieben wurde, und *Wenn alles zu Ende ist,* das wohl von 1921 datiert, zwei Jahre und ein Roman liegen.

Diese Geschichte von Clément Grindor hat einerseits

1 Weibliche Hauptgestalt in *Anicet oder das Panorama, Roman* (A. d. Ü.).

ihren Ursprung in einem Kindheitserlebnis, das man später in den *Glocken von Basel* wiederfinden wird, der Vorbeifahrt des berühmten grauen Autos von Bonnot in der Avenue du Parc in Neuilly. Sie stammt andererseits aus der Fabel der *Banditen*, die in die Entwicklung von *Anicet* eingeführt wird.[1]

1 Solche »Vermählungen« zwischen meinen Büchern könnte man, blickt man auf die fast fünfzig Jahre seit meinen Anfängen zurück, mühelos fortsetzen und dieses Spiel widerhallender Echos von Romanen zu Gedichten spielen. Um mich bloß an die zwanziger Jahre dieses Jahrhunderts zu halten, will ich versuchen, an den unteren Rändern dieses Vorworts jenes *Dandytum* der Jugend hervorzuheben sowie die Tendenz seiner weiteren Entwicklung. In *Madame steigt in ihren Turm hinauf* steht fest, daß die Herausforderung gleichsam eine Antwort auf Formen vergangenen Dandytums ist: Matisse entstand *gegen* Joris-Karl Huysmans, das heißt gegen den Strich von *A rebours*, jedoch insgeheim mit der Absicht, das *A rebours* der unmittelbaren Nachkriegszeit zu sein, ich will sagen: der Des Esseintes und der Anti-Des Esseintes unserer Generation. Vielleicht könnte man in meiner Vorliebe für Raymond Roussel (ich glaube, ich war der erste in unserer Gruppe, der über ihn sprach, da ich *Impressions d'Afrique* vor dem Kriege gesehen hatte) die Verbindung zwischen dem einen Dandytum und dem anderen finden. Indes sieht man das Wesen meiner Herausforderung am reinsten in den Beziehungen meiner jungen Männer zu den Frauen: es ist die Eigentümlichkeit des jungen Mannes, nur von seiner schlechtesten Seite her gepackt werden zu wollen, nur wegen dessen, was in ihm hassenswert ist, geliebt werden zu wollen (und wie laut klopft ihm dabei das Herz bei der wahnsinnigen Vorstellung, tatsächlich geliebt zu werden). Das erklärt Denis' Haltung gegenüber Céline und Cléments Haltung – am Ende von *Wenn alles zu Ende ist* – gegenüber Eléonore (und vielleicht wäre es ganz fruchtbar, nochmals auf Barrès zurückzukommen, zumindest auf den Barrès, den ich im Auge hatte, und die genannten Paare mit dem Paar Philippe und Petite Secousse in *Le Jardin de Bérénice* zu vergleichen: derselbe Hang zum Experimentieren, dieselbe Sucht, die Philosophie in die Beziehungen zwischen dem jungen Mann und der Frau einzuführen . . . obwohl bemerkt werden muß, daß Barrès *Le Jardin* als Achtundzwanzigjähriger schrieb). Das Dandytum Cléments ist in gewisser Weise auch das von Matisse, ich meine des Mädchens, dem ich diesen Namen gab. In dem Maße, in dem die arrogante Jugend in mir einige sprachliche Fortschritte in Anspruch nehmen konnte, änderte dieses Dandytum seinen Charakter und wurde präziser: Es war die Zeit, da wir gerade Isidore Ducasse entdeckt hatten und durch ihn die Lektüren Lautréamonts: aus jenen damals unbekannten Romantikern, die wir aus den Friedhöfen des Vergessens gezogen hatten, aus den Lektüren, an denen wir uns berauschten (und aus denen sich der außerordentliche Berg von Exhumierungen ergibt, deren Spur man in der Jacques-Doucet-Abteilung der Bibliothèque Sainte-Geneviève findet, die auf unsere Ratschläge hin konstituiert wurde und die praktisch alles enthält, was seit einem halben Jahrhundert die nach

Dieses Porträt eines Provokateurs ist merkwürdigerweise, gerade in seiner Willkür, mein erster Versuch eines *objektiven*, man kann noch nicht sagen eines realistischen Romans. Er zeichnet recht frei das Abenteuer der Bonnot-Bande nach, so, wie ich es mir sowohl im Lichte der gängigen Ideen als auch im Lichte der Geschichten vorstellte, die mir, als ich dreizehn, vierzehn Jahre alt war, jene Frau erzählte, die die Catherine Simonidzé der *Glocken von Basel* werden sollte. Aber die Geschichte an sich hatte für mich nicht mehr Bedeutung als der »Trivialroman« in *Anicet*; zwischen ihr und dem, was ich zu sagen hatte, liegt die Beziehung, die zwischen Mirabelle und der »modernen Schönheit« besteht. Indem ich die Worte und die Orts- und Personennamen verwendete, die dazu den Schlüssel geben (das »gelbe« Auto, die Rue Ordener, Mau-la-Sagesse für Raymond-la-Science, der Raubüberfall auf die Post in Chantilly, usw. . .), errichtete ich ein Theater und eine Bühne: aber die Debatte, zu der es auf ihr kam, war nicht die der Banditen aus Fleisch und Blut. Ich wollte hier den Mechanismus des Romanschaffens demonstrieren, ausgehend von einer der Wirklichkeit entnommenen Gegebenheit: es ging darum, eine innere

uns kommenden Generationen entdeckt haben), aus jenen ins schwarze Licht der Lebenden versetzten Träumen schöpft damals mein Dandytum seinen besonderen Charakter und wird zum Dandytum des Bösen. So entsteht über Clément Grindor hinaus, der nur ein erstes Experiment war, das Dandytum der *Parameter*, des *Großen Torus*, der *Extranummer* und jener *Défense de l'Infini*, die ich zerrissen und verbrannt habe. Letzten Endes sollte Isidore Ducasse selber mit all dem fertig werden und uns, Eluard ebenso wie mich, dazu bringen, unsere Träume *ins Gute umzuschreiben*, unsere Seele ins Gute umzuschreiben. Diejenigen, die den Eindruck haben sollten, daß ich mich hier von etwas lossage, und die das skandalös finden sollten, verweise ich auf die Briefe von Isidore Ducasse, die heute im Taschenbuch in jedermanns Hand sind, in denen der Autor zur *theoretischen Bosheit*, zu der er mit *Maldoror* gelangt ist, Stellung nimmt und verkündet, daß er mit den *›Poésies‹ die Methode gewechselt hat:* mit dem Nachdenken über diese Umkehr ist man noch nicht ganz fertig geworden.

Debatte aufzuspalten und sie auf verschiedene Gestalten zu verteilen (zum ersten Male schrieb ich eine Erzählung in der ersten Person, gleichsam in Opposition zu den konventionellen Erzählungen in *Anicet,* wobei diesmal der Vortragende keinen Gesprächspartner hatte). So stellte ich diesen nur scheinbar geheimnisvollen B. (es handelt sich natürlich um Bonnot), der hier als ein Moralist auftritt, dem Erzähler, Clément Grindor, gegenüber, der von dem Rausch erfaßt wird, *den wirklich nicht zu rechtfertigenden Akt* zu begehen, und dabei sein anderes Ich, B., beschuldigt, über den paradoxen Weg des Verbrechens seinerseits ein Vorbild zu werden. In meiner Vorstellung (und gewiß auch in der Clément Grindors, der sich die Geschichte der Bonnot-Bande erzählt, das heißt, sie in sich neu schafft) sind B. und Grindor ein und dieselbe Gestalt, die in einem inneren Dialog in Opposition zu sich selbst tritt (oder wie wollen Sie sonst die kursiv gedruckte Parenthese erklären: *er betrachtete sich in dem zerbrochenen Spiegel, der am Griff des Fensterkreuzes hing . . .*). Diese Verdoppelung des *Helden,* die zur Entstehung des *Antihelden* führt, diese Verkörperung des inneren Widerspruchs im Menschen, führt zur Formung einer lyrischen Gestalt, die gleichsam aus einem höheren Trivialroman stammen könnte: es war die Überschreitung von Fantômas, das Jenseits der Moral, der Moralen, die bis zur Selbstnegierung getriebene Anarchie *(zugrunde richten, was wir lieben).* Ich hatte beschlossen, einmal wirklich das Monströse zu erreichen. Das Außerordentliche ist, daß später ein Satz dieser erfundenen Gestalt, die extra so scheußlich sein sollte (und, so glaubte ich natürlich, so scheußlich für den Autor), daß man sicher sein konnte, daß ich sie geschaffen und nicht mich selber zum Vorbild genommen hatte (wozu mich einmal André Gide in der Zeit von *Anicet* in einem Gespräch herausgefordert hatte . . .), das Außerordentliche ist, daß ein Satz Clément Grindors: *Eines schönen Tages verstand ich, daß ich in mir diesen Dämon nährte: das Bedürfnis zu verraten* . . . mir jahrelang an den Kopf geworfen wurde, als ob er aus einem Manifest stammte, als ob es sich um ein Geständnis des Autors handelte (dann könnte man auch Nero Racine[1] zur Last legen, Jago Shakespeare . . .). Dieser Satz wurde mir zuerst vom Zorn der Surrealisten im Augenblick des Bruches entgegengehalten[2], dann nach ihnen während des Krieges 1939-40 und während der Besatzungszeit. Nach dem Kriege tauchte er sogar auf Wahlplakaten im ersten Arrondissement, in dem ich wohnte, auf, als man die Unvorsichtigkeit so weit getrieben hatte, mich bei den ersten Senatswahlen der IV. Republik auf eine Liste von »grands électeurs« zu setzen. Der Satz wurde erneut im Oktober 1963 in einer Pariser Wochenzeitung verwendet, mit genausoviel Glück.

Der übrige Teil des Buches zeugt vom Sieg des Imaginären in mir. Er wurde überwiegend im Jahre 1923 geschrieben[3]. Ich hatte mit jenem Beruf gebrochen, auf den ich mich, um meine Mutter zufriedenzustellen, eingelassen

1 Oder Barrès den Satz, den er Seneca in den Mund legt: . . . *ich habe verschiedene Launen Neros begünstigt, und dieses Entgegenkommen schadete mir vor der öffentlichen Meinung (Le Jardin de Bérénice,* S. 252).

2 Wie sie es auch nicht versäumten, in dem *Poème à crier dans les ruines (La Grande Gaieté)* folgende Verse wörtlich zu nehmen: *Laßt uns auf die Liebe spucken – Auf unsere zerwühlten Betten* . . . usw.

3 Oder zumindest schien es mir so, als ich dieses Vorwort schrieb: ich habe jedoch *Die Parameter* (im Februar 1922 in der *N.R.F.* erschienen) und *Die Extranummer* (ebda. Juli 1922) nicht während meiner Tätigkeit am Théâtre des Champs-Elysées geschrieben. Dann sind aber auch die anderen Daten recht zweifelhaft, die ich hier im April 1964 für die Niederschrift der nachfolgenden Novellen angegeben habe. Daß ich *In die Enge getrieben* in Tirol schrieb, ist sicher. Aber war ich im Sommer

hatte, als die Perspektive der Front, an der zu fallen ich überzeugt war, es leicht und wenig kostspielig machte, ihrem Wunsche nachzukommen. Das Leben war von 1921 bis zum Herbst 1922 schwierig gewesen: bis ich schließlich zu jenem Zeitpunkt eine Anstellung am Théâtre des Champs-Elysées gefunden hatte. Dort schrieb ich *Die Parameter, Die Extranummer, Der Spiegelschrank eines schönen Abends.* Im April 1923 gab ich von heute auf morgen, aus einer plötzlichen Laune heraus, meine Anstellung auf; ein Mäzen ermöglichte es mir, gegen Ablieferung von Manuskripten auf dem Lande zu leben. Ich entschied mich damals für eine gewisse Einsamkeit in Giverny (das später als Dekor für einen Teil von *Aurélien* dienen sollte), begegnete dort aber dem Abenteuer. Im Sommer lebte man in Tirol spottbillig in Anbetracht des Schillingkurses. Dort entstand *In die Enge getrieben* zur Zeit der Sternschnuppen. Von da aus reiste ich nach Berlin, immer der Linie des geringsten Widerstandes der Wäh-

1922 oder im Sommer 1923 in jenem Tal, aus dem man über den Brenner nach Italien gelangt? Ich hätte schwören können, daß es 1923 war, aber offensichtlich täusche ich mich um ein Jahr. Ich hätte nur ein Mittel, mir darüber Klarheit zu verschaffen: ich müßte die Sammlung des Berliner *Broom* konsultieren oder mich bei meinem Kollegen in der New Yorker Akademie, Matthew Josephson, vergewissern, der es mir damals ermöglicht hatte, in Berlin zu leben . . . Ich überlasse diese Sorge meinen Verlegern. Auf jeden Fall trägt die Novelle *Paris bei Nacht – Die Vergnügungen der Hauptstadt,* die damals vom Malik-Verlag gedruckt wurde, das Copyright-Datum 1923. War es eine Vordatierung? Eines ist sicher: die Schlußerzählung der Sammlung ist *Die Französin,* und damals bereits habe ich sie unter dem Titel mit dem Datum 1923 versehen. Man kann ein schlechtes Gedächtnis haben, aber das hier geht ja doch zu weit. Ich habe den Eindruck, daß diese Geschichte zwischen Januar und April 1923 entstanden sein muß. Aber vielleicht ist das eben nur ein Eindruck. Im allgemeinen reist das, was man schreibt, hernach nicht mit seinem Personalausweis oder seiner Geburtsurkunde in der Tasche durch die Welt. Immerhin ist es zumindest verwirrend, daß die Zeitschrift *Littérature* im November 1922 meinen Artikel *Der letzte Sommer* als in *Berlin Ende September* verfaßt veröffentlicht hat, wenn ich erst 1923 dort gewesen sein soll. Madame Erinnerung, Sie machen mir schöne Geschichten! (Aragon, 1973)

rungen folgend (mit nur fünfzig Francs konnte ich von der italienischen Grenze bis Charlottenburg fahren, wo ich freilich auf der Strecke geblieben wäre, hätte es nicht die amerikanische Zeitschrift *Broom* gegeben, die, aus Rom kommend, die Baisse der absoluten Preise im Druckereigewerbe ausnützte).

Die Parameter ebenso wie *Der Spiegelschrank* und *In die Enge getrieben* sind noch die Früchte des Dandytums von *Alcide* oder dem *Fräulein mit den Prinzipien:* aber man kann hier den inzwischen zurückgelegten Weg ermessen. In *Der Spiegelschrank* ist Lénore in dem Stück, das zwischen ihr und dem Mann gespielt wird, nicht mehr eine bloße Marionette wie Céline in *Das Fräulein* . . . oder das »gut erzogene Mädchen« in *Alcide*. In *In die Enge getrieben*, das die Romantik Tirols einfängt, ist nicht zu übersehen, daß Mélanie selbst für den Autor etwas Rührendes hat, und die Grausamkeit Pierres führt dazu, daß sein Name geändert wird, als ob Frédéric die andere Seite der Seele der Gestalt wäre, die der »Sprecher« fortsetzt (ist es der Autor oder der Gewissensbiß?).

Zwei entgegengesetzte und doch gleichstarke Wünsche erfüllen mich (ich spreche hier von den Gesprächen, die man mit sich selbst führt): einerseits trieb mich der Widerspruchsgeist dazu, jenen die Stirn zu bieten, die ich als die Meinen betrachtete, gerade ihnen, weil nur sie auf dieser Welt für mich zählten, und zwar durch diesen Willen zur Fiktion, den ich als eine wesentliche Form des Lyrismus ansah; und andererseits wollte ich in dieses verbotene Reich das schwarze Licht meiner Generation hineintragen. Während es so schien, als wollte ich die Erzählung oder den Roman wiedererwecken, war ich in Wirklichkeit von dem Rausch gepackt, den Roman mit seinen eigenen

Mitteln zu erneuern, zu zerstören. Meine diesbezüglichen Versuche – Gleichungen, die es auf der Wandtafel zu lösen galt – waren *Die Extranummer*[1], *Asphyxien* und *Paris bei Nacht,* Geschichten, die sich voneinander unterschieden und die der Humor oder die Zerstückelung für mich gleichsam zu Höllenmaschinen machte. *Paris bei Nacht* erschien unter dem Titel *Die Vergnügungen der Hauptstadt* in Berlin zur Zeit der Inflation im *Malik Verlag* auf meine Kosten, keine hundert Francs. Welch seltsames verfallenes Babylon war doch diese Stadt, in der ich in einem Stundenhotel in der Joachimsthaler Straße wohnte: mein Zimmer war das einzige, vor dessen Tür nachts Schuhe standen, und trotz meines Gepäcks erhielt ich jeden Abend, wenn ich nach Hause kam, meinen Schlüssel nur gegen das Geld für die Nacht, man nahm keine Vorauszahlungen für mehrere Tage entgegen. In dem merkwürdigen Büchlein von Viktor Schklovskij, *Zoo oder Briefe nicht über die Liebe,* finde ich diese Stadt wieder, in der *die Russen um die Gedächtniskirche kreisen wie die Fliegen um einen Kronleuchter*[2]. Ich aber gehörte zur Gruppe der Amerikaner, die mehr wie Möwen als Fliegen aussahen, und ich ging durch die Kleiststraße, ohne zu wissen, daß dort der Maler Pougny lebte, ich ging nicht zu Remisov, ich traf nicht Gorkij. Ich wußte nicht, daß, wenn am frühen Morgen die Autos auf der Straße *Al, Al, El . . .* riefen[3], sie es taten, weil sie den Namen Elsa aussprechen wollten. Die Kaiserallee sah für mich nicht wie

1 Man wird bemerken, daß *Die Extranummer,* in der die Lautréamont-Nachahmung etwas Provokatorisches hat, *Isidore Ducasse* gewidmet ist, das heißt nicht dem Autor von *Maldoror,* sondern dem der *Poésies.*

2 Siehe V. Schklovskij: *Zoo oder Briefe nicht über die Liebe,* übers. von A. Kaempfe, Frankfurt a. M. 1965 (edition suhrkamp, 130), S. 72 (A. d. Ü.).

3 Ebd., S. 54 (A. d. Ü.).

der Kamenoostrovskij-Prospekt aus, ich wußte nicht, daß ich Dir in der *Prager Diele* hätte begegnen können, ohne länger warten zu müssen. Ah, wieviel Zeit, wieviel Zeit habe ich verloren! Ich hatte also *Die Vergnügungen der Hauptstadt* drucken lassen, ohne zu wissen, daß ganz in der Nähe Gorkij Dir die Leviten las, damit Du endlich *Auf Tahiti* schriebst, das diese ganze Zeit, einundvierzig Jahre, gebraucht hat, bis es auf Französisch erschien, kurz nach jenem *Zoo,* der Dir gewidmet ist. Und da soll man nicht von Intrigen[1] reden! Ich schrieb jetzt *Der große Torus,* und darin ging es gar nicht um Berlin, ebensowenig wie in den *Vergnügungen* . . .; wohl aber findet man da jene filmische Dekomposition der Welt, ja es schien, als hätte ich in meinen Augen nur diese Dekomposition der Welt nach Paris mit heimgebracht. *Es wird keinen Krieg geben, haben die Finanziers beschlossen, wir spielen noch Hausse* . . . All das verlangte nach einem Widerspruch – gehörte ich denn zu jenen, die nur der Untergang zufrieden stellt? –, nach einer Art Wiederaufbau des Verfallenen, wie im Parc Monceau, und ich dachte mir *Die Französin* aus, womit *Le Libertinage* zu Ende geht, eine Geschichte, der absichtlich unter der Überschrift das Datum 1923 beigegeben ist und die nicht zufällig das Motto von Benjamin Constant trägt: *Ich erhalte einen Brief von Madame de Staël; sie findet meine Briefe traurig und fragt mich, was mir zu meinem Glück fehlt.* Glaubte ich wirklich, einen umgekehrten *Adolphe* geschrieben zu haben? Ich möchte es jetzt fast annehmen. Aber es war noch viel mehr die respektlose Antwort auf die Gestalten vom Anfang des Buches, auf Alcide, Denis, ja auf den Frédéric-Pierre in *In die Enge getrieben,* die

1 Franz. *manigances* = Titel eines Romans von Elsa Triolet (A. d. Ü.).

Revanche der Frau an dem kleinen Don Juan des Quartier Latin im Stil von *Sous l'œil des Barbares,* es war das Anti-Dandytum. Mit dem Entschluß, auf die Metapher zu verzichten, so daß man fast nicht glauben möchte, daß diese Geschichte von derselben Hand stammt wie das übrige Buch, dessen Krönung es aber gerade ist. Die Banalität der Worte. Der absolute Immoralismus (ich meinte damals, die höchste Qualität des Romanciers zeige sich dann, wenn sich *seine* Moral nicht in die Wesen seiner Schöpfung einmischt: der Roman sollte seine Rechtfertigung gerade in der Freiheit der Gestalten finden). Hier erreicht der nackte Satz seine äußerste Grenze: *Der Klempner ist gekommen, um den Ausguß in der Küche zu reparieren.* Neue Zeile. Der unmoralisch nackte Satz, die Negierung des Bildes. Ich war sechsundzwanzig Jahre alt, als ich *Le Libertinage* beendete. Das war das Alter Obermans im XXXVII. Brief des Buches von Senancour: *Und ich! ich bin jetzt 27 Jahre alt: die schönen Tage sind vorbei, und ich habe sie nicht einmal gesehen.* In diesem Alter, in dem man sich dessen bewußt wird, was nicht mehr wiederkehrt, in dem man fühlt, daß sich die Urteile, die man mit dem Hochmut der Jugend über alles und jedes fällte, sich gegen einen selber kehren . . ., in diesem Alter, in dem uns alles, was vorausgegangen war, entgleitet und wir mit Oberman sagen: *Was soll ich, der ich im Alter des Glücks unglücklich war, von den anderen Lebensaltern erwarten?,* in diesem Alter glaubte ich endlich, *die Schönheit grüßen* zu können, ich will sagen, die Phantasie.

Ich war fast sicher, den Roman neu erfunden zu haben. So machte ich mich daran, einen zu schreiben, zur tollsten Maßlosigkeit entschlossen. Das war zunächst ein Geheimnis, das durch Gedichte und durch diese plötzliche Übung getarnt wurde, in die ich mich eines schönen Tages begab, gleichsam auf der Suche nach einer neuen Sprache, und aus der *Pariser Landleben* entstand. In Wirklichkeit war die Niederschrift von *La Défense de l'Infini,* um diesem gigantischen Roman den Namen zu geben, mit dem ich ihn rein zufällig ausstaffierte, in Giverny begonnen worden, das heißt Ende des Frühlings 1923. Er schlummerte, machte sich wieder auf den Weg, nahm beunruhigende Proportionen an. Offen gestanden, ich wollte alles, was ich schrieb, in diesen Geister-Roman hineinstecken ... Aber das gesamte Werk, das schon recht weit vorangekommen war, sollte ich Ende 1927 eigenhändig in Madrid vernichten. Ich war dreißig Jahre alt. Es war nicht nur die Enttäuschung beim Durchlesen dieser fünfzehnhundert oder mehr hingekritzelten Seiten; das Drama lag für mich darin, daß ich mich gleichzeitig mit dem begnügen mußte, was ich schrieb, und dem, was ich wurde. Zu Beginn jenes Jahres hatte ich die wichtigste Geste meines Lebens gemacht, während ich mich gleichzeitig in eine ganz andere Leidenschaft stürzte ... oh, diese Unordnung des Schicksals! Und im nächsten Jahr habe ich nicht nur ein Manuskript zerrissen. Aber das gehört zu einem ganz anderen Roman.

Das ist der Roman, in dem das Leben beginnt. Dort geht es nicht mehr um die Verbote der Kinder ihrer Zeit, die Comanchen spielen, um die Sioux-Sprache der jungen Leute, die sich zusammen gegen die Älteren erheben und das Gesetz bestimmen, auch nicht um die erfundenen Disziplinen der Reinheit, eine im Freien zur Schau gestellte Askese, die dem Jahrmarkt, den Zirkusspielen entspricht, je nach dem explikativen Dekor, den man sich aufbaut, um sich die Dinge zu erklären ..., aber so weit

bin ich noch nicht, ich Nachtfalter, der gegen alle Lichter stößt, und ganz verschwommen weiß ich schon, daß ich zu diesem letzten Ufer komme, verschwommen glaube ich, immer noch jene Rollen spielen zu können, die man mir anbietet, und ich bin es müde, Gefallen zu erwecken, und glaube bei jedem Schritt zu lieben. Manche Romane werden nicht geschrieben oder zerrissen. Oh, wie schrecklich mußten jene Zeiten sein, in denen der Mensch die Geburt des Messias schon nahe fühlte und zweifelte, ob er sie noch erleben würde. Fast hätte ich nicht mehr auf Dich gewartet.
Endlich kamen die Zeiten von Dir.

April 1964

Welch göttliche Seele!

für Marguerite

Erster Teil

I

IM DRITTEN STOCK DER RUE DE MONTORGUEIL 2

»Kommt schnell! Victor! Marie! Alfred! René!« rief Robert de Noissent. »Was gibt's?« sagte Victor. »Wir reisen aus der Rue de Montorgueil ab«, sagte Robert. »Wohin denn?« sagte Marie. »Wohin? Ja, wohin?« sagte René. »In die Peter-der-Große-Straße 3 in St. Petersburg«, sagte René. »Ah«, sagte Alfred. »In der Tat«, sagte Monsieur de Noissent. »Ja«, sagte Madame de Noissent.

II

ES GEHT LOS

»Victor! Hier ist ein Waggon! Kommt schnell! Marie! Alfred! Robert! René!« riefen Monsieur und Madame de Noissent, und alle de Noissent sind im Nu im Waggon. Ein alter Herr saß bereits im Waggon. Es geht los.

III

NACHTS

Um zehn Uhr abends besuchte eine junge Frau den alten Herrn. »Nun, was macht Jean?« sagte er. »Er schläft«, sagte die junge Frau. Und sie ging wieder fort. Fünf Minuten später las Jean; fünf Minuten später schlief Jean; fünf Minuten später sprach Jean; fünf Minuten später sprach Madeleine mit Jean. »Man kann einfach nicht schlafen«, zappelte Marie, Robert erblickte voller Freude den Morgen. »Das ist Berlin«, sagte Victor. Der alte Herr stieg aus. »Na endlich«, sagte Alfred.

IV

HAUPTMANN SAND

Ein junger Mann stieg ein. »Guten Tag. Madame . . .?«, sagte er. »De Noissent«, sagte sie. »Hauptmann Sand«, sagte der junge Mann. »Man verliert nichts beim Wechsel«, sagte sich Alfred. Dann sagte Monsieur de Noissent: »Herr Hauptmann, ich bin glücklich, Ihnen begegnet zu sein.« »Ich auch«, sagte Hauptmann Sand. Und Hauptmann Sand trällerte vor sich hin: »Welch göttliche Seele! Welche Seele, mein Gott!« Das war das Lied des Hauptmanns. Der Hauptmann liebte es, leise vor sich hin zu trällern.

V

ABERMALS NACHTS

Die zweite Nacht verlief ruhiger; aber es gab trotzdem eine Störung; denn der Hauptmann machte etwas Lärm mit seinen Stiefeln. Aber das war alles. Victor, Marie, Alfred, Robert und René konnten schlafen.

VI

PETER-DER-GROSSE-STRASSE 3 IN ST. PETERSBURG

»Das ist St. Petersburg«, sagte Marie. Eine Stunde später war man in der Peter-der-Große-Straße 3. »Oh«, rief Marie aus, als sie in ihr Zimmer eintrat, »was für ein hübsches kleines Zimmer!«

Zwei Stunden später ging man spazieren. Man wollte sich den Palast ansehen.

VII

VOR DEM PALAST

»Wie schön ist das!« sagte Victor. »Ja«, sagte Marie. Robert sagte: »Da ist die Kathedrale.« In der Tat, das war die Kirche.

VIII

DER POPE

Es war der 1. Februar 1885. Eine Prozession sollte noch am gleichen Tag stattfinden. Ein Pope kam aus der Kirche, er war alt. Seine weiße Soutane ging ihm bis zu den Knöcheln. Sein Bäffchen war schwarz, sein Birett war schwarz, seine Kirchenfahne zeigte eine Jungfrau, und seine Haare waren weiß.

IX

PRINZ SERGE YORPANOFF

Zu Hause sagte das Dienstmädchen: »Ein junger Mann ist da.« »Wer?« sagte Madame de Noissent. »Ein Prinz«, erwiderte das Dienstmädchen. »Welcher?« fragte Madame de Noissent. »Der Prinz Serge Yorpanoff«, erwiderte das Dienstmädchen. »Ah . . .«, sagte Marie.

Zweiter Teil

I

NACH SIBIRIEN VERBANNT

Zwei Tage später kam ein Brief: *Madame de Noissent, Peter-der-Große-Straße 3, St. Petersburg:* »Gnädige Frau, ich bin nach Sibirien verbannt. Serge Yorpanoff.«
»Der Arme!« sagte Marie.

II

AUF DEM WEGE NACH SIBIRIEN

Zwei Tage später brach man nach Sibirien auf. »Das ist Moskau«, sagte Marie. »Das ist Irkutsk«, sagte Monsieur de Noissent, »wir müssen aussteigen.« »Ah«, sagte Victor. Man stieg aus.

III

AUF DEM WEGE NACH STRIETENSKY

Man nahm die Postkutsche nach Strietensky. Man fuhr ab und war auf dem Wege nach Strietensky.

IV

ES IST JEMAND HINTER DIESEM GEBÜSCH

»Oh!« sagte Marie leise, »da hat sich etwas bewegt. Da ist jemand hinter dem Gebüsch.« »Vielleicht ein Verbannter«, sagte Victor leise. Plötzlich rief Marie aus: »Guten Tag! Hauptmann Sand!«

V

VERRATEN

»Pst!« sagte er leise, »Sie sind verraten.« »Warum?« fragte Madame de Noissent leise. »Weil man erfahren hat, daß Sie den Prinzen besuchen wollen. Und das Bergwerk ist hundert Meilen von hier entfernt.« »Machen wir uns davon«, sagte der Hauptmann. »Ja«, sagte Marie. Und alle machten sich davon.

VI

DIE GESCHICHTE DES HAUPTMANNS

Als sie in einem Dickicht waren, erzählte der Hauptmann, wie er sie erreicht hatte. »Als ich erfahren hatte, daß der

Schwager meiner Cousine, Prinz Yorpanoff, verbannt worden ist, nahm ich mir vor, ihn zu besuchen. Ich ging zu Ihnen, und das Dienstmädchen sagte mir: ›Sie sind abgereist, um etwas mit dem Prinzen Yorpanoff zu erledigen, der nach Sibirien verbannt ist: ich habe sie angezeigt.‹ Ich verstand und brach auf nach Sibirien. Fünf Minuten später sprang ich in das Abteil neben dem Ihren. In Irkutsk ließ ich mir den Weg nach Strietensky zeigen. In Strietensky nahm ich den Weg nach Smolensk, in Smolensk nahm ich den Weg zu der Kaserne, zu der man Sie gerade fuhr. Bald erreichte ich, von Gebüsch zu Gebüsch eilend, Ihren Wagen; nachdem ich mich versichert hatte, daß es auch Sie sind, zeigte ich mich, und das ist meine Geschichte! . . .«

VII

SIE ÜBERSCHREITEN DEN IRTISCH

Während sie sprachen, überquerten sie den Para. Bald erreichten sie das Ufer des Irtisch. An diesem Tag war der Irtisch vollkommen ohne Wasser. Marie setzte den Fuß in den Irtisch und sank bis zu den Knien ein. Bald war der Fluß ohne weiteren Zwischenfall überquert.

VIII

DER SAVODE

Bald war man nur noch hundert Werst von den Gruben des Bergwerks von Savod entfernt, da tauchte ein Mann auf: er war jung. Der Hauptmann warf sich in seine Arme und sagte: »Serge, mein Freund, Serge.« »Meine Freunde, meine lieben Freunde, fahren wir weg«, sagte Prinz Yorpanoff. »Ja«, sagte Marie.

IX

NOCH EINMAL IN DER PETER-DER-GROSSE-STRASSE 3

Drei Tage später waren die de Noissent, der Hauptmann und der Prinz in der Peter-der-Große-Straße 3 in St. Petersburg angekommen. Sie hatten das Dienstmädchen entlassen und ihre Sachen gepackt, eine Kutsche gekauft, sich einen Iswostschik und einen Feldjäger genommen. Und sie reisten ab nach Frankreich.

X

MAN ÜBERSCHREITET DIE GRENZE

Bald gelangte man zur Grenze. »Die Pässe, bitte schön!« rief der Zöllner. »Hier«, sagte Monsieur de Noissent und reichte die Pässe hin. Sie wurden kontrolliert, und man überschritt die Grenze.

XI

DER ENDLOSE REFRAIN DES HAUPTMANNS BEGINNT WIEDER

Fünf Minuten später fing das Lied des Hauptmanns von neuem an:

Welch göttliche Seele! Welche Seele, mein Gott!

und so weiter, usw. usw.

XII

ALLE SIND GLÜCKLICH

Bald war man in der Rue Montorgueil angekommen. Und alle sind glücklich.

(1903-1904)

Das Fräulein mit den Prinzipien

für André Gide

Die Händlerin bot Veilchen an: Denis kaufte sie, dann streckte er sie verwirrt Céline hin, der erstbesten Frau, die gerade vorbeikam. Sie glaubte an zwei Wahrheiten: die Unsterblichkeit der Seele und die Allmacht der Liebe.

Acht Tage später antwortete Denis auf die Komplimente Gérards: »Ah ja, was für eine Farbe haben eigentlich ihre Augen?« Er hatte sie bei sich einquartiert und war erstaunt, daß man sie – zutreffenderweise – für seine Geliebte hielt. Am liebsten hätte er sie als seine Milchschwester ausgegeben, doch Gérard bedeutete ihm, daß daran niemand glauben würde. Ein literarisches Café wollte sie jedoch zur Lilien-Céline proklamieren: einzig ihr Ruf litt darunter. Denis, der sich verkannt fühlte, schloß sich ein, richtete an Céline kein Wort mehr und schrieb in humanitärer Absicht, laut vor sich hinsprechend:

Diese Damen im Schaufenster
Neigen (idiotisch) ihren Kopf
Aus Wachs, den weiblichen!
Suche,
Mann, bei ihm das Abenteuer
Hat die eine auch graue Haare, so doch ein rosiges Gesicht!
Die andere, blond und lockig, wartet auf Komplimente,
Und die Braunhaarige lächelt den möglichen Liebhabern zu:
Alle drei stumm, niemals mürrisch,

Haben sie weder Arme – bequemer
Mangel! – noch Seele (gute Nachahmungen
Der Frauen, aber mehr noch falsche
Haarknoten nach der neuesten Mode) . . .

Aber Céline brachte eines Tages Palmyre mit, die auf den Plakaten zur Königin der Leinwand proklamiert wurde. Céline akzeptierte diese Liaison, weil sie sie, Denis Glauben schenkend, für den Schutz ihrer Ehre hielt. Als sie in ein anderes Zimmer gegangen war, um ihr Vertrauen in die Allmacht der Liebe zum Ausdruck zu bringen, konnte Palmyre in einem delikaten Augenblick ausrufen: »Ah, lieber Freund, ich stehe sehr gut mit dem Bankier Field.« »Richten Sie ihm meine Empfehlungen aus.«

So sah denn eines Tages Gérard, als er Denis besuchte, daß dieser einen tragischen Film schrieb, dessen Inszenierung in Anbetracht des Vermögens von Monsieur Field kostspielig sein mußte. Denis schien nicht zu bemerken, daß er einen drei Tage alten Bart trug, seine Augen glänzten, er gestikulierte, schrieb fieberhaft, lachte mit einem seltsamen Ausdruck und stützte von Zeit zu Zeit seinen Kopf in beide Hände. Er zitterte wie Moses, als er vom Berg Sinaï herabstieg.

»Ah, du bist es! . . . du entschuldigst mich«, sagte er, ohne höher als bis zur Hose Gérards aufzuschauen: »Céline, geh' hinunter und hole Füllfedertinte.« Sie gehorchte, ihre Augen waren umschattet, weil sie sich drei Tage lang nicht mehr der Liebe hingegeben hatte. »Was wolltest du?« fuhr Denis fort. »Dich besuchen, was sonst.« »Sieh mich an: ein glücklicher Mensch.« Er schwieg, dann begann er von neuem, bizarr, mit einem fernen Lachen (war es ein Lachen?): »Glücklich!« »Auch Célines Gesichtsausdruck . . .« »Céline? Wer, Céline? Ah so, die Kleine? Seit drei Tagen habe ich sie nicht mehr gesehen. Nein, aber ... ich habe eine Ästhetik entdeckt ... Gott, ist das anstrengend! Du wirst wissen ... Ah, wie heißt doch dieses kleine Instrument, mit dem man in Kolonialbanken einbricht und in dem sich eine Rautenform mit der unbestreitbaren Eleganz der in Amerika hergestellten Gegenstände verbindet?« »Ich verstehe nicht recht«, sagte Gérard. Und er lächelte dümmlich.

Denis warf ihn alsbald hinaus. Wieder allein, gestikulierte er, um einen Zweifel zu widerlegen, den er um jeden Preis für absurd halten wollte. Da erschien Céline, und er erkannte Céline: »Hierher, Kreatur«, befahl er. Sofort von unzweideutigen Bildern überzeugt, ergriff sie ein Glücksgefühl. Er sagte: »Zwischen den schmalen Wäldern der Leichentränen die gereizten Lockvögel als Prozessionszylinderhüte. Aber wenn die Laune des Tanzes sich durchsetzt, damit die Spitze eines Lifts vom grünen Holz bis zu den Hurras der Cowboys emporklettert, hat das keine Bedeutung.« Als ihr klar wurde, daß es nicht darum ging, Liebe zu machen, weinte sie. Denis dachte an irgendeinen Traum und lachte sehr laut, dann sagte er: »Welche Tragik!« Ohne ihn zu verstehen, freute sich Céline jedoch über diesen Ausdruck von Befriedigung und wollte dies mit einem Kuß kommentieren. Doch er stieß sie zurück und rief: »Schnecke!« Theatralisch fügte er hinzu: »Ich werde auf zartem Rasen laufen«, nahm seinen Hut und ging fort.

Nach einer Woche war er immer noch nicht zurück; auch brachten nicht etwa schwarz gekleidete Männer (meine Vorahnungen täuschen mich nie!) Céline seinen teuren Leichnam. Sie versuchte vergeblich, sich Denis' Verhalten sowie seine letzten Worte: »Ich werde auf zartem

Rasen gehen« (nein, er hatte gesagt: »laufen«) zu erklären. Sie sah sich eines Tages gezwungen, Gérard aufzusuchen, der sie als Gegenleistung für kleine Gefälligkeiten mit ein paar Notgroschen versah. Sie brachte sogar Denis (für den Fall, daß er tot war) ihre Leiden als Opfer dar. Doch eines schönen Morgens war er in seinem Atelier und schrieb. Sie stürzte sich auf ihn, um unter Tränen zu gestehen, zu welchem Verrat sie die Not getrieben hatte. Sie war aufgelöst, ihre Haare badeten – wie es sich gehört – die Füße des Liebhabers und bildeten einen Schleier, hinter dem sie es wagte, den tiefsten Grund ihrer Verwirrung zu gestehen: »Und du warst wie ein Verrückter weggegangen!« Denis jubelte insgeheim. Dennoch brachte er es fertig, trocken zu sagen: »Rote Augen mag ich nicht.«

Für spätere Realisierungen drängte sich eine entscheidende Erfahrung auf, für die Céline die Versuchsperson abgab. Denis hatte an ihr die Wirkung des Unverständlichen ermessen können: Handlungen ohne gültige Erklärung, Worte ohne mögliche Interpretation trafen sie härter als dem Verständnis zugängliche Zurückweisungen. Die Liaison ihres Liebhabers mit Palmyre störte sie keineswegs, war dies doch eine verstehbare Tatsache, deren Ursache durch Induktion und deren Folgen durch Deduktion mittels eines Syllogismus erkannt werden konnten. Aber man brauchte nur eine Sprache ohne Bedeutung zu sprechen oder vor ihr eine unmotivierte Handlung zu vollbringen (acht Tage lang verschwinden), und Céline war in ihrem Gleichgewicht getroffen, in ihrer Substanz, in ihren Prinzipien in Frage gestellt. Daher mußte sie, um sich weiteres Unbehagen zu ersparen, physisch reagieren, weinen.

So hatte Denis eine neue Tragik entdeckt, die er zuerst an Céline erproben wollte, bevor er sie auf die Bühne brachte. In dieser Absicht verschaffte er sich zahlreiche Telefonbücher, einen Stapel Reproduktionen des *Angelus* von Millet auf Glanzpapier und einen Stoß Werbeplakate für längst abgelaufene Anleihen. Er kaufte bei Martine eine Puppe, die häßlichste, die er finden konnte. In den Schränken hortete er Gläser mit Pflaumen in Alkohol. Schließlich unterhielt er sich hinter dem Bahnhof Montparnasse geheimnisvoll mit einem gewissen Céleste, der für Baudelairesche Maler Modell stand.
An dem Tag, den er für sein Vorhaben festgesetzt hatte, schickte er Céline mit einem Brief in ein weit entlegenes Stadtviertel und nützte ihre Abwesenheit dazu, den Dekor des Ateliers aufzubauen . . .
Schon an der Türschwelle blieb Céline stehen. Zuerst gab sie der zu schnell erklommenen Treppe die Schuld. Doch was sie sah, blieb unverändert; ihre Knie schlotterten, wohin sollte sie sich setzen? Von jedem Stuhl aus starrte sie mit der gleichen alogischen Geste ein wurmähnliches, nacktes, safrangelbes Wesen an, das ihr mit einem schwarzen Kautabak-Lächeln ein Einmachglas entgegenstreckte, in dem Pflaumen in Alkohol marinierten. Die Tische verweigerten jedes Aufstützen: sie verschwanden unter den schweren und wackelnden Stapeln der Telefonbücher. Die Wände, die sie im Vertrauen auf ihr Gedächtnis für fest gehalten hatte, waren aus Glaspapier, das unter ihren Nägeln knirschte (oh, dieser Wind an der Schneide der Zähne). Es wechselte sich da der *Angelus* von Millet mit Aufforderungen zur Zeichnung von Anleihen ab. Sie wäre fast auf ein Sofa gefallen, doch ein Schrei erstickte in ihrer Kehle beim Anblick des Monstrums, das zwischen

den Kissen stand, einem kleinen, wie eine alte Kurtisane geschminkten Mädchen. Zu ihren Füßen saß, galant und schmachtend, Denis, erstarrt in einem selig-albernen Lächeln, und verbiß sich in ein saitenloses Banjo. Die Marionette folgte aufmerksam der stummen Melodie. Céline, die diesem Schauspiel keinen Sinn abgewinnen konnte, erschauderte. Das schlimmste war, daß Denis, der blendend sah, eine Schildpattbrille trug. Sie schloß die Augen. Das Schweigen gebot ihr, sie wieder zu öffnen. Sie erblaßte, denn nichts hatte sich geändert. Diese paradoxen Fötusse auf den Stühlen! Warum halten sie in ihren Händen *ausgerechnet* Einmachgläser mit Pflaumen in Alkohol? Und dieser Haufen von Telefonbüchern?
Einige davon mußten Adreßbücher oder Lexika sein, die ein Versehen verkleidet hatte. Wie sollte man sich die Anwesenheit dieser Marionette erklären, ihre Haltung und die Haltung Denis' in einer Stellung, die er niemals vor einer Frau eingenommen hatte? Da gibt es ja keinen Anschein von Wirklichkeit! Ist das eine Maskerade? Sicherlich wird Denis eine Romanze singen. Er schweigt, weil er keine Stimme hat. Dieses Schweigen. Ich höre nicht den *Angelus,* der diese Leute da zum Niederknien veranlaßt . . .
. . . Denis, Denis, immer noch selig-albern, oh, sie schnappte nach Luft, ihr Hut lag auf der Erde, sie hatte das Raumgefühl verloren (ah, mein Gott, meine Begriffe!), alles drehte sich, vermischte sich, die chinesischen Figuren, die Farbdrucke, die Puppe und dieser unwahrscheinliche Denis! Schweiß trat auf ihre Schläfen, sie konnte sich nicht bewegen, ihre Füße waren kalt, ihr Kopf glühte, es trat keine Entspannung der Nerven ein, sie hätte schreien, weinen wollen und konnte doch nur

ihre Muskeln verkrampfen. Nichts war vernünftig; wie kann man leben, wenn sich alles von der Logik löst? Die Wände sind keine Wände mehr, die Stühle dienen nicht mehr zum Sitzen, sondern zum Tragen unglaublicher Larven. Denis selbst hat sich vom Identitätsprinzip befreit: Was ist der Grund für diese Umwälzung? Meine Sinne erkennen keinen, sie sind überrascht von einer Welt, die neuen und unbekannten Gesetzen gehorcht. Jedenfalls ist das hier nicht wahrscheinlich. Es widerspricht allem, was ich bin, ich muß mich ändern, will es aber nicht! O mein Freund, was ist sicher in einem solchen Durcheinander? Nun wollen wir doch einmal die Ereignisse in den Griff bekommen: die Liebe ist allmächtig, die Seele unsterblich. Das ist unbestreitbar, und doch ... ah, Denis, siehst du nicht, daß ich leide? Die Seele jedenfalls ist unsterblich, niemand behauptet das Gegenteil, ich werde schon sehen ... und im übrigen betrügt mich dieser Körper (ich brenne) ... aber wie? Ist das nicht unerträglich? Wie? ... ah, da ... auf dem Tisch, da, da ... Denis' Revolver ... ich riskiere nichts, Denis oder diese Kinder da, wenn sie existieren, sicher wird mich einer von ihnen zurückhalten, bevor ich ... und schließlich ist ja die Seele unsterblich ... Denis!

Denis war viel zu sehr am Geschehen interessiert, um einzugreifen, die Chinesen konnten kein Französisch, und die Puppe war unfähig zu einem Energieakt. Den Tod festzustellen, war Gérards Werk, dessen Ankunft vorauszusehen war. Denis schilderte ihm den Selbstmord dieser armen Céline nur ganz kurz, denn er hütete eifersüchtig seine Entdeckung. »Céline«, so schloß er, »war ein sensibles Mädchen, doch hielt sie zu sehr an ihren Ideen fest und besaß kein Urteilsvermögen. Frauen sind inferiore

Wesen . . .« Gérard entrüstete sich burlesk: Denis wickelte ihn mit einem derart gütigen Blick ein, daß sich das Universum auflöste.

Madame steigt in ihren Turm hinauf

für André Breton

Ausnahmsweise ist Matisse keine Russin, sondern eine Rothaarige, die vor immerhin gut zwanzig Jahren auf dem Boulevard des Batignolles geboren wurde. Ihre Arme, die längsten der Welt, führen zu Händen, von denen man sich vorstellen könnte, sie seien zum Stützen einer nachdenklichen Stirn gemacht. Die ihrige, niedrig und nach oben hin von dürftigen Fransen beschnitten, ließe sich leicht folgendermaßen charakterisieren: ohne Rücksicht auf die Anatomie wird sie von den Augen gebissen, verschlungen. Die gewaltige Größe dieser Augen möchte Matisse, weil sie es verabscheut, zum Blickfang zu werden, auf die Schminke zurückgeführt wissen; deshalb verlängert sie mit einem schwarzen Strich den Schlitz ihrer Lider und zieht den Bogen der Brauen bis zum Haaransatz durch. Nur um sie zu entschuldigen, daß sie ihr die Wangen verschlingen, das schwöre ich Ihnen, unterstreicht sie ihre Augenhöhlen mit einem sanften Schatten. Ihre von Natur aus durchsichtige Haut würde das Blut durchschimmern lassen, doch Matisse, maßlos bescheiden, verbirgt dessen Zirkulieren unter einer metallischen Paste, die sie grün pudert und die ihren Wangen eine angenehme Harmonie verleiht. Die kräftige, leicht geschwungene Nase gibt diesem Gesicht eine gewisse architektonische Festigkeit. Die absichtlich langgezogenen Lippen werden nach der Mitte zu durch Karmin betont. Sie bekommen dabei das Zweideutige zweier Münder, möchte man meinen – der eine klein, der andere endlos groß –, die niemals die gleiche Melodie singen. Matisse hat nur ein Ohr, es ist umsäumt, umschattet und ohne Schmuckstück; doch zum Ausgleich dafür enthüllen ihre Haare auf der anderen Seite einen Smaragdring. Ihr kräftig modellierter Kiefer wird zum Kinn hin eher spitz. Ihr Körper erinnert sich daran, daß für ihn der Ausdruck *fausse maigre* erfunden wurde. Die vorspringende linke Hüfte, wahrscheinlich ein Stützpunkt für die Faust, verleiht dem Gang ein Wiegen, das als einziges die Sinnlichkeit dieser verschlossenen Kreatur verrät, die im übrigen wenig geneigt ist, ihr kräftiges Temperament zu zeigen. Ihre kleinen Füße ergreifen mich, doch erinnere ich mich rechtzeitig an Matisses Geschlecht.

Versessen auf aggressive und vulgäre Parfums – Moschus oder Patschuli von minderer Qualität –, macht es ihr Freude, daß diese Masken hunderterlei falsche Bilder von ihr geben[1]. An diesem mit modernen Intentionen verkleideten Geschmack erkennen Sie das Haremserbe des Orients oder des Okzidents, wo ihre weiblichen Vorfahren im goldenen Schutz der Jalousien langsam ihr Leben verbrauchten. Obschon emanzipiert, bewahrt sie von jener Sklaverei noch diese gekünstelte, schleppende Sprechweise, die in seltsamem Widerspruch zur Freiheit ihres Benehmens steht. Sie spricht mit großer Vornehmheit die pöbelhafte Sprache der jungen Mädchen aus gutem Hause, ein gewisses altmodisches Argot, das ebenso falsch klingt wie das trockene Lachen, mit dem sie die abgegriffenen Kalauer unterstreicht, die sie dann und wann wie Höflichkeitsfloskeln müde von sich gibt. Daß sie unsere guten Autoren gelesen hat, im Grunde ihres Herzens ihnen

1 Variante: ihr manche Verachtung einbringen.

aber die schlechten vorzieht, läßt sich aus ihrer Konversation durchaus nicht erkennen. Obwohl sie eine beachtliche Geigerin ist, will sie nur die *rag-times* der Saison spielen: die *gute* Musik bringt sie zum Gähnen. Da man keinen Liebhaber von ihr kennt, gilt sie im allgemeinen als reich, gewinnt dabei aber nicht jene Wertschätzung, die den Frauen von Stand zuteil wird[1]. Daß man nichts über die Quelle ihrer Einkünfte weiß, erregt die Neugierde, aber nur für einen Augenblick, da dies keinen Stoff zur üblen Nachrede liefert. Im übrigen wirkt Matisse nur seltsam, wenn man sie mit anderen vergleicht. Ist sie allein auf der Straße, fesselt sie niemandes Blick: erst in der Menge lenkt sie die Aufmerksamkeit auf sich.

Ihre Garderobe ist mehr dezent als exzentrisch: Matisse kleidet sich nicht nach der letzten Mode, sondern nach der kommenden. In drei Monaten werden ihre Kleider von allen Kleinbürgerinnen nachgeahmt, die sich heute noch über sie entsetzen. Aber unabhängig von ihrer jeweiligen Vorliebe bleiben die Farben stets hell, die Ärmel stets lang, wallend und am Handgelenk zusammengezogen. Die Toilette einer Frau, meint Matisse, muß sich mit ihrem Körper vermählen; wenn die Arme häßlich sind, soll sie sie verbergen, wenn die Haare zu glänzend sind, soll sie sie pudern. Zumindest handelt Matisse so, als ob sie so denke. Sie ist in Posamente vernarrt und gebraucht sie vor allem dann verschwenderisch, wenn man sie am wenigsten trägt. So wirken neben ihr die anderen Frauen oft etwas nackt. Doch ohne jeden besonderen Anlaß liegt plötzlich ihre Brust frei, aber nicht ihre Unterwäsche (diese Corsagen, wie sie mit einem gewissen Abscheu sagt,

1 Variante: den Frauen, die einen Beruf ausüben.

die das Schnürband des Untermieders, den Hemdträger sehen lassen). Ich stelle mir gern vor, daß sie unter ihrem Kleid nur eine Kombination aus grüner Seide trägt. Was soll man von ihren Strümpfen sagen? doch von ihren Stiefeln, ah:

Matisses Stiefel immer
in den Farben des Lebens und der Mode
pflegen gern die Zweideutigkeit
zwischen den Künsten[1] *und den Liebschaften*

Außer ihrem Smaragd, der lediglich das Grün der Fensterläden an ziegelgedeckten Häusern wiedergibt, hat Matisse noch zwei Schmuckstücke, einen Goldzahn als Anhänger, der nichts anderes als seine Schönheit bedeutet, und einen hübschen Toledo-Browning, den sie im Winter in ihrem Muff, im Sommer in ihrer Handtasche trägt und der für sie die zerstörerische Wirkung der Vergangenheit verkörpert; ihr Tasche enthält darüber hinaus ein ganzes Schminkarsenal, dazu noch eine Wasserwaage, einen Kompaß, ein Kaleidoskop für die Stunden der Langeweile, blaue Pimentkörner zum Betäuben des Hungers und ein kleines Skalpell, das nur dazu dient, die Helden von J. Fenimore Cooper ins Gedächtnis zurückzurufen. Es hat Matisse allerhand Mühe gekostet, ihre Wohnung auszusuchen. An eine Privatvilla durfte man um nichts in der Welt denken. An der Schwelle der Mietshäuser aber überkam sie immer ein gewisses Zögern: die Bauflucht, die Fassade, eine Karyatide . . . wie kann man darin leben? Schließlich entschied sie sich wegen der dreihundert Mieter für dieses Gebäude, eine richtige Mietskaserne, in der man unbemerkt ein und aus gehen kann. All diese Leute,

1 Variante: zwischen der Mode und den Liebschaften.

die um sie herum eine veränderliche Gedankenwolke bilden, während sie ihre Zeit vertrödelt und sich behaglich räkelt. Um den Aufzugsschacht herum verläuft – wie üblich – eine Treppe, die wohl niemals jemand benützt. Küchenstühle, Tische nach Schema ff, Sessel, die nur theoretisch die Form von Sesseln haben, alles, die ganze Wohnung, aus weißem Holz, könnte man meinen, doch besieht man sich die Dinge von nahe, bemerkt man, daß sie aus kostbarstem Material sind. Matisse verabscheut Stilmöbel. Wenn man ihr Glauben schenken will, ist der Stil nur ein bequemes Mittel, um sich bei der Beurteilung der Schönheit eines Möbelstücks auf andere zu verlassen. So scheinen bei ihr die Stühle nur Überschneidungen von Füßen, von Rückenlehnen, von Stäben zu sein, oder sie haben das lineare Aussehen von Möbeln, welche die Schulkinder immer nur von der Seite sehen. Wenn Matisse das elektrische Licht anmacht, schämt sie sich nicht, die Glühbirnen in den Fassungen nicht zu verstecken, wie es die amerikanischen Milliardäre in den gut inszenierten Filmen oder in den Beschreibungen Nick Carters tun. Sie überläßt den Putzmacherinnen und den Phantasten die süße Manie, das Vorhandensein der Glühbirnen mit einer Blütenkrone oder mit den Wechselfällen mythologischer Szenen zu rechtfertigen. Die Glühbirne scheint ihr mit einer besonderen Schönheit ausgestattet, die eine unnütze Vorrichtung nur verderben würde. Ein grün-weißer Lampenschirm, wie man ihn in Ministerien sieht, ist das einzige Zugeständnis, das Matisse hie und da in einigen Ruhezimmern den ermüdeten Augen der Besucher zubilligt. Ein ganzer Satz farbiger Glühbirnen erlaubt es ihr, den Dekor je nach ihrer Laune zu verändern. Wie anderswo Bücherregale, gleiten hier, deutlich sichtbar, die

Heizkörper an den Wänden entlang. Matisse liebt die großen beweglichen, windungsreichen Schlangen, deren mitteilsame und feurige oder kalte, zurückhaltende Stimmung man mit einem weich eingefaßten braunen Holzhebel regulieren kann. Ihr armen Dekorationsphilosophen, ihr hattet nicht diese Reklameteppiche vorausgesehen, die täglich laut zu Matisse sprechen: über ihre Zahnbürste, über die Liköre, die sie trinken wird, über die Schuhcreme, die den in der Teppichwolle umherirrenden Fuß Matisses erglänzen läßt; ihr hattet nicht diese optimistischen Strohmatten, diese beruhigenden Teppichbrücken vorausgesehen. An den Wänden des kleinen Salons ersetzen Plakate die Tapeten, sie beißen sich gegenseitig in einer Weise, daß man keines vollständig lesen kann; das stachelt die Neugierde an: man träumt. Dieses Boudoir, die geistige Entsprechung zu chinesischen Kabinetten, verschafft uns gar das Vergnügen, das Parvenus in ihrem Schlafzimmerorient suchen. Unter der Glasplatte des Tisches empfehlen sich der Reihe nach eine Möbeltransportfirma, eine Kofferfabrik, das Haus S (Sprungfedermatratzen) mit schmeichelhaften Bildern. Der auf dem Tisch abgelegte Fächer singt das Lob bretonischer Sommerfrischen, die Schreibunterlage ähnelt denen der Pariser Postämter. An der zerbrochenen Karaffe, am Streichholzständer, auf dem Kalender, überall hat das Branchenverzeichnis seine Spuren hinterlassen. Am Abend schließlich verkünden Leuchtbuchstaben je nach der Woche: HAUSFRAU : ÜBERGANGSZEIT, oder PYGMALION : WEISS, und das ergibt eine hübsch behagliche Atmosphäre.

In diesem kleinen Salon spürt Matisse lebhaft jene Tätigkeit des Menschen, deren kommerzielle Symptome sie hier umgeben, und gerade da lastet köstlich die Faulheit auf ihr. Welch ein Zauber, ein Luxustier zu sein, welch ein Zauber, einfach da zu sein: sie schließt die Augen und schnurrt vor sich hin. Oder aber sie hat sich ganz dem Mobiliar angepaßt: wenn die Beleuchtung ein bestimmtes Plakat auf Kosten eines anderen begünstigt, gerät Matisse in Verzweiflung und schwört, daß dieses *Menetekel Phares* eines Apothekers die Lüge ausruft; sie löscht das Licht, wechselt die Glühbirne gegen eine andere farbige aus, die die grelle Reklame grau macht, und triumphiert wie ein glücklicher Industrieller beim Erfolg seines Lieblingsprodukts, seiner jüngsten Saltrate. Manchmal wiederum starrt sie auf die Wandinschriften, um die Buchstaben einen phantastischen Reigen tanzen zu sehen. Tanz des R und des O. Scheidung des I und des Punktes. An Tagen, an denen dieses Boudoir ihr bedrückend vorkommt, sucht Matisse Ruhe im Atelier. Einen Augenblick: ich mache Licht.

Es sind hier zwei Etagen miteinander verbunden worden, und das sieht aus wie ein abgerissenes Haus: die Spur der abgetragenen Decke haftet an diesen Wänden, an denen zerfetzte Schlafzimmertapeten – helle Blümchen, dunkles Laubwerk, ewiges Motiv einer unablässigen Jagd – und das unechte Linoleum der Toilettenböden von einem früheren Leben zeugen, das unterbrochen wurde. Braune, geknickte Spur von Kaminen. Da und dort erinnert sich die hellere Tapete an das Bett, den Schrank oder die Bilder. Ein Kruzifix. In zwei Reihen übereinander betrachten die sechs Fenster, melancholische Soldaten, vorwurfsvoll dieses stupide Interieur. Die oberen Türen kommen sich albern vor, weil sie sich ins Leere öffnen. Unten in einer Ecke stützt ein von der Spitzhacke mitten im Leben überraschtes Café seine mit unpassenden Teilen geflickte Theke, das marmorrosa angestrichene Büfett, die großen wackeligen Schemel und das leichte Gerüst der mit Literflaschen und Biergläsern beladenen Etageren an den Dekor der Verwüstung. Hier empfängt Matisse die ungebetenen Gäste: sie können die trostlose Atmosphäre dieses Ortes bald nicht mehr ertragen, finden eine Entschuldigung und machen sich davon. Abends erleuchtet nur eine Werkstattlampe die Trümmer. Die Schatten werden riesengroß an die Decke geworfen, und Matisse denkt sich Romane aus. Als Waisenkind vom Dorfe kommend, wo sich die Ehrenhaftigkeit ihrer Eltern abgenützt hat, landet sie in Paris in der Bar ihres Onkels, der vor langer Zeit in die Hauptstadt gezogen ist; er ist ihr letzter Verwandter, ihre letzte Stütze. Was wird aus ihr, der Naiven und Reinen, inmitten der Stellmacher und der beunruhigenden, lüsternen Blicke werden? Ihr Schicksal läßt sich an den Augen einer Dirne ablesen, die ein Zuhälter mißhandelt. Der Onkel selbst wird sie diesem russischen Prinzen ausliefern, und schon ist es geschehen; aber der Unbekannte erscheint und rettet sie. Kraft, Schönheit, Reichtum, er hat ein Geheimnis in seinem Leben. Sobald man es erfährt, ist der Roman zu Ende. Ein andermal ist Matisse die Pantherin, die spanische Granden ruiniert, Kinder in den Selbstmord treibt, Angestellte in den Diebstahl, Bankiers in den Bankrott, Gymnasiasten in den Mord. Und am Ende verführt sie, immer wieder den Schauplatz wechselnd, in einem Vorstadtcafé den unschuldigen Gläserwäscher, der noch keine sechzehn ist. *Hier wird die Szene realistisch,* und plötzlich – schöne Augen, was sucht ihr an den Deckenbalken? – bemerkt die Lüsterne ein Medaillon am Halse des jungen Mannes oder ein Muttermal oder eine unauslöschliche Tätowierung, und fürwahr, es ist ihr Sohn, den sie vor langer Zeit auf den Stufen irgendeiner Kirche im Schnee ausgesetzt hat. Nach einer derartigen Wendung geht man ins Kloster: sie aber geht ins Eßzimmer.

Das Eßzimmer, wenn man so sagen darf: denn Matisse nimmt ihre Mahlzeiten im Restaurant ein. Immer im Halbdunkel, scheint ein nicht ganz abgedeckter Tisch gerade von seinen Gästen verlassen worden zu sein. Auf dem rot-weißen Schachbrett des Tischtuchs bewachen eine Obstschale mit blaugrünen, gewöhnlichen Früchten, eine entkorkte Flasche und ein Nußknacker ein blaues Glas. Es gibt nämlich Freunde, die in einem anderen Raum genauso deplaciert wären wie ein Klavier im Badezimmer. Matisse empfängt sie vor dieser Dessert-Parade und betrachtet sie, und manchmal streichelt sie sie ein wenig, wie Trauben oder Pfirsiche. Es sind dicke Leute, sie sind gut gekleidet, vielleicht melancholisch, doch auf jeden Fall ohne eine Runzel auf der Stirn.

Das Schlafgemach dient nur zum Ausruhen: das Tageslicht dringt dort durch Jalousien aus verspielten Brettern; sie ersetzen die unfreundlichen Rollos, die man entfernt hat. Schatten- und Lichtstreifen: nichts erlaubt es der Phantasie, in Unordnung zu geraten, oder den Sinnen, sich auszuleben – trotz der zweideutigen Nacht der Lichtinterferenzen; denn nicht die geringste Erregung soll den Schlaf verjagen, dessen Palast dieser Raum hier ist. Es gibt nichts Intimeres, nichts Geheimnisvolleres als diesen Ort: hier wird natürlich nur leise gesprochen. Ein einzigartiges Schamgefühl verbirgt das Holzskelett der Sitzmöbel unter Stoffen, deren Farbtöne vom Goldbraun bis zum Granatrot gehen. Alles strömt Weichheit und Ungezwungenheit aus; Pelze auf dem Fußboden dämpfen die Schritte;

im Herzen dieses Arkanums leuchtet kein Spiegel, kein Auge, das Matisse noch im Schlaf beunruhigen oder das letzte Bild ihrer heute abend vor dem Einschlafen ganz besonders schönen Nacktheit in ihre Träume einführen könnte. Das Bett inmitten des Raumes ist wie ein Schiff, es wird von einem ruhigen Meer getragen, und wenn Matisse sich in ihm ausstreckt, ist sie versucht, die Mythen und Morpheus (ihre Augenlider sind die Mohnblumen) zu erneuern, und dieser Ruhealtar wird zum Endpunkt der Welt. Aber um die Stille noch spürbarer zu machen, liegt neben dem Fenster, das Licht einfangend, eine stumme Violine in einem mit blauem Plüsch gefütterten Mahagonisarg, und der Bogen, der ihr Lager teilt, ist das Band, das dieses leblose Universum mit der wirklichen Welt verbindet.

Die Welt nimmt man vom Fenster aus wahr: graue Wachstuchdächer; Kamine, sinnliche Zuschauer; Atelierfenster, getrübt im staubigen Spiel der Stores; abgetrennte Häuserwände; unbebautes Gelände; in einem Hof die Dienstbotentreppe, erkennbar an ihren bunten Fensterscheiben; die geräumigen Schuppen, aus denen Automobile herausgleiten und in die, angelockt von den Majuskeln der Fassade, Automobile zurückkehren. Der Pfiff eines Zuges, und man erfährt den Namen des Stadtviertels: ROME, der in vollkommener Weise die Magie der modernen Städte mit der Vorstellung von antiken Zivilisationen verbindet.

Im Badezimmer ist nach all dieser Starre alles sauber, leuchtend, geometrisch, strahlend, schneidend, man könnte an einen Operationssaal denken. Als erstes bekommt man Lust, die Luftmenge dieses Raumes zu messen. Später hat man das Vergnügen an irgendeinem kur-

zen Vergnügen. Der Anstrich der Wände wirft eine unerbittliche Helligkeit zurück, die keine Runzel und kein weißes Haar verbirgt. In den Geräten für Hydrotherapie und elektrische Massage schlummern unter der Härte der Politur die Folterkammern von einst. Die Armee der Feilen, Nagelschieber, Nagelpolierer, Scheren, Brennscheren, die Bataillone der Schmink-, Colgate-, Coldcream-Dosen, Nagellackfläschchen, sowie die Phalangen der Lippenstifte, Puderquasten, Kämme, Bürsten jeder Größe und für jeden Zweck erwarten auf dem Frisiertisch ohne merkliche Ungeduld die täglichen Kämpfe. Die Gummischwämme, dieser Triumph des Menschen, thronen auf dem Toilettentisch, und der Geruch der Zahnpasta vervollständigt den Dekor.
Man drehe den Abflußhahn des Waschbeckens in die entgegengesetzte Richtung: sieh da, eine Falltür öffnet sich an der Decke, und eine eiserne Leiter gleitet herab. Einen Verbrecher verstecken, konspirieren, einen Leichnam verschwinden lassen, dazu muß eine Wohnung immer imstande sein. Durch diese heimliche Verbindung gelangt man ins obere Stockwerk, das den Schlupfwinkeln der Kriminalromane in nichts nachsteht. Zunächst einmal bringt ein nackter, gleichsam verlassener Raum den Besucher aus der Fassung: auf die Wände ohne Tapete und ohne Anstrich haben Arbeiter ihre Namen, Rechnungen, Reflexionen über das Leben geschrieben, ihr Frauenideal gezeichnet; auf die Fensterscheiben haben die Maurer mit weißer Farbe das Symbol des Unendlichen gemalt. Der übrige Teil der Wohnung ist das Werkzeugmagazin eines guten Detektivs: Mikrophone und Tonaufnahmegeräte zum Abhören von Gesprächen, in Nähtischchen versteckte Fotoapparate, Sessel, die von Unvorsich-

tigen, der sich auf sie setzt, gefangennehmen, getarnte Safes, falsche Behälter mit höllischer Klingel oder mit einer Falle, durchsichtige Wände, Periskope, die es erlauben, auf dem Dach die Taten und Handlungen der Dachdecker zu beobachten (man kennt nie ihre Absichten, es ist wie bei den Leuten, die das Telefon reparieren). Dort hat Matisse die allerneuesten Maschinen aufgestellt, die lautlos, schnell oder langsam, mit oder ohne Zufügung von Schmerz töten. Je harmloser sie aussehen, um so mehr liebt sie sie; da ist der Curare-Fingerring, der bei einem Händedruck mordet; da ist die lautlose Druckluftpistole; der Bumerang, der nach getaner Arbeit zu seinem Herrn zurückkehrt; der vulgäre Sandsack; der Kohlendioxydkamin; das Buch mit den vergifteten Seiten, das schlecht erzogene Leute dafür bestraft, daß sie zum Umblättern den Finger befeuchten; die Bombe mit flüssiger Luft; die elektrischen Apparate, die den Zugang zu einem Zimmer bei Todesstrafe untersagen; Röhren mit radioaktiver, mit infraroter oder ultravioletter Strahlung, mit farbigen Strahlen: sie rufen Wahnsinn, zonästhesische Störungen oder Fieberzustände hervor, ja führen zum Tode; schließlich ist da die große Revolveruhr, die zu festgesetzter Stunde den ihr gegenüber auf einen Stuhl gefesselten Detektiv erschießt oder vielmehr nicht tötet, weil seine Cousine, als Dienstmann, als Pastor, notfalls als Leichnam verkleidet, auftaucht, oder weil die Tochter des Verbrechers – ihre Mutter war eine anständige Frau – sich in das nette Gesicht des Verurteilten verliebt, oder auch weil eine Minute vor drei das Haus, in dem der ergebene Gehilfe oder die Feueranbeter eine Ladung Sprengstoff angebracht haben, in die Luft fliegt und den interessanten Helden der modernen Epen mit sich in den Hudson reißt, der gerade unter ihm vorbeifließt.

Aus den Eigentümlichkeiten ihrer Wohnung zu schließen, daß Matisse – ich weiß nicht, ob ich schon gesagt habe, wie schön ihre Zähne sind – romanesk ist, wäre falsch: als gute Hausfrau wollte sie, daß ihr Heim für unwahrscheinliche Eventualitäten gerüstet ist. Für Liebesabenteuer hat sie jedoch keinerlei Vorkehrungen getroffen. Denn sich daheim allzu zärtlichen Gefühlen hinzugeben, ist für sie ebenso unvorstellbar wie zu Hause zu essen: nicht nur in den Restaurants hat sie ihre festen Gewohnheiten[1]. Um Freunde zu empfangen, allein zu denken, zu schlafen, ja, sich vergnüglichen Künsten hinzugeben, dazu hat sie eine Wohnung. Lesen Sie meinetwegen bei sich zu Hause: Matisse hebt sich diese Beschäftigung für ihre Métro-Fahrten auf. Sie vermag ziemlich genau ihre Geschmäcker zu formulieren; denn sie übt sich darin. Sie würde es kein einziges Mal versäumen, auf die Verhöre der Zeitschriften zu antworten: welches sind Ihre Lieblingsbücher? was war Ihr stärkstes Gefühlserlebnis? und tausend andere Fragen, deren Kindischkeit ihr sehr wohl bewußt ist, die als einzige ernst zu nehmen, sie sich jedoch rühmt. Sie antwortet darauf mit der Glut einer reuigen Sünderin im Beichtstuhl, und diese systematische Selbsterforschung erfüllt sie mit Wohlbehagen. Dabei entdeckt sie jedesmal einen neuen Winkel ihrer Gedanken, der ihr noch unbekannt war. Sie lacht wie ein Mädchen, das sich zum erstenmal im Spiegel betrachtet, und registriert ihre Entdeckung. Von nun an wird sie, wenn man sie darauf anspricht, sagen können: »Was wollen Sie, ich bin nun einmal so.« Sie fürchtet nämlich, daß ein anderer sie besser durchschauen könnte, als sie selbst sich durchschaut.

1 Die Küsse, die Matisse liebt, ähneln ihrer Wohnung. Jedoch haben manche Küsse von ihren Reisen ein Meeresrauschen mitgebracht.

Eines Tages fuhr Matisse aufs Land: sie betrachtete gelangweilt die Bäume, die Gräben, die Wege, die Wiesen; sie folgte anstandshalber den Bächen, aber sie gähnte. Plötzlich sah sie vor sich eine Fabrik auftauchen. Schnell lief sie zu diesem wiedergefundenen Eden, atmete, sobald sie im Hof war, den guten Rauch- und Kohlengeruch ein, lauschte dem Pfeifen, dem Rattern der Maschinen, mischte sich unter die Arbeiter, schloß die Augen und stellte sich vor, wieder in Paris zu sein.
Ein angeberischer, aber sehr reicher junger Mann, der Matisse das Verlangen nach seiner Person einzuflößen wünschte, hatte ihr, in der Überzeugung, daß eine Frau von Geschmack immer auf die Schönen Künste versessen ist, einen echten Rembrandt und eine Büste von Houdon geschenkt. Sie überließ das Bild ihrer Concierge, ohne ihr zu sagen, welchen Wert es hatte, so daß es einige Jahre später ein glücklicher Experte entdecken und für ein Stück Brot erstehen konnte. Die Büste hingegen malte sie schwarz an, weil sie fand, daß sie – abgesehen von der Farbe – einem ihrer Neger-Grooms ähnelte.
Wenn Matisse nicht so eine kalte Vernunft besäße, würde sie schnell die Stadt beherrschen wie einst eine Ninon, wie heute eine Sorel. Sie begnügt sich damit, sie zu bewohnen.

Wenn alles zu Ende ist

für Matthew Josephson

Man nennt mich Grindor, Clément Grindor, und ich war sogar, scheint es, der Sohn einer bekannten, will sagen, einer sehr prominenten Persönlichkeit. Paris bekränzte mit seinen Wagen, seinen Frauen und seinen tausend Lichtern in der Sekunde wie eine Blumengirlande meine glückliche Stirn. Ich hatte eine Geliebte, die einer Fee glich: durch eine besondere Gunst war sie vom Einfluß des Mondes befreit; sie konnte die Gegenstände, auf die wir stießen, nach Belieben verwandeln. So wurde ein Blumenstrauß zum Fotografierapparat, mit dem wir die flüchtigen Worte einer auf der Place de la Bourse getroffenen Mähmaschine fotografierten (ich weiß nicht mehr, wie sie lauteten), und ich könnte Ihnen noch ganz andere Dinge aufzählen.

Eléonore Farina hatte mehrere Liebhaber, mit denen ich mich gut verstand; manchmal fuhren wir alle zusammen in die Umgebung von Paris und aßen in den Wäldern oder an den Ufern eines Flusses zu Mittag. Einer dieser Liebhaber war der berühmte B., dessen Geschichte Sie kennen.

– Wirklich B.? –

– B. persönlich. – Er war unnachahmbar im Singen schlüpfriger Lieder und amüsierte uns bis in die Nacht hinein, die wir dann mit philosophischen Diskussionen verbrachten, in denen Eléonore besonders glänzte. Maurice, den wir Mau-la-Sagesse nannten, gefiel es, unsere individuellen Reflexe auszulösen, um daraus eine Moral abzuleiten, die verführerischer war als Goldstaub. Der älteste in unserem Kreis war zwanzig Jahre alt, und jeder von uns hatte noch jene Persönlichkeit zum Vorbild, die er sich in der Schule fabriziert hatte, enthusiastisch die eine, skeptisch die andere. Mau, der uns wie Schachfiguren behandelte, lancierte in unsere Gewißheiten Konflikte, aus denen eine große Verwirrung, eine Art Nacht entstand, in der wir die Sicherheit der Systeme und die altkluge Frechheit unserer allzu guten Gesundheit verloren.

Wenn wir diese Krisen überwunden hatten, vereinte uns meistens das tragische Gefühl, daß wir verschieden waren und daß es Triebe gab, die ein leichter Hauch aus unseren Abgründen hervorrufen konnte; jedesmal wurde unsere Freundschaft in Frage gestellt und schien für immer verloren; doch hatten wir so sehr Gefallen an ihr gefunden, daß wir sie immer wieder von neuem postulierten.

Schließlich wurde uns dieses gemeinsame und doch so zerbrechliche Vertrauen unerläßlicher als das Atmen, und alles übrige erschien uns belanglos. Gleichzeitig gewöhnten wir uns unmerklich an eine derart dramatische Atmosphäre, daß wir schließlich das Drama liebten, es kultivierten. Es gab keine Handlung, keine Gebärde, die uns nicht erlaubt hätte, uns gegenseitig zu verdächtigen, und die wir hätten durchgehen lassen, ohne von dem Betreffenden Rechenschaft zu verlangen. Leicht wurde das, worüber wir uns im Laufe einer Diskussion einigten, zum Dogma. Wir begannen mit einem Gedankenwettstreit, einem moralischen Wettlauf, durch den wir um uns herum immer mehr Fallen aufstellten für die, die nicht mehr mitkamen: so verliehen wir unseren Existenzen eine Beschleunigung, deren Wirkung nicht auf sich warten ließ.

Nichts ist leichter, wenn man zu acht ist, als sich einzureden, daß eine bestimmte Lebensweise einer anderen überlegen ist. Wir lernten, ein langes, glückliches Leben, wie wir es bis dahin ersehnt hatten, zu verachten, und eines Nachts machten wir allen menschlichen Genüssen den Prozeß. Diese Art terroristischer Aufrichtigkeit, auf der wir hartnäckig bestanden, brachte uns ganz natürlich dazu, voller Abscheu jedes Nützlichkeitsargument zurückzuweisen, und obwohl wir jede Wahrheit in Abrede stellten, waren wir vom Sinn für eine absolute moralische Realität beherrscht, die manche von uns sogar um den Preis eines Martyriums erkauft hätten. Die einzigen Realitäten indes, die uns noch Bestand zu haben schienen, waren diese persönlichen Zufälle, um die sich der Geist normalerweise nicht kümmert, ein Muttermal an B.s Schulter, die Art, wie Mau-la-Sagesse die Endsilben verschluckte, die Bewegung, die ich immer machte, bevor ich mich hinsetzte, usw. B. sagte, er habe sich ein Leben gewünscht, das ihn von den anderen Menschen genauso unterscheide wie dieses Muttermal an der Schulter. Teils zusammen, teils jeder für sich, wollten wir uns einmal ein paar Tage vornehmen, um das anzusehen, was die Menschen Vergnügen nennen, und so besichtigten wir in der darauffolgenden Woche in ziemlich pädagogischer Weise die Welt von den Folies-Bergère bis zum Louvre. Von diesem Ausflug kamen wir recht müde zurück und waren überzeugt, all das schon gesehen zu haben. Diese Müdigkeit, über die sich von außen leicht urteilen ließ, war nicht das, was man vor zwanzig Jahren *Blasiertheit* nannte. Nichts in uns war abgestumpft; aber konnten wir denn jemals von der intellektuellen Ebene absehen, auf der alles unnütz und eitel erscheint? Wenn wir urteilten, nahmen wir stets das Unendliche zum Maßstab, und dieses Unendliche erdrückte uns. Wie hätten wir das banal *glückliche* Schicksal unserer Zeitgenossen akzeptieren können, die bei Auguste Comte gelernt hatten, metaphysische Probleme seelenruhig und ein für allemal beiseite zu schieben? Dazu geboren, ein Blitzabenteuer jener Geduld vorzuziehen, die bald zur Wahl Raymond Poincarés zum Präsidenten der Republik führen sollte, stellten wir der Existenz eines solchen Bürgers Tausende ganz kurzer Glückserlebnisse entgegen. So stürzten wir uns auf Gedeih und Verderb in das Autoabenteuer.

A priori hatten wir noch keine klare Vorstellung davon, und wir drängten uns gegenseitig, genau festzulegen, wie es aussehen sollte. Als wir alle Instrumente in Händen hatten, zitterten wir einige Tage lang bei dem Gedanken, eine Katastrophe von zweifelhaftem Wert zu beschleunigen. B. übernahm es dann, den Mechanismus auszulösen. Ich selbst dachte daran, ihn zurückzuhalten. »Das mir verheißene Schicksal reißt mich fort«, sagte er zu mir, »ich bin die Prinzessin auf der Erbse, und die Gefahr reizt mich, die Gefahr zu versuchen.«

Als die Rollen verteilt wurden, kam es unter uns zu einer heftigen Diskussion. Abermals schien alles zu scheitern. »Na«, sagte B., »eure Herzen sind Wasserblasen: ich sehe in ihnen besser als ihr selbst, was die Quelle eures Entsetzens ist. Ihr fürchtet nicht so sehr den unglücklichen Ausgang eines tödlichen Abenteuers als vielmehr einen verbrecherischen Anschlag auf die von Kindheit an respektierten Werte. Anstatt eurer natürlichen Neigung zu dem, was ihr das Gute nennt, zu folgen, macht ihr euch allzuoft, selbst in diesem Augenblick noch, meinen Willen zum Gesetz: vielleicht weil in ihm eine gewisse Größe zutage tritt. Aber man erkennt in eurem Zaudern sehr wohl die Gewissensbisse, die verschämte Wiederkehr der Tugend.« Mau-la-Sagesse antwortete ihm: »Wenn ich dich nicht so sehr liebte, wie verhaßt wärst du mir dann! Unablässig mußt du alles analysieren! Die Schärfe deiner Beobachtung scheint immer zu triumphieren, selbst wenn sie falsch eingesetzt wird, und wer möchte dir nicht recht geben, du Psychologe, wenn du gesprochen hast? Doch gerade dieses stumme Einwilligen in deine Handlungen verlangst du ja in dem Augenblick, da du es uns zum Vorwurf machst. Du willst nicht, daß wir das gefährliche Projekt diskutieren . . .«

»Ich will niemand verpflichten, mir zu folgen«, antwortete B. leidenschaftlich, »aber was gibt uns das Recht, irgendeine Handlung zu vollbringen, wenn nicht jenes bereits erwähnte Gefühl der Größe, das uns mehr und mehr zu dem unnennbaren, unbewußten Ziel hinführt, das der einzige Gegenstand unseres Strebens ist? Ja, alles soll mir nachgeben: Grausamkeit, Treubruch, Dreistigkeit, all das wechselt mit den Menschen seinen Namen, und ihr Gegenteil ist Schwäche, Schwäche, nichts als Schwäche. Nur Exzesse verdienen unseren Enthusiasmus, und wenn sie uns jetzt auch nur Haß eintragen, so werden sie uns doch früher oder später eine dauerhaftere Liebe verschaffen. Und muß, ja kann denn die Reaktion der anderen auf unsere Handlungen diese jemals motivieren? Ich möchte sicher sein, daß all meine Worte, all meine Handlungen ein für allemal für die Welt verloren sind. *Mit* mir die Sintflut.« Dieser Furor, der ihn gegen sich selbst aufputschte, der ihn sein eigenes Interesse verachten ließ, konnte uns, zu welch absurder Großtat er ihn auch treiben mochte, seinem Abenteuer gegenüber nicht gleichgültig lassen. Nur um zu zeigen, welch unwiderstehlichen Einfluß er auf uns, ja selbst auf Mau ausübte, habe ich so ausführlich B.s Worte vom Vorabend des entscheidenden Tages wiedergegeben. Wie hätten wir ihn im Stich lassen können? Sein Lächeln verdammte uns. Keiner von uns konnte sich ihm entziehen, wenn er mit dieser Geste der Hand die Ideen und die Asche seiner Zigarre abschüttelte.

Wie eine Sonne über der Welt tauchte plötzlich das gelbe Auto in der Rue Ordener auf: wir stiegen ein, erfüllt von einer Philosophie, die so berauschend war, daß sie über jeden anderen Gedanken siegte. Seit der Ermordung des Kassierers traten wir in ein seltsames Licht ein, in dem sich das Leben überstürzte. Sie haben damals in den Zeitungen unsere Legende gelesen, obwohl Sie noch ein Gymnasiast waren. Aber was man Ihnen nicht geschildert hat, das waren die Essenspausen zwischen zwei Unternehmungen und unsere feurige Ausgelassenheit, unsere Lektüre des *Petit Parisien* mit seinen hübschen Schlagzeilen, und was noch alles? Die leeren Augenblicke, in denen wir nicht sprachen. Der Schlaf. Seit dem Raubüberfall auf die Post von Chantilly war B. für uns der Held, der er für die Historiker werden sollte. Niemand kann sich vorstellen, welche Milde, welche Sanftmut seinen Exaltationen folgte. Daß er sterben sollte, wußten wir nicht erst seit heute. Er war zum Engel prädestiniert: er durchzog das Universum wie eine lodernde Flamme, er war gleichsam die Güte selber. Währenddessen konnten wir dank zahlloser Sympathiebekundungen unsere Aktion fortsetzen und den gegen uns gerichteten Verfolgungen entgehen. O Wunder der Schnelligkeit: sie schenkte uns Trunkenheit und Straflosigkeit in einem. Auf der Straßenkarte legten wir große blutige Zickzackwege zurück. Im Menschen-

meer schöpften wir en passant immense Reichtümer, riefen Schrecken und wachsende Erregung hervor und verfielen einem immer stärker werdenden Taumel. Während dieser wahnsinnigen Rennfahrt von der Kürze eines die Welt mit rotem Feuer erleuchtenden Augenblicks durchlebten wir eine ganze Existenz, die unablässig über sich selbst erstaunt war, wie Wesen, denen immer bewußt ist, daß sie sich selbst überleben, obwohl sie jeden Augenblick spüren, wie unwahrscheinlich es ist, daß das Gleichgewicht wie durch ein Wunder plötzlich wiederhergestellt werden könnte.
Frankreich, Europa, ja bald beide Kontinente blickten angsterfüllt auf jenen Erdenwinkel, in dem ein Meteor aufgetaucht war. Dem Abscheu, mit dem man anfänglich unsere ersten *Verbrechen* beschrieben hatte, folgte Verblüffung, ja sogar Bewunderung angesichts dessen, was man nunmehr unsere Heldentaten nannte. Man begann vage zu fühlen, um was es jenseits des vordergründigen Geschehens eigentlich ging; eine Handvoll Männer auf dem Erdball erlebten eine der größten geistigen Erschütterungen der Geschichte, aber deswegen brauchte doch nicht das Schicksal der Reiche in Gefahr gebracht zu werden. Das gewaltige Geschrei einer feindlichen Gesellschaft vermochte nicht die Stimme von Mau-la-Sagesse zu übertönen, dessen Ideen jetzt sogar in den Provinzcafés kommentiert wurden. Auch wenn das Unternehmen zwangsläufig unglücklich ausgehen mußte – ich konnte nicht umhin, es B. zu sagen –, würde uns nicht das ferne Schicksal der Helden erspart bleiben, dieses dämliche Schicksal, zu dem uns nunmehr die Sympathie der Denker verurteilte: denn heutzutage ziehen die Dramatiker Catilina den mit dem Prix Monthyon ausgezeichneten Stücken

vor. »Du wirst früher oder später eine Gestalt fürs Lexikon sein, ein Vorbild unter anderen. Gerade deinen Mut wird man im Gedächtnis behalten. Am Ende setzen sich an deinem Glorienschein die Elemente der Moral fest, die du zerstören wolltest. Jenseits der Achtung vor dem menschlichen Leben entsteht eine neue Generosität: freie Geister gewähren dir Asyl. Was für ein Anspruch auf Größe! Wir sind neue Fanatiker. Wieder ist ein Christus erstanden.« B. antwortete unerhört heftig, er sei ganz sicher, daß ich irre; die nahe Katastrophe würde eine endgültige sein, im Geist der Menschen seien wir bereits gescheitert, und unser Prozeß würde niemals, niemals revidiert werden. Ich sah jedoch, daß ich das Richtige getroffen hatte und daß eine neue Unruhe unter unseren Freunden aufflackerte. Sie zweifelten plötzlich an ihren tiefsten Motivationen. An jenem Abend – wir waren bei einer Dirne, die uns versteckte – bemerkte ich die düstere Miene unseres Chefs. B. stürzte sich plötzlich auf die Gastgeberin, packte, sie fast umwerfend, ihren Kopf und riß ihr mit den Fingern weit die Augen auf.

»Kannst du mir sagen, warum du uns nicht verrätst?« schrie er. Man muß diesen wilden Ausdruck auf seinem Gesicht gesehen haben, während er seine Blicke in die verdächtigen Augen tauchte. Man muß ihn gesehen haben, um zu begreifen, welch dumpfe, geheime Freude sich plötzlich in meine Adern einschlich. Irgend etwas war in mir aufgekeimt, das bald Gestalt annehmen sollte.

Ich hatte ja schließlich mein Leben geopfert. Nichts auf der Welt war mir so teuer wie meine Gefährten, mit denen ich die Gefahr teilte, und unsere gemeinsamen Ideen; nicht einmal meine eigene Existenz. Vielleicht ist es gut, daran zu erinnern.

Und doch – welch merkwürdiger Widerspruch – bereitete es mir eine beispiellose Wollust, das Scheitern all dessen, was ich liebte, festzustellen. Das Desaster (nämlich, daß unsere Handlungen als Heldentaten und unser Leben als Apostolat betrachtet werden konnten) gab mir plötzlich eine geistige Freiheit wieder, auf die ich bereits verzichtet hatte. Ich fürchtete, tugendhaft zu werden. Es festigte sich in mir der Wunsch, endlich die Tat zu vollbringen, die wirklich nicht, von keinem Gesichtspunkt aus, zu verteidigen war, und als ich B.s Glauben erschüttert hatte, da kostete ich, wie perfid berauschend es ist, das zu Grunde zu richten, was wir lieben. In jenen Tagen sprach B. unablässig von möglichem Verrat. Man hätte meinen können, er tue dies absichtlich. Wir musterten die Leute, auf deren Wohlwollen wir manchmal angewiesen waren, mit einer gewissen Hoffnung, endlich den unvermeidlichen Judas zu entdecken. Daß wir uns wie gehetzte Tiere vorkamen, wurde allmählich unerträglich. Unsere Überfälle wurden häufiger, fieberhafter, grausamer. Wir wurden Maschinen, die sich nicht mehr stoppen ließen. Ich jedoch, der ich immer mehr zu dem Bewußtsein kam, daß ich lediglich einem übersteigerten Heroismus huldigte, löste mich allmählich vom Kollektiv und ließ es in den verbotenen Gefilden zurück. Es wurde mir der Antagonismus zwischen meinem Individuum und den Individuen meiner Gefährten klar: ich identifizierte mich mit mir selber. Eines schönen Tages verstand ich, daß ich in mir diesen Dämon nährte: das Bedürfnis zu verraten. Das Vertrauen, die Basis unseres Abenteuers, erschien mir als gemeiner Idealismus, als Schwäche von der Art des Mitleids. Das Mißverständnis konnte nicht länger aufrechterhalten werden.

Man erinnert sich der Ungeschicklichkeit der Polizei, die uns aus einem Schlupfwinkel entkommen ließ, den wir bei der Geliebten eines unserer Gefährten eingerichtet hatten. Diese Kleinigkeit entmutigte mich nicht. Noch vier Tage lang waren selbst die geringsten meiner Worte Wunder an Verstellung. Ich lebte in verhaltener Exaltation. Da kam endlich der vorbereitete Augenblick. Auf Grund meiner Hinweise – zwei von uns hatten bereits den Tod gefunden – umstellte die Polizei das Besitztum des anarchistischen Millionärs, der uns aufgenommen hatte. Es kam zu einem phantastischen Halali: als die Angreifer im Schutz ihres Heuwagens zu triumphieren glaubten, raubte ihnen das Feuer den Körper des letzten Überlebenden dieses Abenteuers, des Titanen B., der wie Jeanne d'Arc starb, während seine Feinde erschreckt zurückwichen. Die Präfektur hatte mir Straffreiheit zugesagt und half mir nun unterzutauchen. So rollte der Prozeß der Komplizen ab, ohne daß ich auch nur als Zeuge vorgeladen wurde.
Ich nahm mein Geheimnis mit, das Geheimnis dieser Tat, im Vergleich zu der, wenn Sie darüber nachdenken, unser ganzes Unternehmen nichts, nichts als eine jämmerliche Komödie der Revolte war, die zu spielen es die Menschen von Zeit zu Zeit gelüstet. Ich aber barg nunmehr in mir den Wurm, der jede Größe zerfrißt.
Was sollte jetzt aus mir werden? Sollte ich von dieser *Gesellschaft,* deren Denunziant ich gewesen war, eine Wiedereingliederung in meinen natürlichen Platz erbetteln? Man gab mir zu verstehen, daß dies unter gewissen Bedingungen nicht unmöglich wäre. Aber es widerstrebte mir eben doch, für mich eine Hypokrisie in Anspruch zu nehmen, die ich sehr wohl durchschaute. In Wirklichkeit war meine ganze Sympathie bei denen, die ich verraten

hatte, und so war meine Situation von ganz besonderer Art: die, die mich wiederaufgenommen hätten, verschmähte ich, zu den wenigen Leuten, die ich schätzte, konnte ich nicht mehr zurückkehren, zu niemandem hatte ich mehr Vertrauen, und so fiel ich in hoffnungslose Einsamkeit, wie sie vielleicht kein Mensch jemals in der tiefsten Wüste erfahren hat. Ich blieb in Verbindung mit der Polizei, bediente mich ihrer und sie sich meiner: wir verhandelten miteinander von der gleichen Position der Stärke aus. Sie gab mir eine Macht, die ich auszubeuten gedachte, während sie mich lediglich für einen *Agent provocateur* hielt. Damals begann dieses unstete Leben, das sich mit dem Leben verschiedenster Männer und Frauen kreuzte, ohne daß irgendwer jemals meiner Spur hätte folgen können. Ich kam irgendwo an; dieser Passant da war mir eben noch ein Unbekannter, und schon am nächsten Tag zerrüttete ich seine Existenz. Es hatte sich in mir eine rasende Lust entwickelt, mit Menschen zu experimentieren. Doch was suchte ich im andern? Immer den gleichen Mechanismus, den gleichen Augenblick des Geistes. Eines nur zog mich an, berauschte mich, und ich hätte alles hingegeben, um es unaufhörlich hervorzurufen: ich wollte überall diese Gemeinheit wiederfinden, die ich in mir erfahren hatte, diesen höchsten Verrat, die Minute, in der der Instinkt den Menschen gegen das Objekt seiner Liebe aufpeitscht. Ich habe nichts unversucht gelassen, um die Menschen in diesem Augenblick der Aufrichtigkeit zu beobachten. Jahrelang schlich ich mich in das Leben der Friedfertigsten ein und säte in sie Leidenschaften, fieberhafte Unruhe. Ja, ich war wirklich dieser *Agent provocateur:* das Endergebnis war mir ziemlich gleichgültig, aber wenn ich auf meinem Weg ein Kind mit reinem Herzen, mit enthusiastischem Herzen begegnete, dann können Sie sicher sein, daß ich da war und lauerte, wenn sich auf seinem tugendhaften Gesicht das Stigma jener Schwäche, die zugleich Stärke ist, das Stigma des Verrats, abzeichnete. Da war zum Beispiel ein junger Mann, der im Übermaß seiner Energie so große Pläne im Kopfe hatte, daß er die Grenzen von Gut und Böse überschritten hatte: er wußte nicht, daß er mir gehorchte, aber welche Weite war in seinen Unternehmungen! Schließlich sollte alles seine Anstrengungen krönen: der Reichtum, eine bildschöne Braut, sagenhafte Ehrungen. Der Erfolg – ich wußte es, verbarg es ihm aber – würde selbst noch die Erinnerung an seine früheren Verfehlungen auslöschen. Dann ließ ich in seine Adern einen sich unmerklich festsetzenden, perfiden Zweifel gleiten, und dieser Zweifel ging seinen Weg. Welches Schauspiel! Ich erlebte die Agonie eines Willens. Der junge Mann verzichtete auf alles, was er mit solcher Gier gesucht hatte, daß ihn nicht einmal das Verbrechen aufhalten konnte. Ganz plötzlich war es ihm lieber, ein Bettler, allein, im Exil zu sein, als auch nur das kleinste Risiko eines Bankrotts auf sich zu nehmen, der ihm auch kein größeres Unglück eingebracht hätte. Und jetzt, da die Schlange ihn gebissen hat, was schenkt er nun, höhnisch lachend, einer Vorstadtdirne? Die Fotografie seiner Braut, diese Fotografie, die er auf seiner Brust getragen hatte, wenn er sie nicht gerade an seine zitternden Lippen preßte. Solche jungen Männer, Monsieur, habe ich zu Hunderten gesehen.

Und erst die Frauen . . . aber vielleicht sah ich so aus *(er betrachtete sich in dem zerbrochenen Spiegel, der am Griff des Fensterkreuzes hing)*, daß nur ganz wenige mir widerstehen konnten ... Die Frau mußte alles verlassen haben, um mir zu folgen, sie mußte mein Schatten sein, ein dem Schatten meines Schattens unterworfener Gegenstand, eine Briefmarke auf meinem Körper. Was sann ich nicht alles an Schlichen aus, um beobachten zu können, wie im Grunde ihrer vertrauenden Augen allmählich das Gespenst des Zweifels und der Lüge erstand. Wenn sie mich im Kampf mit irgendeiner schrecklichen Macht, zum Beispiel der Polizei, wußte, genoß ich zunächst das unübertreffliche Vergnügen an ihrer Komplizenschaft. Welchen Sinn bekam dann die Liebe an den nichtigen Orten, an denen wir uns ihr hingaben, wenn sie durch die Gefahr und das Verbrechen aufs äußerste gesteigert war! Entschuldigen Sie mich, wenn ich das Wort Verbrechen nicht ohne Lachen aussprechen kann.

Wenn die Katastrophe sicher schien, las ich in diesen umschatteten Augen eine leidenschaftliche Ironie, einen instinktiven geistigen Vorbehalt. Bis in den Tod hinein, so sagte sie, aber bei sich selbst dachte sie: »Nur nicht das Gefängnis.« Zehn Jahre lang konnte er mich nicht ermüden, dieser immer gleiche Ausdruck auf dem Gesicht meiner Mätressen in dem Augenblick, da das unerbittliche Schicksal an die Tür klopft. Dieser Blick ist zauberhafter als die Luft, die man auf den Berggipfeln einatmet: in diesem Augenblick wirst du mir fremd und zugleich so lebendig. Drei oder vier Frauen waren da so schön, daß ich es nicht ertrug, daß sie diesen Augenblick überlebten. Was hätten sie mir nach einem solchen Blick noch geben können? Sie wären nur hinter sich selbst zurückgeblieben. So endeten sie erwürgt in ihren aufgelösten Haaren ... Drei – oder vier?

Jedem eine Minute seines Lebens abverlangen, und wäre

es um den Preis dieses Lebens, das macht aus mir weder Lovelace noch Satan, wohl aber Grindor. Clément Grindor, der zwar seine Geschichte nicht künftigen Generationen vermacht, sich aber doch als Archetyp versteht und seiner von ihm entdeckten Natur treu bleibt.

Vielleicht haben Sie diese Eléonore vergessen, die mich in die Gesellschaft von B. und Mau-la-Sagesse eingeführt hatte. Sie war nur mit Verbannung bestraft worden, und eines Tages führte mich der Zufall an den Ufern des Rheins mit ihr zusammen. Ich war damals mit einer internationalen politischen Affäre beschäftigt, in der auch die Intrige eines Leutnants zur See und einer Wiener Sängerin eine Rolle spielte. Das Experiment versprach großartig zu werden: es betraf drei hochgestellte Persönlichkeiten, und während ich an jenem Abend in einem Palast am Ufer des Flusses speiste und meine hübsche Komparsin den Blumenstrauß, der auf dem Tisch stand, liebenswürdigerweise in Brand steckte, dachte ich nur darüber nach, wie sich dieses Experiment organisieren ließ. Da erweckte ein Boot auf dem Rhein unsere Aufmerksamkeit. Es trieb in alle Richtungen hin und her; plötzlich tauchte aus ihm im Schatten eine weiße Gestalt auf, sprang ins Wasser und schwamm an das Ufer, an dem wir zu Abend aßen.

Aus Neugierde war ich unter den ersten, die ihr halfen, aus dem Fluß herauszuklettern. Ich war verblüfft, Eléonore zu erkennen; sie war so schön und fast nackt. Ich fing sie in meinen Armen auf, da wurde sie ohnmächtig, und ich trug sie in einen Salon, wo sie genügend Kraft für die Bitte fand, uns allein zu lassen. Ich sah Blut an ihrem Hals und erfuhr, daß sie aus dem Boot entkommen war (dieses ist immer noch auf der Flucht), als jemand sie hatte erdrosseln wollen.

Aber welche Überraschung war es für sie, mir wiederzubegegnen; sie hatte geglaubt, ich sei umgekommen, wie ein Hund an einer Straßenecke. Dank dem Wunder meiner Rettung bekam sie wieder die alte Lust auf mich. Ich roch noch in der Wunde ihres Halses das Blut ihrer Liebhaber, meiner Opfer, und mir fiel erst nach zwei Stunden meine kleine Begleiterin ein, die ich auf der Terrasse zurückgelassen hatte; ich schickte ihr ein Billett, sie sollte zu Bett gehen. Als Eléonore voller Verzückung mit den Fingern an meinen Knöcheln Maß nahm und dabei eines der uns so vertrauten schlüpfrigen Lieder dieses armen B. sang, beherrschte ich von meiner ganzen Höhe herab diese süße Sklavin, nach der ich mich so lange gesehnt hatte und die ich nunmehr, als wäre es vorherbestimmt, wiederfand, und begann, langsam sprechend, mit dem *wirklichen* Bericht meiner Abenteuer. Sie rührte sich nicht; die Umstände der Denunziation konnten kein Zusammenzucken dieses erstarrten Gesichts bewirken; aber als ich zum Tod B.s kam und schilderte, wie er den Satz hinausschrie, den nur ich allein hören sollte: »Habt keine Angst, Töten ist meine Sache!«, und wie er sich in die Flammen warf, da verlor sie immerhin, erschöpft von so viel Erschütterungen, das Bewußtsein und stürzte zu Boden.

Als sie wieder zu sich kam, bereitete uns ihr Hin und Her zwischen Schrecken und fieberhafter Leidenschaft drei Wochen lang ein köstliches Leben. Wir waren in den Harz gefahren, um uns über das geistige Drama, das sich zwischen uns abspielte, auszusprechen. Ich gab ihr einen Revolver, und hundertmal hätte sie mich beinahe niedergeschossen. Sie folgte mir im Gebirge an jene Orte, wo ein Schuß im Rauschen der Wasserfälle und im Lärm des

Felsgerölls untergegangen wäre. Hundertmal verhinderte ein Tonfall meiner Stimme, eine Bewegung meines Körpers, daß ihr Finger abdrückte. Als sie nach drei Wochen bezähmt war, blieb sie, sitzengelassen, nur mit der unbezahlten Rechnung im Hotel zurück.

Welche Rolle ich im Weltkrieg spielte, werde ich Ihnen nicht erzählen. Man würde mich, den geheimen Urheber alles Großen, das in diesen letzten Jahren vollbracht wurde, für einen Angeber halten, wenn ich Ihnen auch nur den zehnten Teil der reinen Wahrheit berichtete. Ich habe zwei Revolutionen und mehrere Niederlagen organisiert, ich habe fünf Kriminalfälle vom Zaun gebrochen, die die gefürchtetsten Staatsmänner um ihren guten Ruf gebracht haben; ich habe ganze Länder ruiniert; ich habe eine Frau an den Galgen gebracht, die schöner war als die Abendsonne, eine Malaiin, für die ich, ich will Ihnen nicht sagen, wie viele junge Männer getötet hatte; ich hätte die Menschen entehrt, wenn sie mehr als ich an diese Ehre geglaubt hätten, von der sie sprechen, an diese Tugend, die sie predigen und gegen die mein ganzes Leben, Monsieur, bis zur augenblicklichen Minute nichts anderes als ein beständiger Protest ist, der zwar unnütz, aber doch so furchterregend ist, daß ich immer noch von Zeit zu Zeit lachen kann, wenn mich der Zufall an einem Spiegel vorbeiführt und ich mein Bild streife, das trotz allem noch schön genug ist, um die Hingabe, den Großmut, den Heroismus zu personifizieren.

Die Parameter

für Georges Limbour

Wo die Lüge beginnt und Gestalt annimmt, wo sie aufhört, Zustimmung zu dem zu sein, was ist, und Komplizin des Irrtums wird, dies zu sagen, bin ich nicht imstande. Wenn ich mich der Vorstellung gegenüber aufgeschlossen zeigte, die andere sich von mir machten, dann zunächst wohl deshalb, weil sie mir irgendeine verborgene Realität enthüllte. Erst neue Existenzbedingungen, das Landleben, zeigten mit aller Deutlichkeit, wie sehr ich ein Stadtmensch bin, und ließen die anderen Elemente meiner Persönlichkeit zurücktreten. Ich fühlte dermaßen die Augen auf mich gerichtet, daß ich mich verpflichtet glaubte, erstaunt von Ackerbau zu sprechen, von den Stunden, in denen sich die Blumen öffnen und die Sterne schließen; meine Fragen hatten dann den Wert von Antworten für den, der sie erwartete, und bald auch für mich selbst.
Ich Pariser bin erst jetzt ein richtiger Pariser geworden. Ohne daß ich es will, betone ich meine Unwissenheit, meine Ungeschicklichkeit, meine Krawattenknoten. Welch zauberhafte Prostitution: eben war es noch ein Spiel. Heute versuche ich, Modeschlager zu pfeifen, deren Text ich mir nicht gemerkt habe.

Auf der Straße von S. nach R. entdeckt im August 19.. ein Mann einen zwölfjährigen Knaben, der an einem Baum aufgehängt und schon ganz blau ist. Er hängt ihn ab; der Knabe weigert sich, Auskunft über sein Abenteuer zu geben. Man kann von ihm nichts über seine Herkunft erfahren. Er ist als Landarbeiter bei einem Pächter angestellt. Er verrichtet die nächsten drei Jahre gewissenhaft seine Arbeit. Mit fünfzehn Jahren von neuem befragt, scherzt er und behauptet, alles vergessen zu haben. Eine neugierige Küchenmagd findet ihn zur Stunde der Siesta hinter einem Heuhaufen:

»Ganz allein, Roland? Ist das immer so bei dir?«

»Sie sehen, Marie, es ist immer so.«

Ein Mann – weiß der Wind, woher er gekommen ist – zieht eines Sommers in einem kleinen Haus am Ufer der Oise ein. Sehr bald nimmt er die Gewohnheit an, zum Fährmann zu gehen, um mit den zwei Mädchen zu scherzen, die den Kunden Bier und Limonade servieren. Sie werden von ihm nie etwas anderes als diesen Vornamen, Paul, erfahren, den er ihnen schließlich kampfesmüde preisgegeben hat. Die eine glaubt, daß er sich vor der Polizei versteckt, die andere, daß er vor einer Liebe flieht.

Marceline wiegt in der Hitze einen Körper hin und her, den immer noch jenes Geheimnis belastet, das sich vor fast einem Jahr von ihr gelöst hat. Sie bleibt stehen und verschränkt die Hände, Marceline, Marceline, was sind das für Geschichten: es liegt etwas Stolzes in diesem Geheimnis, ärgerlich ist nur, daß man nicht darüber reden kann. Man betrinkt sich, scheint es, um sich die Zunge zu lösen. Marceline will einen Liebhaber nehmen, dessen Körper so schön ist wie Alkohol, eine Art Tier, dem man vertrauen kann.

Roland ist dem Fremden begegnet, der etwas blasser ist als die anderen Menschen. Es war in dem Hohlweg, der gerade so viel Platz ließ, daß man durchgehen konnte, und auf der Erde lagen diese köstlichen kleinen roten Früchte, die man mit dem Fuß zerquetscht, während man an Frauen denkt. Roland sah den Unbekannten sehr wohl kommen. Er wich ihm nicht aus. Er rempelte ihn an. Der andere sagte nichts, packte das linke Handgelenk Rolands, drückte es und lachte, ohne daß Roland, der vor Schmerz hätte schreien können, daran dachte zu sprechen. Dann ging der Fremde weiter. Er war hellgrau gekleidet, trug einen Strohhut und ausgeschnittene Schuhe; und eine Uhrkette.

Marceline denkt an diesen Pariser vom Flußufer. Sie ist auf den Feldern spazierengegangen. Sie hat sich geschminkt. Thomas, der Kammerdiener der C.s, spricht sie an: »Ich scherze nicht, du bist wirklich schön.« Aber ihr Herz schlägt für Höheres.

Paul denkt an andere Orte: die Frauen dort haben Haare, die Federn gleichen, und singen ganz, ganz leise Lieder, in denen alle Männer, mit denen sie Liebe machen, sterben. Was erwarten diese Schwestern der Schwämme in den blauen und gelben Nischen anderes vom Leben als diese Besucher, die sie auf der Straße erblicken und die vielleicht gar nicht einmal heraufkommen? Die Brunnen und die geschminkten Münder erlöschen im Benzoeduft der Abenddämmerungen.

Die zwei Mädchen des Fährmannes hatten vor, den Unbekannten heute abend in ihrem Zimmer zurückzuhalten. Aber er begriff nicht. Dachte er etwa daran, sie zu trennen? Sie wissen, daß sie zu eifersüchtig sind. In einem bestimmten Augenblick lachte er: das Plastron seines

Hemdes – die Knöpfe waren abgesprungen – öffnete sich halb über einer weißen Brust. Irma und Claude überwachten sich gegenseitig. Da trat Thomas, der Diener, ein. Er wollte über die Oise gefahren werden.

Marie wartete auf Thomas und träumte von Roland. Sie trug ein schottisches Mieder. Als sie beide kurz vor dem Einschlafen waren, sagte sie zu Thomas: »Du bist noch schön jung, du weißt nicht, was das heißt, Kleiner. Laß mit dir machen und sag mir, was du fühlst.« Thomas schlief, wie immer, mit offenem Mund.

Marceline flüstert auf den Feldern den Pfifferlingen zu: es sind Geheimnisse. Entblättert Gänseblümchen: die wissen gut Bescheid. Betrachtet ihre Brüste durch die Löcher ihres Brustschleiers: er wird sie lieben. Glättet sich die Stirn mit der Milch von Mohnblumen: er soll mich die *Rothaarige* nennen. Ist nicht auch er rothaarig wie der Morgen und der Abend? Jemand seufzt hinter einem Heuhaufen: wenn er es wäre? Es war nur Roland, allein, der nicht gemerkt hat, daß jemand kommt.

Claude sah, wie Paul den Besuch einer eleganten Dame bekam, die aus einem Auto ausgestiegen war. Der Chauffeur war weiß gekleidet. Sie ließ ihre Eimer stehen und erzählte alles Irma. Bittere Vorwürfe: sie hätten sich fast geprügelt, wenn nicht aus einem guten Grunde das kleine Mädchen eines Nachbarn hereingekommen wäre. Die Schwestern setzten es zwischen sich und streichelten es.

Paul, auf einer Art Pelz sitzend, betrachtet die Besucherin, die sich wie eine Schlange windet.

»Zéphie, du hast ganz braune Haare. Die ähnelst diesem jungen Mann, dem ich neulich auf dem Weg mit den blutenden Beeren begegnet bin. Ich werde dir das Handgelenk verdrehen.«
Sie schreit.

Marie wäscht Wäsche. Roland geht vorbei. Sie ruft etwas, was er nicht versteht. Er geht zu ihr hin. Sie stützt sich auf ihn, um aufzustehen. Da ist er mit Seife beschmiert. Aber was hat sie denn?

Thomas, hochrot, lehnt es ab, sich auf Maries Launen einzulassen. Dann gibt er doch nach. Er verändert sein Verhalten ihr gegenüber. Er ist ungeniert und galanter.
Am Abend erzählt er die Einzelheiten der Affäre in der Kneipe des Fährmanns. Irma und Claude haben sich um die Taille gefaßt. Zwei Erntearbeiter lachen. Die kleine Nachbarin kommt herein.

Paul läßt sich auf dem Rücken in der Oise dahintreiben. Ein Glück, das nicht mehr Herr über sich ist, etwas Elementares. Ich habe keine Haare mehr, und eigentlich auch keine Hände mehr mit Daumen und Nägeln usw. Vom Begehren träumen. Wenn Zéphie zu viel getrunken hat, ist sie der Fluß. Das Faulenzen zwischen dem Morgen und der Liebe.
Von der Uferböschung aus beobachtet Roland Paul im Wasser, seine weiße Unterhose ist vom fließenden Wasser durchzogen, vergessen Sie nicht, daß er sich auf dem Rücken dahintreiben läßt. Ein roter Pfeil steigt in der Mitte seines Bauches auf. Eine plötzliche Bewegung der Knie kräuselt das Wasser.

In ihrem Zimmer im Pachthof wartet Marceline im Nachthemd am hellichten Tage auf ein Wunder, das sich nicht einstellt.
Roland hat sein Lager auf dem Dachboden. Man hatte ihm etwas zu sagen. Man stieg hinauf. Er lag nackt neben der Dachluke und hauchte in seine Hände.

Marie versteckt etwas vor Thomas. Er wird sie schlagen, um den Gegenstand zu bekommen. Er wird ihn bekommen. Es ist eine Farbpostkarte, *Der Kuß:*

Wenn ich dir gesteh', daß ich dich liebe,
Versagst du mir dann das höchste Glück?

Thomas dreht die Karte um: sie ist neu. Er hat nicht bemerkt, daß der Liebhaber rothaarig war.

Paul badet. Am Ufer zieht sich Roland aus. Als er ins Wasser steigen will, zögert er plötzlich, wird unbeweglich. Paul bemerkt ihn, gibt ihm ein Zeichen. Roland läuft mit seinen Kleidern über dem Arm davon.
Er begegnet Marceline.

Marie führt Selbstgespräche, während sie ihre Wäsche schlägt. Sie antwortet auf die Annäherungsversuche des Fremden. Sie ist tugendhaft. Aber Roland taucht auf; sie wirft sich auf ihn und packt ihn an den Beinen.
Als sie den Schlegel gerade wieder hochhebt, sieht sie, daß Roland tatsächlich da ist, daß er sie anschaut und alles gehört hat.

Roland sieht durchs Fenster des Fährmanns, wie Claude und Irma auf ihrem Bett liegen und kichern. Die kleine sechsjährige Nachbarin, Lina, verläßt sie gerade.

Thomas überrascht Roland dabei, wie er lauert, und entrüstet sich. Da gibt's Prügel. Roland schließt die Augen, torkelt etwas und stürzt wie vom Hitzschlag getroffen zu Boden. Thomas klopft ihm, beunruhigt und voller Gewissensbisse, auf die Hände. Das Wasser des Flusses. Er hebt den Kopf seines *Opfers,* lehnt ihn an sich, spricht. Rolands Augen werden immer größer, ohne sich zu öffnen. Er stöhnt. Er dreht sich zu dem Mann um, der nicht weiß, was geschieht. Er stöhnt. Plötzlich pressen sich seine Lippen auf Thomas' Lippen. Ein richtiger Dirnenkuß. Die Augen haben sich noch nicht geöffnet. Roland flüstert: »Mama.«

Claude, Irma, die kleine Lina und Paul in der Kneipe. Es geht um die Kleine: »Satin«, sagt Irma. Paul lacht mit seinen schneidenden Zähnen: »Ich werde euch mein Landhaus zeigen.« Irma nimmt seinen rechten Arm, Claude seinen linken Arm. Die Kleine geht voraus.
»Ihr behauptet, sie sei sechs Jahre alt?«

Thomas erzählt Marie von Rolands Kuß. Aber findest du das denn nicht sonderbar? Sie lacht nicht. Das ist einfach verrückt, man könnte meinen, du bist auf mich böse. Sie ist viel zu gut. Zu diesem räudigen Kerl da.
Schau an, da kommt er ja. Und da gibt es Beschimpfungen.
Roland hat treuherzige Augen. Roland ist wie zuvor. Er hat umschattete Augen wie die Engel. Marie denkt, daß seine Arme schöner sind alles auf der Welt. Sie ist ernst, ihre Kehle wie zugeschnürt.
Thomas macht grobe Scherze. Roland errötet.
Marie hat einen Einfall: »Mein kleiner Roland.«

Thomas hat verstanden. Er wird sie schlagen. Roland macht sich davon.
Er läuft ans Ufer und wirft sich der Länge nach ins hohe Gras.
Von dort aus sieht man das Landhaus des Fremden und sein kleines Boot, das an der Uferböschung festgebunden ist. Das kleine Boot, in dem er im grünen Badeanzug zu rudern pflegt.

Marceline liegt in den Esparsetten. Sie kaut an einem Grashalm. Ihr Atem dröhnt wie eine Schmiede. Der Wind bläst ihr den Rock über den Bauch hoch. Sie hat vor der Sonne[1] nichts zu verbergen. Sie beißt ihr in den Bauch, sie brennt sie, sie durchbohrt sie. Marceline ist keine Jungfrau mehr. Die Sonne ist rothaarig wie sie, wohl verstanden, wie sie. Macht das denn unter Bruder und Schwester etwas aus?

Roland kaut Erde; steckt sich Ameisen ins Ohr; verbirgt Steine in seinen Schuhen und läßt sie unter seiner Sohle wieder herauskommen; drückt plötzlich gierig seine Lippen in die Mulde seines linken Ellbogens; betrachtet die Muskelkontraktionen unter der Haut seines Armes; bringt mit seinem Messer seine Brust zum Frösteln; stößt sich die Stirn an den Bäumen blutig; läßt sich schließlich, weil er es nicht mehr aushält, von irgend jemand unter irgendeinem Vorwand den Kopf kratzen.

Wovon träumt Paul in seinem Garten? Er zerreibt eine Blume, riecht an seinen Fingern und legt sich auf die

1 Frz. *soleil* (Sonne) ist bekanntlich maskulin (A. d. Ü.).

Erde. Ein Schatten steigt von den Bäumen herab auf seine Stirn. Eine Hand wiegte einst einen Fächer mit der Bewegung der Liebe. Zwischen den Schildpattstäben des Griffes sah man den ganzen Körper der Frau. Etwas Nacktes und Schwieriges. Sie spielte die Ablehnende, wenn sie keine Lust mehr hatte. Ihr Verschwinden war schrecklicher als das Zurückfluten des Meeres in den Gezeiten der Tagundnachtgleiche.

Marie bringt Paul die Wäsche. »Sie arbeiten doch auf dem Pachthof«, und Paul erkundigt sich nach Roland. Marie erzählt ungeniert alles: der Aufgehängte, der Kuß, der Heuhaufen. Ein bißchen durcheinander. Die Postkarte. Sie sagt: »Er ist blond wie Sie.« Er hat verstanden. Seine schneidenden Zähne, seine schneidenden, dringen in eine kräftige Schulter ein und knirschen etwas. Er nimmt Wäsche aus Maries Korb.

Roland tanzt und betrachtet sich dabei im Fluß; da fällt er in den Schlamm und beschmutzt sich bis zur Stirn. In diesem Augenblick kommt Paul und starrt ihn an. Er hat einen jungen Hund bei sich, der zu Roland läuft und, auf den Hinterbeinen stehend, sich an dessen rechtem Hosenbein reibt.

Durch eine Überraschung und durch Streicheln ihres Rückens zieht Marceline Lina die Würmer aus der Nase: »Er hat flammende Haare auf dem Bauch, und das ist süß wie Chinarinde.«
Nun ja, dieses Kind hat ihn gesehen wie alle anderen auch. Mit sechs Jahren bereits eine Lügnerin, schämst du dich nicht? Lina weint.

Durch zwei verschiedene Türen betreten Marceline und Roland die Kirche, den einzigen frischen Ort der Gegend. Es ist zwei Uhr. Ein und dieselbe Lüge führt sie zum selben Weihwasserkessel. Der Zufall verheddert ihre Finger und trennt sie wieder. Eine Stunde lang betrachten sie sich verstohlen, ganz allein, ohne sich zu rühren. Dann bewegt sich Roland behutsam hin und her.
Daraufhin verläßt Marceline die Kirche.

Als Roland auf seinen Dachboden zurückkommt, findet er dort Marceline. »Jeder von uns hat ein Geheimnis.« Das ist alles, was sie zu sagen weiß, und diese Verwandtschaft genügt – wir sind Kollegen –, um ihre Anwesenheit, ihren ganz unkomplizierten Willen zu erklären.
Nur eines gestehen sie sich nicht, es gibt ein anderes, stärkeres Band, eine Gemeinsamkeit im Begehren: beide denken an denselben rothaarigen Mann, der weiß ist wie Lattich.
Mein Geheimnis ist, daß vor dir schon Thomas, letztes Jahr . . ., sie schweigt. Er ist nicht enttäuscht, er verachtet sie. Rolands Geheimnis wird sie nie erfahren, all diese Gefälligkeiten haben sich also nicht gelohnt. Überall an ihr hängt etwas Stroh. Diese Dachböden. Roland wirft sie hinaus.
Er ist allein. Er wird versuchen, seine unschuldigen Vergnügen wiederzufinden. Er will nicht, daß ihm diese Frau etwas bedeutet.

Marcelines Geheimnis ist kein Geheimnis. Thomas hat es sicherlich überall herumerzählt, genauso wie bei Marie; dabei sieht es gar nicht so aus, als habe er geplaudert; denn niemand scheint seine Anspielungen zu verstehen.

Jetzt aber, wenn Roland es will, wird dieses lächerliche Geheimnis kein Geheimnis mehr sein. Er erzählt allen alles. Thomas letztes Jahr und er heute morgen. Das eine hat sie ihm mit dem Mund gemacht und das andere, als er es wollte. Und alles, ohne daß er sie von sich aus um irgend etwas gebeten hätte, sondern nur weil sie seit einem halben Jahr darauf Lust hatte. Und daß sie selbst das Kind hatte fallen lassen, und wie.
Man konnte es gar nicht fassen, scheint es: wo doch Marceline so zurückhaltend ist.

Man wird Marceline wegen Kindesmords verhaften, heißt es. Sie wird für die anderen nicht mehr existieren.
Roland wird Zeuge sein: er sieht die schöne Robe des Richters. Ein großartiger Mann. Jedoch etwas rothaarig. Es gibt Leute, die das nicht verabscheuen.

Jetzt schaut Paul von seinem Fenster aus zu, wie Roland badet, er wird ertrinken, ohne daß ihm jemand zu Hilfe kommt.

Die Extranummer

für Isidore Ducasse

Wenn der Wind durch die Bäume von Marmor Island herabwirbelt, nachdem er die Flaumfeder weggefegt hat, die das Adlerjunge im Horst verliert, der an dem wackeligen Felsen hängt, den einst der tapfere, der kühne Eugène Demolder – seine Knochen, was hat man mit seinen weißen Knochen gemacht? – erklomm, wenn der Wind scheinheilig, mit faltiger Stirn und schiefem Auge den Rasen streichelt, der sich vom Trois-Culs-Brunnen bis zum Haus von Dolores hinabzieht – was für einen Namen haben Sie da gerade genannt? –, dann fragen Sie ihn nach der Witwe des Kalfaterers, und Sie werden sehen, was er Ihnen antwortet. Der Rasen zumindest erinnert sich. Auf ihn vor allem muß man Ihre Angst richten, die nicht nur die Kehle, sondern auch die Brust beklemmt, wieso sage ich die Brust? den Geist. Man verzeihe mir, daß ich der Sprache der Philosophie (das rote, ordinäre Karnickel) dieses vage Wort entlehne, das jedoch präzise eine so elementare Realität bezeichnet, daß es nicht einmal dem erstbesten verdammten, nach Alkohol stinkenden Kutscher, den ich kenne, einfallen würde, sie in Zweifel zu ziehen, nachdem er sich seine Rotznase mit der Ärmelstulpe abgewischt hat. Sie verstehen schon.

Ich habe in der Rue Lepic drei Männer gesehen, die mir nicht nach verkleideten Prinzen aussahen. Man hatte ihnen im Krieg 1914-18 die Nase abgehauen. Sie schämten sich dessen nicht. Der jüngste hielt in seiner linken Hand eine Rhabarberblüte. Nun muß ich leider gestehen, daß sich demgegenüber der Rasen von Marmor Island sehr wohl schämte. Er errötete wie eine simple Karotte, und der Wanderer, der einen Augenblick sein Bündel abgesetzt hatte, um den Juckreiz auf seiner Schulter mit einer frischen und wohltuenden Hand zu lindern – wo war ich eigentlich stehengeblieben? –, glaubte, im Herbst zu sein. Verweile nicht, du Passant mit dem drei Tage alten Bart, trotz deines verschwitzten Hemdes und der Blasen an deinen Füßen: glaub' mir, du würdest es bereuen. Denn hierher hatte Dolores Eugène Demolder an jenem unheilvollen Abend gelockt, als sich im Gasthof zum *Geschmückten Schwan* das Glück dem krummbeinigen Victor so gar nicht gewogen zeigte, im Gegensatz zu dem, was sich hätte ereignen können, wenn die Volksweisheit etwas anderes gewesen wäre als eine Geschirrwäscherin, die in einen Pionieroffizier verliebt ist. Die Perversität dieser Frau, Dolores, dürfte leicht zu ermessen sein. Sie hatte die Schwäche des Einsamen vorausberechnet, den Triumph der schwarzen Augen, die elektrische Spannung, die nicht nur durch das Reiben eines Katzenfells an einem Gummistock entsteht, wie absurde Physikprofessoren glauben, die noch wenig in der Wissenschaft bewandert sind, die sie bereits lehren. Sie hatte diesen Ort wegen des Baches gewählt, der ihn durchzieht und dabei Holzstückchen, Wasserfliegen, Pappelflaum, Moos und andere leichte Stoffe, die voller Unschuld sind, mit sich führt. Welch monströse Liebe vereinigte währenddessen im Laderaum des Schiffes *Tod den Tyrannen* den schrecklichen Ehemann der flatterhaften Dolores und diesen armen Jüngling, dessen Namen nicht zu meinen Ohren gelangen konnte, so sehr hatten die entfesselten Elemente Mitleid mit seinem Ruf! Er hatte sich als Schiffsjunge an Bord der

Die Aristokraten an die Laterne anheuern lassen, da er den einschmeichelnden Worten der Landkarten und dem eintönigen Lied der Segel Glauben geschenkt hatte. Und jetzt . . . wenn sich, wie man versichert, derartige Szenen täglich abspielen, müßte der Marineminister entsetzt sein. Was haltet ihr von Gott, ihr gefühllosen Bullaugen, die ihr Menschen und Fische gleichzeitig betrachtet?
Eugène Demolder kehrt in seine Hütte zurück, die Jacke über dem Arm, das Herz voll von Dolores. Leider hat er den blauen Salbei der Keuschheit verloren und widmet ihm nicht einmal einen Gedanken. Er fühlt sich glücklich, so wie er ist. Armer Idiot. Und was tut bei all dem der Krummbeinige? Er putzt sich die Nase. Er sitzt in Dolores' Haus zwischen dem Eisenkrauttopf und dem Post- und Telegrafenkalender. Seine Geliebte bleibt lange aus. Da kommt sie ja, die Unzüchtige. Sie stößt einen Schrei aus, als sie Victor erkennt. Sie glaubt, er sei beim Spiel. Er blickt ihr in die Augen. Eugène Demolders Bild war in ihnen noch nicht gänzlich verblaßt. Aber der Krummbeinige erkennt seinen Rivalen nicht. Da nun erscheint das Laster mit der Salpeterzunge zwischen den Deckenbalken und steigt vertraut herunter, um sich auf die Schultern des verfluchten Paares zu setzen, das sich neben dem erloschenen Herdfeuer Spielen hingibt, die den Teufel die Augen senken lassen würden, wäre er von dieser Welt. Ich wollte, meine Amme hätte das gesehen. Ein kleines Kind stöhnt im Zimmer nebenan: Dolores kennt den Namen seines Vaters nicht.
Während Eugène Demolder das Gebirge durchstreift auf der Suche nach Edelweiß – wenn es eine diabolische Blume gibt, so ist es wohl diese –, um damit das Mieder seiner Geliebten zu schmücken, sterben seine Eltern,

Monsieur und Madame Demolder, an Not und Kummer. Eugène konnte dem doppelten Leichenzug nicht folgen, seine vergnügungssüchtige Geliebte hatte an jenem Tag Lust zu tanzen. Geradezu eine komische Oper. Da zeigt die ehebrecherische Frau Victor einen Brief des Kalfaterers. Obwohl Victor nicht lesen kann, tut er so, als folge er über die Schulter hinweg, auf die er sein schlecht rasiertes Kinn stützt, den Zeilen. Seine Arme umschlingen die Taille von Dolores, und seine verschränkten Hände ergehen sich in der demoralisierenden Übung des Daumendrehens. Ich fühle, daß jemandem ein Unglück zustoßen wird.

Meine liebe Doloresse,

Wenn das Wetter nicht schön ist, ist es scheußlich. Am widerlichsten sind die schweren Brecher. Überall im Schatten der Laderäume drehe ich Millionen Gedanken für Dich: wie Zigaretten. Zehn für die Beine, zehn, Du weißt schon, wofür, zehn für die Augen, ich finde immer irgend etwas für weitere zehn. Jedesmal wenn ich Liebe mache, sage ich mir, wenn nur Doloresse da wäre. Im Augenblick mache ich's mit einem Schiffsjungen, der die ersten Male nicht wollte: aber das hat sich gründlich geändert. Ich hänge ihn mit einem Tau an einem Fuß auf, und dann geht's los. Sein Mund wird blau. An manchen Tagen beunruhigt er mich: er läßt seine Haare, die reinste Seide, über mein Gesicht, meine Hände, meinen Körper gleiten. Dann scheint sein Gesicht plötzlich von der Nacht erfaßt. Das ist seltsam. Wir werden bald in einem Land anlegen, wo man Frauen für eine Briefmarke bekommt. Dort könnte man sich welche leisten. Was unsere Ladung betrifft, so heißt es, wir transportierten Orangen. Du kapierst, was das für ein Witz ist. Der Schiffsjunge hat einen ganz, ganz weißen Körper. In Frankreich scheint bald die Wahl des Präsidenten der Republik stattzufinden. Die Zeitungen werden interessant sein.

Sonst habe ich Dir nichts weiter zu erzählen. Ich küsse Dich wie im Land des Schnees, wie früher, Du weißt schon.

Dein ergebener Mann
FÉLIX COVENOL

Wenn das Eulenweibchen, nachdem es sorgfältig die Grashalme der Waldlichtungen und den trügerischen Boden der Moore durchsucht hat, als Futterüberbringerin, sanft mit den Flügeln schlagend, zu ihren Jungen zurückkehrt, deren Stimme schon seit Stunden nicht mehr an ihre Ohren gedrungen ist, und dies nicht ohne Grund: denn das Nest ist heruntergerissen, die Jungen sind samt ihrem Eulenvater verschleppt; wenn die Eule, nachdem sie vergeblich ihren Schlupfwinkel gesucht hat, das Ausmaß ihres Unglücks feststellen muß – und sie findet sich nicht sofort damit ab –, schwingt sie sich stöhnend in die höchsten Bäume empor, was sonst nicht die Gewohnheit der Eulen ist. Sie folgt den Blicken des Mondes und fliegt, Kreise ziehend, wieder hinab bis zum Türflügel eines Bauernhofes, und sie erkennt dort ihr Männchen, an dem die Christen auf dem Lande den Tod des Sohnes ihres Gottes zu rächen glaubten: und was, glauben Sie wohl, tut sie jetzt? Wird sie eine Romanze singen und eine rote Rose in ihr Haar stecken? Wird sie ihre Hände in Crèmes tauchen und aus ihren Krallen Geschmeide für die Haut der Menschen machen? Wird sie sich auf spitzendurchwirkten Betten berauschen, während sich im Schatten ihrer Liebkosungen jugendliche Tollköpfe üben, wird sie sich mit dem Saft der Trauben aus dieser Provinz Galliens berauschen, in der es noch einige Kirchen gibt, die bei nächster Gelegenheit zu zerstören sind, wird sie sich so sehr berauschen, daß sie ihr Kleid auszieht, daß sie es

ungeachtet seines Preises zu Boden schleudert, daß sie vergißt, es, wie sonst allabendlich, sorgfältig zusammenzulegen, daß sie tanzt, tanzt, tanzt, im Begehren, im Tabakqualm und zwischen den zerbrochenen Gläsern? Nein, das wird sie natürlich nicht tun.
Das Gesetz der allgemeinen Schwerkraft ist, sagt man, verletzt worden. Welches Pech, daß da nicht ein Fotograf mit lichthoffreien Platten zur Stelle war! Reißen Sie Ihre Augen weit auf, ich kann Ihnen ein Schauspiel zeigen, das dieser metaphysischen Posse an Größe in nichts nachsteht. Eine weise Vorsicht hatte die Mutter des Krummbeinigen immer davon abgehalten, den kleinen Victor in die Schule zu schicken. Aber diese alte Bäuerin hatte nicht das Wissen von Dolores und die Laster des Kalfaterers vorausgesehen. So gehen die geschriebenen Worte jenes Briefes heimlich ihren Weg in den Adern des Krüppels mit dem Pflaumenteint. Er führt seine Verrücktheit durch die blühenden Kirschbaumfelder spazieren, und die blutenden Lippen wiederholen: *ganz, ganz weiß*. Die Wolken sind Körper junger Männer, die durch das Stampfen hin und her geschaukelt werden. Victor reibt seine Handflächen an Baumrinden. Seit fünfzehn Jahren hatte er schon nicht mehr gesungen: jetzt stößt er einen heiseren und langgezogenen Laut aus, vergleichbar dem Schrei, den der Stier, der den ganzen Winter über eingesperrt war, hinausbrüllt, wenn sich vor ihm die erste Wiese öffnet und er im Gras die mächtige Fährte der Herden entdeckt. Er beginnt zu laufen. Dann bleibt er einen Augenblick stehen, um auszuspucken. Währenddessen wird auf dem Dorfplatz das Mobiliar von Eugène versteigert. Der Schrank, die Truhe und das übrige verwandeln sich auf diese Weise vor der Kirche – aber läuten Sie doch nicht so

laut! – in ein Paar Ohrringe aus Straß und in ein farbiges Halstuch. Dann entfernt sich der Hausierer mit seinem grünen Bündel über der Schulter.
Wer ist dieser Mann, der soeben auf der Insel an Land gegangen ist? Er trägt weiche Hemden, und seine Haare sind tintenblau. Er geht vorbei, umringt von spielenden Kindern, er lächelt dem kleinen Erik zu, dann sich selbst. Man sieht ihn plötzlich die Plätze überqueren. Draußen im freien Gelände trifft man ihn an geschützten Orten, wo er unbeweglich dasitzt: er scheint nicht die Aussichtspunkte zu suchen. Dolores erwartet den Krummbeinigen am Brunnen. Er erzählt ihr sein Geheimnis. Sie zittert vor Wohlbehagen. Da reift ein Plan in ihrer Brust heran und dehnt sich bis zu ihren Lippen aus. Über die Zäune hinweg betrachtet das Paar mit verwirrtem Blick, wie sich die Fohlen gegenseitig verfolgen und im Scherz beißen. Im Unendlichen treffen sich schließlich die parallelen Strahlen. Um die Perspektive besser zeigen zu können, stellt man das Unendliche in einer Ecke der Zeichenblätter dar, auf denen die Schulkinder den Sklaven von Michelangelo, diesen lebenden Skandal, nach dem Gipsabguß zeichnen müssen. Aber folgen Sie den Zwillingsideen der Liebenden von Marmor Island: ihr gemeinsamer Punkt ist nicht, wie Sie vielleicht meinen könnten, dieses Gänseblümchen mit den zarten Purpurrändern. Es ist auch nicht ihr Ausgangspunkt. Einander fremd, vereinigen sie sich wieder einmal, nur weil ihr Begehren, nur weil der Gegenstand ihres Begehrens sie treibt. Und wie ruhig liegt der da oben im Mastkorb, in dem er sich erholt, die Ärmel hochgekrempelt, einen Arm um die Stirn gelegt, mit der anderen Hand sich an ein Tau klammernd, das im Himmel badet, während die Luft des offenen Meeres und die Sonne sich

beglückwünschen, daß sie ein verführerisches Fleisch streicheln können, ohne dabei eine Todsünde zu begehen! Tapferer Eugène Demolder, warum schleuderst du deine naiven Schuhe gegen die Decke der Hütte? Folgendes ist passiert: als Eugène seiner Geliebten den Schmuck bringen wollte, den er mit seinen Möbeln bezahlt hatte, überraschte er durchs Fenster die schuldhafte Intimität zwischen dem Krummbeinigen und Madame Covenol. In einem Hafencafé beobachtet der Unbekannte, wie sich Eugène betrinkt, dann etwas Geld springen läßt und mit einem großen blassen Mädchen abzieht, das Lust hat zu weinen.

Der Kalfaterer Félix träumt in den Flanken des Schiffes. Er weiß endlich, was während eines Kusses auf den Mund geschieht, diese außergewöhnliche Reise ins Land der Koralle und der leuchtenden Fische. Er wird Kaiser von Indien sein. Er ist Kaiser von Indien und König von Aurora. Aurora ist eine Stadt mit sanfter Haut, mit leichten Sitten, sie breitet sich in einem Palmendekor aus. Eine Barke mitten im Schilf: was sagt die Königin? Nur der große Fächer weht, streichelt. Erwachen. Immer noch du. In acht Tagen werden wir auf Marmor Island sein, ich nehme dich mit. Meine Frau hat es gewollt. Sie aber spricht gerade mit Victor irgendwo auf der Insel, während Eugène, auf einem Baum versteckt, sie belauscht. Man sieht den Unbekannten vorbeikommen, er sammelt Pflanzen. Er sucht große häßliche Blumen, betrachtet sie unter der Lupe und steckt sie befriedigt in die bemalte Blechbüchse, die er am Schulterriemen trägt. Der Schiffsjunge Adolphe ist schließlich soweit, daß er seinen Meister liebt, und an ihn denkt er, wenn er sich die Zähne putzt. Der Mann, der die Sterne kreisen läßt, wenn seine Hand mich

nur berührt. Ah, auf den Schiffen wachsen keine Margeriten, die man entblättern könnte.
Die Sonne, die soeben aufgegangen ist, wenn man dem Anschein Glauben schenken will, wird die Landung des Kalfaterers und das, was daraus folgen wird, beleuchten. Im Hafen steht ein Haus, das früher als die andern wach wird. Eine Hausfrau beginnt mit viel Wasser die Küchenfliesen zu putzen, die die Form von vierblättrigen Kleeblättern haben. Wem wird das Glück bringen? Anderswo zupft eine Wirtshausmagd aus ihren Haaren die Strohhalme, die ihrem Kopfpolster entschlüpft waren. Aber Eugène wiegt ein Messer in seiner Hand. Tapferer, ehrenhafter Eugène ... ich habe keine Zeit, um dir Moral zu predigen. Dolores schläft wie ein Kind. Auf der Schiffsbrücke poliert Félix seine Knöpfe und betrachtet Adolphe, der sich räkelt. Der Krummbeinige prüft sorgfältig den Lauf seines Jagdgewehrs. Ein Gesicht ist hinter dem Fenster vorbeigehuscht. Victor öffnet die Tür. Niemand: das ist seltsam. Das kleine Mädchen, das stundenlang im Familiengarten am Fuße großer Sonnenblumen sitzt und Perlen auf eine schwarze Baumwollschnur aufgereiht hat, wobei sie darauf achtet, regelmäßig die Farben blau, gelb, weiß, grün, malve, orange, blau, gelb, weiß abwechseln zu lassen, bemerkt plötzlich in der Mitte ihrer langen Arbeit zwei weiße Perlen nebeneinander. Verärgert zerreißt sie die Schnur, die Perlen fallen in alle Richtungen, sie weint. Die Ziege kommt, um mit dem kleinen Mädchen zu spielen, sie zertritt die Perlen, und damit ist alles gesagt.
Was für ein großartiges Wetter gegen vier Uhr nachmittags! Dolores steht auf der Schwelle ihrer Wohnung und genießt grausam das Drama, das bereits um ihr Lächeln kreist. Wie sie die Luft einsaugt, wie sie heiter vor sich

hinträllert! Sie hat die Hände hinter ihrem Nacken verschränkt. Auf einer Straße die Wut des Kalfaterers. Auf einer anderen der Schrecken des Schiffsjungen. Die Wege der Insel werden sich heute abend nicht langweilen. Noch einmal das Aufblitzen eines Gewehrs im Gestrüpp. Der Unbekannte kommt aus dem *Geschmückten Schwan*. Du hast deinen Augenblick gut gewählt, Eugène (verzeihen Sie mir, ich muß Sie duzen), um der, die dich verhöhnt, Vorwürfe zu machen. Sie bietet dir zu trinken an. Schiele nicht so auf ihre Brust, Unglücklicher. Eine Liebkosung wird alles wieder gutmachen. Gegen wen bewaffnet man diese Hand, die nur davon träumte, das Handgelenk einer Frau zu packen? Der durchsichtige Zeigefinger von Dolores weist auf den Gebirgspfad. Wo ist der Krummbeinige? Ich habe Schreie gehört. Ich glaubte die Stimme Adolphes zu erkennen. Mädchen ziehen singend vorbei, sie haben sich an der Taille umschlungen, die beiden, die am Rande gehen, spielen mit ihrer Schürze. Was ist das Rote da auf diesem Blatt? Was ist das für ein Stöhnen da neben dem Brunnen? Ich hatte es dir ja gesagt, Reisender. Ein paar Fliegen surren herum. Dieses Geräusch und diese Flamme, ich habe bereits Schüsse auf den Bildern gesehen. Auf einem Steinhaufen sitzt der Unbekannte: mit der Spitze seines Rohrstocks zeichnet er das Geschlecht des Mannes und das der Frau in den Sand. Er steht auf und spricht mit dem Straßenarbeiter, der, um ihm zu antworten, seine Schirmmütze hochgeschoben hat. Der Ginster wird blühen, solange es Liebespaare gibt auf der Welt. Im blühenden Ginster des Gebirges wurde Félix vom Tod gepackt. Die schrecklichen Wunden. Der Kopf ist fast vom Rumpf getrennt, der Körper an mehr als dreißig Stellen aufgeschlitzt. Eine kleine gelbe Blüte ist melancholisch in die Wunde am Hals gefallen. Ich habe dieses Messer in den Händen Eugènes gesehen. Eugène! Nur das Echo antwortet: Gène! Die Kugel ist in seinen Rücken eingedrungen (man hat ein Kreuz darauf gemacht), und er ist von hoch herab in den Steinbruch gefallen. Armer, armer Eugène Demolder, jetzt ist dein Körper nur mehr ein kleiner Levkojenstrauß inmitten der Feuersteine. Als ob sich das gelohnt hätte! Du hast doch ganz gut in diese Landschaft gepaßt, mit deinem kleinen schwarzen gewichsten Schnurrbart. Wir wollen darüber nicht mehr sprechen.

Um ein schon abgenutztes Billard herum – vor langer Zeit hatte ein Ungeschickter für diesen Fehlstoß, der in dem Tuch den ersten winkeligen Riß hinterließ, sechzig Francs bezahlen müssen – beobachten die Kassiererin, der Cafébesitzer, zwei oder drei Stammgäste, von denen einer sein Bier festhält, um zu verhindern, daß es davonfliegt, der lächelnde Partner, die aus der Fassung gebrachten Gegner, ein Soldat, der seine Pfeife nicht mehr an die Lippen führt, sie wird gleich ausgehen, mit ganz verschiedenen Gefühlen den glücklichen Spieler, der eine Serie macht. Wo steckt der Krummbeinige? Jetzt ist er an der Reihe. »Woher kommst du so zerlumpt, Adolphe?« fragt Dolores, aber der leichenblasse Schiffsjunge schüttelt nur seinen Kopf, der noch ganz benommen ist von dem gräßlichen Todeskampf des Krüppels, und er antwortet nicht. Er betrachtet seine zerkratzten Hände, und dann entfernt er sie aus seinen Augen. Ich beginne das Vergnügen der Tiere zu verstehen, die im lockeren Erdboden dahinkriechen. Noch eine Karambolage: im Zimmer nebenan liegt das kleine Kind von Dolores erstickt in seiner Wiege. Es kannte nicht das Knie, das gegen seine Brust drückte.

Unglückliche Mutter, ist sie nicht zu beklagen? Die Strafe ist zu hart. Wirklich? Schauen Sie doch nur Dolores an: ihr ist das scheißegal. Sie zieht Adolphe in ihre Arme, ihre Finger wühlen in den Rissen seiner Kleider, und damit ist die Mechanik wieder einmal aufgezogen.
Haben Sie Äste knacken hören? Nicht nur der Ginster, auch die Stockrosen sind gelb. Im Religionsunterricht führte man mir noch als Beweis für die Existenz Gottes den Tanz der Mücken über den Sümpfen an: wider alle Wahrscheinlichkeit verheddern diese Tierchen ihre Pfoten nicht. Der geheimnisvolle Fremde tritt in die Hütte von Dolores ein und überrascht die Umarmungen der Frau und des Knaben. »Ich weiß alles«, sagt er, und die neuen Liebenden zittern. Diesmal, diesmal wird sie die Strafe des Himmels treffen. Keineswegs. Es gibt Gott sei Dank Leute, über die Ihr Gott keine Macht hat. Haben Sie Dolores gesehen, wie schön sie ist mit ihren aufgelösten Haaren? Der Unbekannte beruhigt das Paar, er beginnt sich auszuziehen, er nennt seinen Namen: Ludovic. Adolphe und Dolores blicken sich lange an. Ludovic zieht die Bettücher weg und schiebt seinen kalten, schlanken Körper zwischen die beiden warmen Körper, er streichelt sie, und sie beginnen plötzlich – in der hereinfallenden Nacht sind alle Pflanzen steif geworden und die Insekten haben sich auf ihren Rücken gedreht – vor Lust zu schreien.

Asphyxien

für Francis Picabia

Ein junger Angestellter eilt über den Boulevard Bonne Nouvelle zu seiner Arbeitsstätte. Plötzlich bleibt er stehen. Schüttelt sich vor Lachen. Ein Zeuge hört ihn sagen: »Wenn es eine Braunhaarige ist.« Fast im selben Augenblick werden sie von einer braunhaarigen Frau überholt. Der junge Mann tötet sich.
In seiner Tasche fand man einen Brief, in dem er sich für eine Einladung zum Abendessen bedankte.

War es Selbstmord oder Bankrott, Desdemona umgab sich jedenfalls mit dem Nimbus einer tragischen Geschichte, deren Einzelheiten man nicht genau kannte. Ihr Freund A. spielte stundenlang schweigend mit ihrem Sonnenschirm. Er hatte als ein junger Mann mit Zukunft gegolten. Jetzt las er Desdemona vor: *Betrogen an der Schwelle zum Brautgemach.*
Nachdem Célestin Pradelineau seine Geliebte, die »Dandinons«, ermordet hatte, führte die Polizei am 1. März dieses Jahres eine Razzia im Viertel Saint J . . . durch und überraschte dabei A. in flagranti bei einer strafbaren Handlung mit einem kleinen Mädchen und einem kleinen schwächlichen Jungen. A. starb bei der Ankunft auf der Polizeiwache. Im Futter seines Hutes fand man einen zusammengerollten Zettel.
»*28. Februar 1922.* Ich habe immer nur Desdemona geliebt: ich verabscheue sie. Mein Tod soll ihr zu nichts nützen: sie wird glauben, daß ich sie belogen habe.«

Der Polizeikommissar brachte diesen kleinen Zettel der Betroffenen. Wie es heißt, wird sie beim Film debütieren.

N . . . (Deux-Sèvres)
Verschwiegen seit frühester Kindheit, erwies sich Georges S., geboren am 24. Januar 1889, immer als ein ehrerbietiger Sohn. Keine Bestrafung während seines Militärdienstes. Keine Eintragung ins Strafregister. Er heiratet am 2. Juli 1912 Marie Dr., neunzehn Jahre alt, Tochter eines Notars. Er betrügt sie nicht. 1914 eingezogen, desertiert er nicht. 1919 überträgt ihm sein Vater die Leitung eines Modewarengeschäftes. Er übernimmt sie. Seine Angestellten loben einmütig seine Freundlichkeit. Madame S. bezeichnet sich einer Freundin gegenüber als sehr glücklich, obgleich sie es bedauert, daß ihr Mann so wenig gesprächig ist.
Nachdem S. am 17. August 1921 wie gewöhnlich vor seiner Frau aufgestanden ist, pfeift er; *Adieu, mein Schatz, nur Mut!* sagt das Dienstmädchen. Er geht in den Garten hinunter, harkt ein Lattichbeet, dann schließt er sich in sein Arbeitszimmer ein und schreibt einen Brief an einen unbekannt gebliebenen Adressaten. Er setzt seinen Strohhut auf und bringt seinen Brief zur Post. Auf dem Rückweg begegnet er dem Pfarrer von N., grüßt ihn, geht dann zu seiner Frau hinauf, findet sie immer noch schlafend vor und erwürgt sie. Er öffnet vor dem Weggehen die Jalousien und verschwindet.
Unter seinen Papieren entdeckt man eine Grabinschrift für das Opfer: *Als gute Gattin wird sie von denen bedauert, die sie nicht geliebt haben.*
Am 28. Januar 1922 findet man S. als Lastträger in Cette. Immer noch schweigsam, unauffällig. Es ist nicht be-

kannt, ob er eine Geliebte hat. Er erklärt nur, daß er genug hatte.

Der berühmte General R., dessen Erfolge man nicht vergessen hat, reichte soeben seinen Rücktritt ein. Wir fragten ihn nach den Gründen. Er antwortete uns, die kürzesten Scherze seien die besten. Er verbringt jetzt seine Tage damit, sich im Spiegel zu betrachten.

Der kleine siebenjährige Raoul war das Glück seiner Mutter: Madame D. arbeitete in einem Weißwarengeschäft. Ihre Schwester Sophie hatte Paul G. geheiratet, und die beiden Paare wohnten im selben Stockwerk. Madame D. richtete ihr Augenmerk nur auf Raoul. Das große Ereignis der Woche war ein Spaziergang am Ufer des Wassers. Madame D. wich dem Kind nicht einen Moment von der Seite. Am 3. Januar 1922 begegnete sie, als sie gerade die Treppe hinabstieg, ihrem Schwager, dessen eine Hand auf dem Geländer ruhte. Sie stürzte in ihre Wohnung zurück, schaute Raoul an, brach in Lachen aus, leerte die Schubladen und kam wieder zu Paul zurück, der seiner Frau nur vier Francs auf dem Kamin hinterlassen hatte. Als sie an der Loge vorbeiging, sagte sie so laut, daß es die Concierge hören konnte: »Eine heilsame Erfahrung für einen Bengel: das wird ihn reifen lassen.«
In einer anderen Stadt tanzen ein Mann und eine Frau ein halbes Jahr lang auf allen Bällen. Sie verfügen über einen glänzenden Gegenstand zum Scherzen: einen kleinen Kahlkopf auf dem Medaillon, das zwischen diesen Brüsten baumelt, die zum Anfassen da sind.

Vincent V., bis zu seiner Verehelichung ein mustergültiger Verkäufer, heiratete neulich C. Er verläßt jeden Morgen um 7 Uhr 30 das Haus, um ins Geschäft zu gehen. Aber er verbringt den Vormittag bei jedem Wetter auf einer Bank in der Avenue du Maine. Er kommt zu spät zum Mittagessen und kehrt überstürzt zur selben *Arbeit* zurück. Am Monatsende hat er natürlich keinen Sou für C., die im Glauben lebt, er verkaufe den ganzen Tag über Tintenwischer. Das belustigt ihn ein wenig.

Im Jahr 1908 sang im Zirkus Z. der Clown F. folgendes Lied:

ERSTES COUPLET

Nein, ich gehe nicht mehr nach Hause
Nein, ich gehe nicht mehr nach Hause
Nein, ich gehe nicht mehr nach Hause
Nein, ich gehe nicht mehr nach Hause
Nein, ich gehe nicht mehr nach Hause

ZWEITES COUPLET

Nein, ich gehe nicht mehr nach Hause
Nein, ich gehe nicht mehr nach Hause
Nein, ich gehe nicht mehr nach Hause
Nein, ich gehe nicht mehr nach Hause
Nein, ich gehe nicht mehr nach Hause

DRITTES COUPLET

Nein, ich gehe nicht mehr nach Hause
Nein, ich gehe nicht mehr nach Hause
Nein, ich gehe nicht mehr nach Hause
Nein, ich gehe nicht mehr nach Hause
Nein, ich . . . . nicht mehr . . . . H . . se
Nein, ich . . . . mehr . . . h H . . se

Nein, ich ge . . nicht . . . . nach H . . se
Nein, ... mehr . . . . H . . . .
Nicht mehr . . . g . . . ich . . . . Hse
Niemals mehr gehe ich nach Hause
Niemals mehr . . . . nach Hause

Der Spiegelschrank eines schönen Abends

für Roger Vitrac

Vor dem Vorhang. Ein zwanzigjähriger französischer Soldat begegnet einer nackten Frau; sie hat einen großen Blumenhut auf dem Kopf und trägt einen Kinderwagen auf ihren Schultern.

DIE FRAU – Soldat!

DER SOLDAT – Galant wie immer.

DIE FRAU – Sind Sie an einem Baum vorbeigekommen? Meinem Bündel ist heiß.

DER SOLDAT – Im Umkreis von einer Meile werden Sie keinen finden, Madame oder Mademoiselle?

DIE FRAU – Madame.

DER SOLDAT – Aber ich will die Arme ausstrecken, und Sie können sich in meinen Schatten setzen.

DIE FRAU – Ein lieber Gott allein genügt nicht. *Sie setzt sich.* Eine harte Zeit, Soldat, die Sie und ich durchmachen. Das Leben ist nicht lustig.

DER SOLDAT – Ich kenne nur den Gehorsam.

DIE FRAU – Ich, meinen kleinen Kinderwagen. Glauben Sie, daß wir noch mehr solche Kriege haben werden?

DER SOLDAT – Ich kann ganz nett schießen. *Bescheiden:* Man sagt mir sogar viel Gutes nach, aber das ist dummes Zeug.

DIE FRAU – Leute, die schießen, mag ich nicht; denn eines schönen Tages muß der Schuß losgehen. Und doch sehen Sie wie ein anständiger Mensch aus.

DER SOLDAT – Oh, ich bin diszipliniert.

DIE FRAU – Glücklich?

DER SOLDAT – Ich bin nicht glücklich, ich bin diszipliniert.

DIE FRAU – So ist es in der weiten Welt: man kann nicht

zwei Dinge gleichzeitig tun. Ich habe an nichts Spaß.

DER SOLDAT – Man darf sich nicht gehen lassen.

DIE FRAU – Man muß, man darf nicht: ich denke manchmal, wenn ich in Amerika wäre ... Aber das wäre ja wohl Jacke wie Hose.

DER SOLDAT – Wo hapert's denn, kleine Frau? Sie scheinen so ...

DIE FRAU – Es ist eben die Zeit, sag ich Ihnen: es gibt keinen Platz mehr für uns. Bis in den Traum hinein fühlt man sich von Ellbogen belästigt.

DER SOLDAT – So geht's mir auch manchmal. Das versteh' ich. Es ist aber nicht die Regierung: sie sind zwar alle bestochen, sagt man, aber sie denken nur an die Ruhe und das Glück des Soldaten. Schauen Sie zum Beispiel, neulich hat im Kasernenhof der Präsident der Republik ...

DIE FRAU – Pst, Soldat, da kommt er gerade mit einem Negergeneral.

Die Frau und der Soldat gehen beiseite, der Präsident im Frack mit dem großen Band der Ehrenlegion und der Negergeneral treten auf. Dieser trägt eine kurze Hose aus weißem Leder, ein blau-goldenes Jackett, einen Zweispitz mit roten und grünen Federn, zahlreiche Orden, einen blanken Säbel am Koppel, eine Perlenkette um den Hals, ein Sternenfirmament an den Ärmeln; in der linken Hand hält er eine Okarina.

DER PRÄSIDENT – Ja, General, wir sind verdammt. Ich bin der erste Beamte der Republik; als ob ich etwas davon hätte!

DER GENERAL – Mit dieser großartigen roten Schärpe? In meinem Land bedeutet dasselbe Wort rot und zufrieden.

DER PRÄSIDENT – Konnte man schon jemals glücklich sein? Ich habe keine Ahnung, unsere Epoche jedenfalls trägt den Stempel eines rotglühenden Eisens im Gesicht.

DER GENERAL – Rot und zufrieden, Paris ist eine schöne Stadt.

DER PRÄSIDENT – Im innersten Herzen jedes Menschen keimen schädliche Pflanzen. Für niemanden mehr gibt es Ruhe: irgend etwas hat sich verschoben in der Atmosphäre der Zeit.

DER GENERAL – Rot und zufrieden, Eure präsidentielle Majestät, und die hübschen weißen Französinnen?

DER PRÄSIDENT – Ich habe es mit allen Ausschweifungen versucht, General, ich habe sogar die Tugend ausprobiert. In Kürze, glauben Sie mir, wird die alte Menschheit sich ihres Krebsgeschwürs bewußt werden, und wir werden ihrem Selbstmord beiwohnen.

DER GENERAL – Euer Präsident, ich bin niemals krank gewesen, und ich glaube an die Pflicht, die Hygiene und die Zivilisation. *Er macht eine Bewegung, als drehe er einen Lichtschalter auf:* Elektrisches Licht. *Er lacht.*

DER PRÄSIDENT – General, du bist ein Idiot, ich mache dich zum Marschall von Frankreich.

Die siamesischen Zwillinge treten ein und begrüßen den Präsidenten.

DER PRÄSIDENT – Was wünschen Sie, meine jungen Damen?

DIE ZWILLINGE *gleichzeitig* Ihr Autogramm in unser Album, Herr Präsident.

DER PRÄSIDENT *gibt die Autogramme* – Und außerdem?

DIE ZWILLINGE – Die Erlaubnis, daß wir getrennt heiraten dürfen.

DER PRÄSIDENT – Bewilligt, bewilligt. Aber sprechen Sie nicht beide gleichzeitig. *Die siamesischen Zwillinge klatschen in die Hände und bringen ihre Freude durch einen Tanz zum Ausdruck.*

DER PRÄSIDENT – Armselige, häßliche Freuden der Menschen! Zwei Mädchen, die für einen kurzen Augenblick glücklich sind! Ist das nicht ein Veitstanz?

DER GENERAL – Die Rosafarbene, ah, die Rosafarbene, entschuldigen Sie mich, Herr Präsident. *Er nähert sich den Zwillingen und hofiert die rosa Gekleidete.*

DER PRÄSIDENT – Da macht sich mein neuer Marschall auf den Feldzug! Stören wir ihn nicht. *Er will sich entfernen, da sieht er, wie der Soldat die nackte Frau küßt.* Na so was: die da auch? Ein peinliches Schauspiel.

Der Mann auf dem Dreirad fährt vorbei: Sportdress, graue Haare, fünfzig Jahre alt, Mütze, eine Nase, die so lang ist, daß sie ihm direkt auf die Brust fällt und er sie hochheben muß, wenn er sprechen will.

DER PRÄSIDENT – He, Monsieur, was halten Sie von diesen Leuten da?

DER MANN – Ich kümmere mich nicht um die Leute, ich frage Sie auch nichts. Ich habe meine eigenen Angelegenheiten. Für alles gibt es im Leben einen bestimmten Augenblick. *Er fährt mit dem Dreirad über die Bühne und verschwindet.*

DER PRÄSIDENT – Es gibt die Verheirateten, und es gibt die Junggesellen. Es gibt auch die Verliebten.

Der Vorhang öffnet sich einen Spalt und läßt Théodore Fraenkel herein, der Arm in Arm mit einer Frau daherkommt, die nach der letzten Mode gekleidet ist, aber einen mittelalterlichen Spitzhut trägt und in der linken Hand eine rot angestrichene eiserne Fahne hält.

DER PRÄSIDENT – Aber was sind denn das nun wieder für Leute?

THÉODORE FRAENKEL *grüßt* – Herr Präsident, das bin ich, Théodore Fraenkel, und die da ist natürlich eine Fee.

DER PRÄSIDENT – Eine Fee? Gibt es denn im zwanzigsten Jahrhundert noch Feen? Man ahnt gar nicht, was in ein und derselben Epoche alles passiert. Und warum ist sie eine Fee?

THÉODORE FRAENKEL – Sie ist eine Fee, weil sie bei mir ist.

DER PRÄSIDENT – Ist sie stumm?

THÉODORE FRAENKEL – Natürlich, weil sie bei mir ist.

DER PRÄSIDENT – Und was wollen Sie hier in diesen öden Regionen tun?

THÉODORE FRAENKEL – Wir wollen Ihnen sagen, daß das Stück gleich beginnt und daß Sie den Leuten mit Ihrem Gejammere auf die Nerven fallen. Gehen Sie, los, raus!

DER PRÄSIDENT – Wie, wie? Zum Präsidenten der Republik?

Zum General: Marschall, verhaften Sie diesen frechen Kerl!

DER GENERAL *ohne sich stören zu lassen, zum Soldaten* – Soldat, he da! Soldat, packen Sie dieses Paar. *Der Soldat, zu sehr beschäftigt, rührt sich nicht.*

DER PRÄSIDENT – Nun, wird's bald?

Bühnenarbeiter tragen einen Spiegelschrank herein und drängen alle beiseite.

THÉODORE FRAENKEL – Sie sehen doch, daß Sie die Bühnenarbeiten stören, verschwinden Sie alle, wer Sie auch seien: die Welt muß Welt sein.

Alle gehen hinaus, beiseite gestoßen von den Arbeitern, die den Spiegelschrank auf die Bühne tragen.

Der Vorhang geht auf.

Ein vulgär möbliertes Zimmer. Rechts ein Fenster auf die Straße, dahinter eine Tür. Links vorn eine Kleiderablage, die von einem gemusterten Vorhang verdeckt ist, dahinter eine Tür, dann, in der Wandnische, der Alkoven. Im Hintergrund, dem Publikum zugewandt, ein Spiegelschrank. An den Wänden ein paar Farbdrucke und ein Kalender aus Glanzpapier, der den Frühling darstellt.

Lénore, mit kreuzförmig ausgestreckten Armen gegen den Schrank gelehnt, blickt starr; Jules tritt von rechts ein.

JULES – Leuchten die Sterne weniger, wenn er zurückkommt oder wenn er weggeht? Blaue Fliege. *Er wirft seinen Hut auf einen Stuhl und zieht einen Hammer aus seiner Tasche.* Ich habe einen Hammer gekauft.

LÉNORE – Töten?

JULES – Nägel einschlagen, natürlich, und auch welche herausziehen.

LÉNORE *schreit* – Die Fingernägel.

JULES *erstaunt* – Du hast geweint, während ich weg war?

LÉNORE – Ich sehe nur schlecht aus.

JULES – Angst?

LÉNORE – Ja, Angst, das ist das Wort. Vor dem Wind und dem Raum, vor den Vögeln zwischen meiner Sonne und mir, meiner Sonne dort auf den Straßen, die Hämmer kaufte.

JULES – Kleines Ungeziefer. Aber wer hat dich an den Schrank genagelt, meine Eule, uui, uui. *Er geht einen Schritt auf sie zu.*

LÉNORE *schreit* – Komm mir nicht näher.

JULES *bleibt stehen* – Das ist der Hammer. *Er wirft ihn auf seinen Hut:* Du siehst, meine Hände sind nackt.

LÉNORE – Toi toi toi!

JULES – Ah, die Einsamkeit bekommt Ihnen schlecht, Madame, erlauben Sie mir, daß ich den Saum Ihres Kleides leicht berühre. *Er tut es, Lénore rafft ihr Kleid zurück.* Oh, das ist die reinste Kurbelwelle.

LÉNORE – Dein Atem.

JULES – Welche Komödie: aber ich werde dich in meine Arme nehmen wie dieser junge hübsche Römer die Sabinerin auf dem Bild, von dem die Frau Notar eine Kopie zu Hause hat. *Er geht einen Schritt auf sie zu.*

LÉNORE *schreit* – Laß den Schrank zu, laß den Schrank zu!

JULES *bleibt überrascht stehen* – Ah, das ist etwas anderes! *Er dreht sich um, kommt in den vorderen Teil der Bühne zurück, zieht sein Sakko aus und hängt es auf den Kleiderständer, von dem er eine Hausjacke herunternimmt; er zieht sie an, geht zum Tisch, nimmt Zigaretten aus der Schublade, zieht eine aus der Schachtel heraus, stößt sie gegen die Tischplatte, dann hält er inne, denkt nach, legt die Zigarette auf den Tisch und läßt den Inhalt einer Zündholzschachtel, die er gerade geöffnet hat, auf den Boden fallen.* Und warum sollte ich den Schrank nicht aufmachen? *Sie schweigt.* Meine Finger sind geschmeidig genug, um einen Schlüssel im Schloß umzudrehen, du sagst doch immer: meine Würgefinger.

LÉNORE – Wenn du öffnest, werden die Sonne und die Sterne erlöschen, der Regen wird in meine Knochen und in deine kohlschwarzen Augen eindringen; und in der Nacht wird niemand mehr die Fensterläden, die im Wind hin und her schlagen – plock, plock, plock –, an den Mauern festhaken.

JULES – Ach so? So, so. Ich soll also immer nach der Pfeife des kleinen Salbei tanzen, der in meinem Hause sprießt. Geh auf den Händen, du mußt dich auf den Kamin setzen, du darfst den Schrank nicht aufmachen und so weiter: es macht Sie doch so glücklich, mein Freund, so glücklich, daß Sie dieser Hund sind, der neben Lénore an den Pforten zum Paradies schläft. Ich werde den Schrank nicht aufmachen. *Er nimmt seine Zigarette vom Tisch, schaut auf den Boden, legt seine Zigarette wieder auf den Tisch, bückt sich und beginnt, die Zündhölzer aufzusammeln: kurze Pause.*

LÉNORE *immer noch unbeweglich* – Wenn eine ungerade Zahl herauskommt, hab' ich einen Liebhaber, zähl' doch mal.

JULES *wirft die aufgesammelten Zündhölzer wieder zu Boden, kauert nieder und fängt an, sie in zwei Reihen zu legen, eine rechts, eine links* – Eins, zwei; eins, zwei; eins, zwei ...

LÉNORE – Den Hammer, wenn ich einen Liebhaber habe.

JULES – Das wäre nicht grausam genug, eins, zwei ...

LÉNORE – Dabei hast du mich doch wie die Morgenluft geliebt.

JULES – Eins, zwei, wie den Duft der Erdbeeren, eins, zwei ...

LÉNORE – Wie das Feuer, das Blut.

JULES – Ungerade: die Komödie ist geplatzt, du Eisenkraut der Bergeshöhen. Aber das Raubtier hat Vertrauen.

LÉNORE – Ein dummes Vertrauen.

JULES *zündet seine Zigarette an* – Zur Stunde der Heimkehr sind die weißen Wände große Liebkosungen für den, der den ganzen Tag über nur Haufen von Kieselsteinen begegnet ist, Gräben und Schildern, deren Pfeile sagen: gehen Sie weiter. Süß ist auch der Blick, der aus deinen Augen strömt, der Honig, den ich zehn Jahre lang vergeblich in den Bienenstöcken der Städte und Dörfer gesucht habe; und jetzt hab' ich sie gefunden, meine Biene.

LÉNORE – Bist du ein Mensch? Ein Mensch mit Wolfszähnen.

JULES – Du sagst ... was willst du sagen?

LÉNORE – Ich könnte nicht lügen.

JULES – Mit so schönen Augen?

LÉNORE – Siehst du, du glaubst mir nicht mehr. Siehst du.

JULES – Oh, aber, dieser Hammer. *Er packt ihn.*

LÉNORE *ruft* – Tu mir nicht weh.

JULES *legt den Hammer hin* – Du glaubtest also, daß ich hinter irgendeinem Salamander herlaufe, der weniger schön ist als du, auf jeden Fall weniger schön; na, so verrückt bin ich nicht, bei all meiner Verrücktheit.

LÉNORE – Ah, du Chinese.

JULES – Heut hab' ich den ersten Kastanienverkäufer gesehen, seit einem Jahr.

LÉNORE – Einem Jahr.

JULES – Aber warum stehst du immer noch so wie gekreuzigt da, Lénore? Willst du nicht mein Gesicht liebkosen, mit deinen Margeritenhänden?

LÉNORE – Hast du etwa ein Staubkorn im Auge? Arme Idiotin, das ist die Hoffnung: du kannst sagen, was du willst, du möchtest doch gern den Schrank öffnen.

JULES – Hör auf mit dem Spiel, Lénore, ich habe Brennesseln in den Händen. Komm her und sprich mir nicht mehr vom Schrank.

LÉNORE *unbeweglich, mit gedämpfter Stimme* – Nicht mehr sprechen, nicht mehr sehen, nicht mehr denken, das verheißene Land.

JULES *losbrechend* – Genug, genug: verstehst du? Engelsgeduld. *Er geht hin und her:* Engelsgeduld.

LÉNORE *nagt an ihren Fingern* – Oh, oh, jetzt gerät er in Zorn, er wird dich gleich schlagen, er wird dich gleich prügeln.

JULES *wütend* – Man könnte wirklich meinen, es gäbe jemanden, der dich hören kann.

LÉNORE *schaut verstohlen zum Schrank* – Jemand, der mich aus der Tiefe seiner schwarzen Nacht hören kann.

JULES – Die kürzesten Scherze sind die besten.

LÉNORE – Zieh' nicht an meinen Haaren, würg' mir nicht den Hals, zerquetsch' mir nicht die Handgelenke.

JULES – Los, Léne, willst du nicht das Abendessen machen?

LÉNORE – So ein Verrückter, der denkt ans Essen.

JULES – Ich sage dir, du sollst mit diesem Spiel aufhören.

LÉNORE – Früher oder später, ob der Wind heult oder sich beruhigt, wird er den Schrank öffnen wollen.

JULES – Mir vergeht allmählich das Lachen und das Zuhören.

LÉNORE – Du willst ihn öffnen, ich sehe, wie sich in deinen Augen die Sonne des Ihn-Öffnen-Wollens erhebt, schwarz, rot, o Entsetzen. *Sie brüllt.*

JULES *ergreift das rechte Handgelenk der Frau* – Wenn das allem ein Ende setzen kann. Dabei brauche ich gar nichts herauszuholen.

LÉNORE – Wirst du etwa dein ganzes Leben lang vor dieser verschlossenen Tür stehen, ohne zu wissen, warum? Es wird immer einen Augenblick geben, in dem du sie wirst öffnen wollen.

JULES – Weißt du nichts anderes mehr zu sagen? Nun, dann mache es selber!

LÉNORE – Nein, das werde ich nicht tun. Ich selber sollte den Abgrund und diesen Schrecken . . . bah. *Sie verbirgt ihre Augen mit der linken Hand, Jules zieht sie an sich.*

JULES – Los, mach das Abendessen; ich kann diese Dramen, die wir manchmal spielen, nicht ertragen. Sie bekommen zu sehr das Antlitz des Lebens. Wahrhaftig ein schönes Antlitz. *Er küßt sie auf die Stirn, sie weicht ihm etwas aus.* Du Wilde!

LÉNORE – Du, der du die Stunde kennst, in der sich die Planeten begegnen, Jules . . .

JULES – Was?

LÉNORE – Eine Frau, die mit einem Mann verheiratet ist.

JULES – Das versteht sich von selbst.

LÉNORE – Nein, nein: plötzlich kann nichts sie aufhalten, ein anderer Mann überhäuft sie mit Zärtlichkeiten, und sie ist ein auf dem Gleis verlorenes Signal. Einen ganzen Tag lang können dann die Wälder auf den Bergen ruhig brennen, sie kennt kein Wasser und kein Feuer mehr. Ist das gut, ist das böse? eine Frau, die mit einem Mann verheiratet ist?

JULES – Gut, böse, was soll das heißen? Aber auch wenn sie sich verstecken: mit Sicherheit wird der Ehemann sie töten. Gut, böse. *Ausweichende Handbewegung.*

LÉNORE – Mit Sicherheit. Das Unglück kommt einmal, und das ist so klar wie nur etwas. Sie glaubte, sie würde es fertigbringen zu lügen, aber nein: sofort ist sie vor den Schrank gestürzt.

JULES *bricht in Lachen aus* – Ich habe die Scharade erraten. *Mit lauter Stimme:* Sie betrügen mich, Madame. *Er geht auf den Schrank zu, sie hält ihn zurück.*

LÉNORE – An einem Maitag, als der Wind aus dem Süden wehte, hatte sich der Pflanzer von Caïffa auf der Straße entfernt, und wir waren unter den Weidenbäumen auf der Wiesc allein.

JULES – Welches Wild jagst du in meiner Erinnerung? Rebhühner im Kornfeld.

LÉNORE *windet die Hände* – Was soll es auch, hier ist der Schrank, in dem die Weiden und die Rebhühner sterben.

JULES – Schon wieder? Aber deine Augen sind rot, beruhige dich.

LÉNORE – Ruhig, ruhig, wie die Weidenbäume. Es war einmal auf der Wiese, Lénore und ein dunkelhaariger

Mann, der stark war wie die Weiden über unseren Köpfen, es war einmal, Lénore, und später wird man sagen, es war einmal, Lénore, arme Lénore. *Sie weint.*

JULES *nimmt sie in seine Arme* – Aber du weinst ja, Lénie? Auch daran bin ich schuld, hab' ich dich nicht auf den Geschmack an diesen unablässigen Fiktionen gebracht? Jetzt bist du in der Falle, du Lerche, in der Falle meiner beiden Arme. Was hat sich denn in deinem Haarknoten eingenistet, während ich auf meinem Fahrrad über die Wege fuhr und ein großer Geschäftsmann war: und meine Tankschiffe holten das Öl von der Küste Mexikos ab; welchen Aufschrei gab es da in allen Börsen der Welt! Die Bankiers erbleichen vor der kleinen Schlange der Ziffern, die sich auf ihren Tischen entrollt; und ich, der ich zum Haus auf dem Hügel zurückkomme, bringe meiner Lénie eine prächtige allegorische Bronzegruppe für ihren Kamin mit: »Das Öl fließt aus einem Bohrloch und begegnet dem Glück.« Als meine Hand dem Hammer in meiner Tasche begegnete, flog das Öl davon. Um die Ungeheuer aus deinem kleinen Kopf zu verjagen, brauchen wir nur ihren Schlupfwinkel zu öffnen. *Er streckt die Hand nach dem Schrank aus, ergreift den Schlüssel und verharrt so eine Zeitlang; er betrachtet Lénore, die unbeweglich, mit verlorenen Augen, dasteht.* Du hältst mich nicht mehr zurück? Plötzlich verstehe ich meinen eigenen Gedanken nicht mehr.

LÉNORE – Manchmal.

JULES – Sie überholt mich. (Sie könnten hupen.) Was ist im Schrank, Lénore? Dieses Gesicht, das ich umbringen werde. *Er schüttelt sie am Handgelenk.* Ich weiß nicht mehr, was ich tue. Ich bin ein Bauer, der dich wie einen Pflaumenbaum schüttelt. Und, alles in allem. *Pause.* Ja, aber ... Auf deine Worte hab' ich zuerst nicht gehört, es war ja nur ein Spiel, dann taucht alles wieder auf und nimmt Gestalt an: der Wind, die Sterne und das ganze Drumherum. Es ist dumm, es sagen zu müssen, Lénie, es ist dumm.

LÉNORE – Ja, mach' nicht diese Spinnenaugen, öffne lieber.

JULES – Du sollst doch . . . Aber bevor ich Schluß mache, Schluß mache, mehr noch mit den Nächten als mit den Tagen, mit dieser Milch, in der unsere Arme große helle Unendlichkeiten bilden, so in dieser Form, *er zeichnet mehrere waagerechte 8 in die Luft,* bevor ich Schluß mache mit diesem Stück Himmel: deinem Kleid und der Überraschung, die es mir immer bereitet, wenn ich mich im Schlaf ausstrecke und eine Brust wie einen Pfirsich unter meinen Fingern spüre und allmählich durch das Fruchtfleisch hindurch den harten Kern fühle, bevor ich Schluß mache mit unseren Lügen, diesem Versteckspiel, dem Hügel und dem Dach über unseren Köpfen, mit deinen Haaren, mein Mädchen, *er löst plötzlich ihre Frisur auf, die Haare fallen über Lénores Gesicht, Jules' Hand bleibt in ihnen gefangen, er hebt seine Hand mit dem Schleier der Haare hoch, dann,* oh, nein, meine Kleine, du hast mich nicht angesehen.

LÉNORE – Reiß' mir nicht das Herz heraus.

JULES *hinterhältig* – Was ist also im Schrank?

LÉNORE – Du weißt doch, was ich von deinen Fingern sage. Da ist ja der Schlüssel.

JULES – Der Schlüssel zum Geheimnis, ja, Lénie, verbiete mir, diese Tür zu öffnen, oder ich werde verrückt wie die Verrückten.

LÉNORE – Wie die Verrückten mit den roten Augen? Nimm den Hammer. Öffne.

JULES – Wenn ich dich töte, bevor ich öffne?

LÉNORE *kauert sich nieder und verbirgt ihr Gesicht in ihren Haaren* – Das ist das Grauen.

JULES *nimmt den Hammer* – All das übersteigt die Phantasie. Ich kam mit meinen Reichtümern zurück, als Erbauer von Dörfern im fernen Westen. Die Zollbeamten machten Kreidezeichen auf meine Kesselwagen. Ich war hier, völlig durcheinandergebracht von dieser Katze, deren Haare jetzt aufgelöst sind, *er macht eine Bewegung, als reinige er sich die Finger,* da, auf der Erde, und im Schrank gibt es etwas, was einem den Geschmack verderben kann, wenn man Léna Glauben schenken will, die doch eine vernünftige Person ist. Öffnen? nein.

LÉNORE – Willst du dich lustig machen?

JULES – Mich lustig machen? Das kannst du von dir sagen. Da du doch Wert darauf legst.

LÉNORE – Öffne.

JULES – Das gibt mir zu denken. Diese Hast! Ich gehorche. *Er streckt die Hand aus, besinnt sich aber wieder.* Du hast nicht gemuckst. Sein Leiden ist dir also unangenehmer als dein Tod. Er könnte ja ersticken, nicht wahr? Ja. Wer ist es?

LÉNORE – Was fragst du mich? Öffne.

JULES – Wer ist es?

LÉNORE – Öffne doch, du würdest mir ohnehin nicht glauben.

JULES – Zum Beispiel wer? Zum Beispiel ein Buckliger, und du gerätst in Ekstase, wie du es ja so gut kannst, diese Augen! Und mit der Hand berührst du verstohlen seinen Buckel; das soll dir Glück bringen.

LÉNORE – Öffne.

JULES – Er macht bestimmt ein dummes Gesicht in seiner Schachtel. *Er schwingt den Hammer.* Hörst du mich, du

Ochse? Ich habe ihn Ochse genannt. Wie heißt er?

LÉNORE – Deine Stirn ist rot.

JULES – Ich würde vergeblich suchen . . . irgendein Bauer, du Aas.

LÉNORE – Jules.

JULES – Madame wird mich entschuldigen. Einstmals hatte ich die Milchstraße in den Augen. Sag mir, wie er heißt, und ich öffne. Stumm wie eine Wand! Ist er wenigstens schön? der da drin, der gleich sterben wird. Du hast Angst um ihn, nicht wahr? Malen wir sein Bild. Ist er blond, dunkelhaarig? Ist dein Mund zugenäht? Gut, also rothaarig. Dazu kräftig, möchte ich wetten. Und schöne Zähne, in diesem Punkt bist du ja sehr anspruchsvoll. Kann er zum Sterben küssen? Hat er meine Arme, meine Hände, die dich Gott weiß wohin trugen? Sonnenblume, du bist rot geworden. Du sagst nichts?

LÉNORE – Was soll ich zum Feuer reden.

JULES Schweinerei. *Ein Frauenkopf erscheint am Fenster: er schlägt einen anderen Ton an.* Da ist ja Madame Léon, wie geht es, Madame Léon?

MADAME LÉON *durch das Fenster* – Ach, was bin ich müde: kann ich hereinkommen?

JULES – Aber natürlich. *Madame Léon verschwindet, Jules stößt Lénore in den Alkoven.* Deinc Haare, es ist doch helllichter Tag. *Lénore geht hinaus, Jules öffnet die Tür.*

MADAME LÉON – Sind Sie allein?

JULES – Lénore ist da.

MADAME LÉON – Haben Sie Léon immer noch nicht gesehen? Seit heute morgen bin ich hinter ihm her.

JULES – Setzen Sie sich, Madame Léon, ich habe niemanden gesehen.

MADAME LÉON – Dankeschön. *Sie setzt sich.* Er ist nicht

zum Mittagessen heimgekommen, das heißt ich bin immer noch allein, und jetzt ist es schon Abend.

JULES – Ich war in der Stadt, um diesen Hammer zu kaufen, sehen Sie.

MADAME LÉON – Ein schöner Hammer.

JULES – Nicht wahr, und stabil. Nein, niemanden, aber vielleicht hat Lénore ihn gesehen. *Er ruft:* Lénore, Lénore! – sie war nämlich allein zu Hause – Lénore, Madame Léon! – Sie hatte sogar Angst.

MADAME LÉON – Angst?

JULES – Oh, wissen Sie, da knarrt mal eine Tür, und das Haus liegt ganz abgeschieden.

MADAME LÉON – Das versteh' ich schon, aber am hellichten Tage.

JULES – Am hellichten Tage, freilich, am hellichten Tage. Ein richtiges Kind, und wenn es Abend wird.

MADAME LÉON – Am Abend sind Sie ja da.

JULES – Nun, allein mit einem Mann an einem abgeschiedenen Ort, am Abend.

MADAME LÉON – Nun ja, mit ihrem Mann. Aber ich.

JULES – Stellen Sie sich vor, Madame Léon. *Breites Lachen.* Was ist also mit Léon? *Lénore, die Haare glatt nach hinten gekämmt, ein Taschentuch in der linken Hand pressend.*

MADAME LÉON – Guten Tag, Frau Nachbarin.

LÉNORE – Guten Tag, Madame. *Alle drei setzen sich, Jules in der Mitte.*

MADAME LÉON – Ja, was haben Sie denn mit Ihren Haaren gemacht?

JULES *der sie jetzt erst bemerkt* – Ah ja. Sie hat gehört, daß jetzt kein Haar über das andere hinausstehen darf.

MADAME LÉON – Schade, Sie hatten so hübsche Haare.

LÉNORE *streicht zerstreut mit der linken Hand über ihre Haare*

und lächelt – Das ist gar nicht wichtig, gar nicht.
MADAME LÉON – Gut, Madame Jules, aber was sagt Ihr Mann dazu?
JULES – Es sind ja nicht seine Haare. *Madame Léon lacht.* Hast du Léon heute gesehen?
LÉNORE – Ich? Niemanden.
JULES – Lüge nicht, meine Liebe, Léon?
LÉNORE – Léon? Jedenfalls nicht Léon, natürlich.
MADAME LÉON – Dann bin ich umsonst hierher gelaufen, und zu Ihrem Hügel geht's ganz schön steil hinauf, ich bin ziemlich erledigt.
LÉNORE – Suchen Sie Ihren Mann?
MADAME LÉON – Noch heute morgen, als er weggeht, sagt er: in zwei Minuten bin ich wieder da. Und bestimmt streunt er irgendwo herum, trinkt, versetzt sich in Zustände oder in noch Schlimmeres, macht irgendeiner Frau was vor, die ihn mir dann ganz verändert wieder zurückgibt.
LÉNORE – Pfui, Madame Léon, schämen Sie sich denn nicht vor uns? Wir machen uns doch gleich lustig über Sie, wenn Sie draußen sind. Sie müssen immerhin zugeben, es ist etwas Großes, diese zweite Hälfte von einem selbst, auch wenn sie untreu und lügnerisch ist; früher oder später kommt sie doch wieder zurück.
MADAME LÉON – Sie, Frau Nachbarin, verteidigen ihn immer so leidenschaftlich, daß selbst eine Heilige eifersüchtig werden könnte.
JULES – Dieser Schlaukopf.
LÉNORE – Vermuten Sie ihn etwa unter meinen Röcken, Ihren verlorengegangenen Léon? Sie können beruhigt schlafen; und der da kann mich mit beiden Augen anblicken.

MADAME LÉON – Man hat schon manches erlebt.

LÉNORE – Schauen Sie doch unter den Möbeln nach, öffnen Sie die Schränke.

MADAME LÉON – Nichts für ungut, Frau Nachbarin, ich kam gerade vorbei, und im Vorbeigehen machte ich eine kleine Pause und einen kleinen Besuch. Zwei Fliegen auf einen Schlag. Aber jetzt gehe ich, und lachen Sie nicht zu sehr über mich, Sie, die Sie immer zu zweit auf der Erde sind. Auf Wiedersehen, Frau Nachbarin. Monsieur Jules. *Während er ihr die Hand drückt, begleitet Jules sie zur Tür; indessen geht Lénore langsam zur Bühnenrampe vor.*

JULES – Sie müssen immerhin zugeben, es ist etwas Großes, auch wenn sie untreu und lügnerisch ist, tri tra tralala, so sagst du doch? Und unter den Möbeln und in den Schränken. Gut gespielt.

LÉNORE – Man möchte meinen, ihr Mann sei der einzige Mann, den es gibt.

JULES – Gibt es denn einen anderen Mann außer mir?

LÉNORE – Hunderte und aber Hunderte, süß wie Maulbeeren, stark wie die Métro, zärtlich wie das Nähen.

JULES – Du bist provozierend. Aber ich bitte dich, und unser Vesuv von Wohnung?

LÉNORE – Geh, öffne ihn.

JULES – Hierher, du Raupe, du gähnst? Du könntest es wenigstens verbergen.

LÉNORE – Etwas vortäuschen?

JULES – Du Naive. Da kämmt sie sich wie eine Nonne. Los, mach' die Haare wieder auf. *Sie entwischt ihm.*

LÉNORE – So bin ich zu häßlich, zu häßlich, nicht wahr, für meinen Freund, den Buckligen? Hu, den letzten beißen die Hunde. *Sie steigt auf einen Stuhl und lacht schallend:* Und das ist der Ehemann.

JULES – Ach was, der Ehemann, es geht um mich. Steig herunter, du Nutte des Firmaments, sonst zieh' ich dich am Fuß herunter. *Er zieht sie herunter, sie fällt auf die Knie; lange Pause; er löst ihre Frisur auf.* Du Hexe, mit deinen Haaren wie Laster. Die schönen Haare!

LÉNORE – Jasmin.

Er wirft sie auf die Erde.

JULES – Diesen Duft hat er den ganzen Tag über eingeatmet, während man ihn bei den Händlern suchte, die eine ganz andere Trunkenheit verkaufen, dein schöner Léon, du Schnee der Kamine, und hierher schleppte er seinen großen Körper, und dahin drückte er seine Lippen. Ein sauberer Kerl.

LÉNORE – Meinst du Léon?

JULES – Wen sonst? Dein wer du willst. Was interessiert mich sein Name? Ich sehe ihn vor mir, wie er dich in die Schulter beißt. *Er beißt ihr in die Schulter.* Sein Name, verdammt noch mal.

LÉNORE – Du Bauer, du Bauer, ich blute. *Sie reibt sich die Schulter und schaut auf ihre Finger.* Öffne ihn und laß mich in Frieden.

JULES – Du weißt genau, worauf du hinaus willst. Hör', wie das knirscht. *Er knirscht mit den Zähnen neben Lénores Ohr; sie fährt zusammen und läuft auf den Schrank zu.*

LÉNORE – Idiot, schau doch hinein. *Er bringt sie zum Stehen, indem er sie mit dem erhobenen Hammer bedroht.*

JULES – Noch ein Schritt, und du hast den Hammer auf deiner Schläfe.

LÉNORE – Du willst mir nur Angst machen. *Er geht langsam auf sie zu; sie sieht ihn im Spiegel näherkommen, mit erhobenem Hammer; sie will schreien, kann es nicht; er zeigt mit dem Hammer auf den Spiegel.*

JULES – Dieser vertikale See trennt euch, meine Lämmchen. Sie sucht im Grunde des Spiegels den Blick, von dem sie immer noch berauscht ist, aber sieht nur ihre eigenen, vom Schrecken ausgeleerten Muscheln (das soll mich zum Mitleid bewegen).

LÉNORE – Du ungläubiger Leichtgläubiger, du Leichtgläubiger, du Leichtgläubiger.

JULES – Glaubst du, daß er dich hört? Trotz allem – obwohl es lange dauert – bleibt eine wahnsinnige Hoffnung, aber wenn er niesen müßte. *Lénore lacht.* Du lachst, tritt zurück, er könnte dir Zeichen geben. Wie? Oh, ich kenne all diese Tricks. Auch ich habe einst, bevor du mich an den Halfter legtest, meine Zeit verbracht mit Fenstern, in die ich einstieg, mit hastig aufgesuchten Schränken und diesem leidenschaftlichen Schimmer in den Augen der Frauen. Einmal blieb ich sieben Stunden, sieben tödliche Winterstunden, in einem dunklen Raum, ohne hinausgehen oder atmen zu können. Irgendwo im Gebirge, wo die Leute hart sind und mit dem Schießen schnell bei der Hand. So verliere ich mich in einer dunklen Vergangenheit, und man kann nicht zu mir sagen: an diesem oder jenem Tag warst du da oder dort, niemand. Ich selber vergesse, pfft! Aber morgen werde ich von Léon oder wem auch immer und von dir, Lénore, meine Liebe, jederzeit zu mir sagen können: da liegst du, und das Loch ist mehr lang als breit, und die Erde hat sich allmählich gesetzt, und die vier Elemente über euren verdammten Köpfen. Seinen Namen, schnell, höflichkeitshalber. *Er tritt einen Schritt zurück und sieht sich im Spiegel.* Das bist du also, Jules, ein Mann, der Eindruck machen will. *Er tritt zurück.* Du fühlst ihn in deinem Rücken, den schwitzenden Körper, der sich mit deiner Frau herumgewälzt hat.

Zerquetsche ihn doch zwischen der Wand und dir. *Er stürzt sich mit gespreizten Armen auf sein Spiegelbild.* Jules, der Ehemann. *Er haucht auf sein Gesicht, hebt den Hammer, schlägt zu, der Spiegel zersplittert zu einem Stern, Lénore schreit auf.* Das könnte ihm Spiegelsplitter in die Brust treiben. Aber da ist nur ein Stern entstanden, ein großer Stern, der mir den Weg versperrt. Oder eine Spinne, eine Abendspinne. Wer von uns dreien kann denn noch einen Floh Hoffnung in seinem Herzen nähren? *Er dreht sich zu Lénore um.* Du etwa?

LÉNORE – Der Spiegel ist zerbrochen, wem wird jetzt der Fehdehandschuh zugeworfen? Für sieben Jahre. Aber wie siehst du denn aus, mit dem Hammer! Jules, Jules. Du weißt doch, wie in der Nacht die Flügel der Vögel auf die Ziegel der Dächer schlagen, dann schmiege ich mich an deinen Körper, und du flüsterst in meine Haare schlaftrunkene Worte wie Leuchttürme, die sich drehen . . . meine kleinen Brüste, und wie ich nervös lache, wenn du meinen Rücken streichelst, dort, wo die Schultern ersterben. Jules, wenn ich mein Kleid ausziehe und du dich hinsetzt und mir zuschaust, deine Hand wiegst, Jules, wenn dein ganzes Gesicht zu tanzen anfängt . . . Ich habe so große Angst. *Sie stürzt zur Tür; Jules wirft den Hammer durch das Zimmer; er fällt vor Lénores Füße; sie bleibt stehen und schaut ihn an.*

JULES – Das ist ein außerordentliches Schauspiel, das ist ein ganz unbanales Schauspiel. Der Hammer liegt auf der Erde, oben ist das Dach und über dem Dach der Himmel – der ganze Himmel eines Sommerabends, der ganze letzte Himmel deines Lebens, ganz weit mit seinen kleinen singenden Gimpeln, mit Sehnsüchten und Bedauern, mit unzähligen fröhlichen Gedanken, es lebe die einzige goldene Wolke – und die Sonne, die niemals mehr untergehen oder aufgehen wird, sondern die nunmehr wie eine Verrückte über die Straßen und in die Betten der schamlosen Frauen eilen wird, lachend, haha, hihi, lachend. Es gibt Arme, die bereit sind, dich zu verteidigen, diese schönen Arme von vorhin, nur sind sie dummerweise hinter einem zerbrochenen Spiegel gefangen. Aber es gibt ja meine Hände und meine Wut an einem Sommerabend. Du kennst sie, diese klobigen Hände, dieses Opium und diese Mechanik, wenn sie sich dir näherten, diese Hände, die dich dem heißen Wind der Vororte gleich machten. *Während er spricht, verfolgt er sie bis zum Alkoven. Sie bleiben stehen. Kurz darauf gehen sie hinaus. Lange Pause.*

Während es Abend wird, leuchtet der Kalender an der Wand auf, Fledermäuse flattern durch das Fenster herein und verfangen sich in den Vorhängen. Jules erscheint wieder, mit zerzausten Haaren und offener Krawatte. Er wischt sich die Lippen ab. Er betrachtet seine Hände, den Alkoven, schließlich den Schrank. Er geht ruhig bis zum Schrank, besinnt sich aber, kehrt um und sucht, vor sich hinpfeifend, den Hammer, der vor der Tür liegengeblieben ist. Wieder vor dem Spiegel, bemerkt er, daß seine Krawatte offen ist, legt den Hammer auf die Erde, bindet sorgfältig die Krawatte, glättet seine Haare, hebt den Hammer auf, schwingt ihn in der linken Hand und öffnet rasch mit der rechten den Schrank. Es ist fast dunkel. Man sieht aus dem Schrank alle Gestalten des Prologs herauskommen, die sich an der Hand halten und zur Rampe vorgehen; währenddessen wird es auf der Bühne ganz dunkel, und der Vorhang fällt. Sie fassen sich am Arm und tanzen eine Gigue, dann setzen sie sich alle auf die Erde. Théodore Fraenkel steht auf.

THÉODORE FRAENKEL – Jetzt oder nie kann man von Politik sprechen. *Er führt den Präsidenten zum Souffleurkasten und setzt sich wieder hin – Musik.*

DER PRÄSIDENT *singt* –

Der in eine Magd verliebte Baum
Sang dem Passanten diesen Refrain
Efeu beruhige das Entsetzen
Derer die hier vor dir steht

Meine Rindenarme meine Vogelarme
Umarmt die Luft die sie atmet
Ihre beiden Beine sind Scheren
Der Wind schneidet sich dran

In die Küche fährt abends
Ein Schiff
Und die Sonne kentert
Auf ihrer Haut

Die roten Hände die blutigen Hände
Die Hände von wem
Hände der Sonne Müßige Hände
Fliegen davon

Eine Kraft beugt zum Wasser
Die Bäume
Sie hat den Steinklee gepflückt
Bis zu meinem Schatten

Das Licht im Zuschauerraum und auf der Bühne erlischt. Wenn es wieder hell wird, ist die Bühne leer, und das Orchester beginnt Sambre-et-Meuse *zu spielen.*

In die Enge getrieben

für Clotilde Vail

Prolog

Ein Wald. Sechs Holzfäller bilden eine Kette, um eine Tanne, an die sie ein Seil gelegt haben, umzureißen. Während sie ziehen, sagen sie sehr schnell:

1. HOLZFÄLLER – Habt ihr in den Zeitungen gelesen?

2. HOLZFÄLLER – Man kann ihnen nichts glauben.

3. HOLZFÄLLER – Das ist hinausgeworfenes Geld.

4. HOLZFÄLLER – Laßt ihn doch reden.

5. HOLZFÄLLER – Lügner und Compagnie.

6. HOLZFÄLLER – Die Frauen, jetzt, wo sie die Kirche nicht mehr haben.

7. HOLZFÄLLER – Man bekommt schwarze Finger, man könnte glauben . . .

4. HOLZFÄLLER – Aber laßt ihn doch reden.

1. HOLZFÄLLER – Die Zeitungen von gestern.

3. HOLZFÄLLER – Ob von gestern oder heute: alles derselbe Käse.

4. HOLZFÄLLER – Aber . . .

5. HOLZFÄLLER – Man braucht nur hineinzuschneiden.

6. HOLZFÄLLER – Das ist wie in der Politik.

2. HOLZFÄLLER – Die Politik, das sind letzten Endes auch nur nebensächliche Alltagsereignisse.

3. HOLZFÄLLER – Es gibt Leute, die sich für Leichen interessieren.

4. HOLZFÄLLER – Aber.

5. HOLZFÄLLER – Zieh lieber, du Depp, anstatt zu meckern.

4. HOLZFÄLLER – Aber.
6. HOLZFÄLLER – Jetzt soll er doch endlich reden.
2. HOLZFÄLLER – Ja, was steht also in den Zeitungen?
3., 4., 5., 6. HOLZFÄLLER *zusammen* – In den Zeitungen von gestern.
1. HOLZFÄLLER – Jetzt habe ich keine Lust mehr, es zu sagen. *Der Baum fällt um, während die Arbeiter in die Kulissen zurücktreten.*

Erster Akt

Vor dem Vorhang.

DER SPRECHER *nackt, einen Zylinder auf dem Kopf, abgetretene Stiefeletten ohne Schnürsenkel an den Füßen, mit Vatermörder und rosa Krawatte, geht, einen Strohbesen in der Hand, bis zum Souffleurkasten* – Orchester, wie wär's mit einer kleinen Melodie? do re mi fa sol, irgend etwas Einschmeichelndes halt, etwas wie ein Vogel, der vor dem Gewitter dicht über das Wasser fliegt.

Wieder einmal geht es um das Herz des Menschen: bei gedämpftem Licht wird man ergreifende Stimmen hören, den Mond, die Sterne und Verliebte mit ineinander verschlungenen Händen sehen. Wir werden uns eher als sentimental denn als Wasserkessel zeigen, eher als Schwalben denn als Shakespeareaner. Oh, oh, hören Sie zu: immer noch sieht man durch das Fenster, wie die von Nebelschwaden umhüllte Sonne versinkt. Nichts hat sich geändert, seit wir im Himmel unserer Kindheit Nüsse von den Bäumen schlugen, und wenn wir allein sind, lassen wir aus Spaß Zündhölzer abbrennen. Oh, oh, auf den Plätzen von einst sahen wir, wie sich den Brüsten unserer

Kindermädchen die schattig blauen Augen melancholischer, nachdenklicher Landser zuneigten. Oh, oh, Musik, nein, hören Sie sich doch das mal an. *Das Orchester stimmt leise* »Tannhäuser«: »O schöner Stern« *an.* Seid ihr verrückt, ihr Saitenhobler? *Das Orchester hört auf zu spielen.* Man wünscht von euch den Wind der Nächte auf dem sommerlichen Balkon, doch statt der Suppe habt ihr, brr, nur eure Zwiebelschale vor der Nase. Ich erzähle euch von der Liebe, einem See wie in Liedern, ihr vierschrötigen Köpfe, einem jungen Mädchen, das verlorenging und wiedergefunden wurde, und in seine linnenen Ärmel waren Worte von ewiger Gültigkeit in Gold gestickt: sie kommt aus der Tiefe der Wälder und lächelt. Die schöne Brünette. *Er zieht den Vorhang beiseite und reicht einer Frau die Hand:* Madame Tosini in der Rolle der Olympe, eine junge Kokette, Ehefrau des Bankiers Silas Randau. *Ein Frisiertisch wird herangetragen, sie setzt sich vor ihn.*

OLYMPE – Wenn ich Juwelen liebe, dann nicht wegen ihrer Küsse auf meinen Schultern und auch nicht wegen irgendeines Glanzes, den sie mir verleihen – denn hatten sie, nur weil sie sich ein bißchen betrachten lassen, jemals die Macht, die Farbe eines Menschen bis in die Tiefe seiner Haut zu verändern? –, sondern weil sie für immer dieses stumme Begehren an sich binden, das ich suche und ohne das ... *Ein Zimmermädchen bringt auf einem Tablett einen Brief und zieht sich wieder zurück.*

OLYMPE *liest* – »Alles ist aus; die Kastanien des Bois de Boulogne, der Asphalt der Tage, die großen Plakate am Horizont, die geschmeidigen Nickelautos. Olympe, und nur mit Mühe kann ich noch diese Flamme niederschreiben, Sie werden Frédéric nie mehr wiedersehen: er reist ab, ohne eine Adresse zu hinterlassen. Er wird diesen

Körper, dieses Jahrmarktsmarzipan nicht mehr in seine Arme schließen, taratati, taratata. Ihr Verzweifelter: Frédéric.«

Der Brief wird dazu benutzt, eine Brennschere auszuprobieren; es wird ganz dunkel, und man hört nur noch den

SPRECHER – He, Orchester: die Liebe, versteht ihr, um was es geht? Wo ist er jetzt, dieser Liebhaber im Exil? Er ist überall in der Nacht, die uns einhüllt. Haben Sie, Madame, auf Ihrem Körper seinen Atem gespürt? Und Sie da, rühren Sie sich nicht: er geistert hier herum. Niemand mehr wird ihn mit seinem richtigen Namen grüßen. Sogar diesen Ring, den man ihm geschenkt hatte, wird er in einen Fluß werfen. Man hat mir von einer Gegend im Schatten der Berge erzählt, eine Gemse springt dort von Fels zu Fels und ruft im Rauschen der Wasserfälle: Olympe! mit dem Ton der Verzweiflung. Aber die ungeordnete Phantasie der Menschen ist ein loses Rad auf einem zugefrorenen Fluß. Orchester! Was ist die Melancholie? *Das Orchester stimmt die Barkarole aus* »Hoffmanns Erzählungen« *an.* Diese Musiker haben wirklich eine Klapper als Gehirn. Sollen das die einsamen Schluchten sein, in denen Frédéric seinen Schmerz verbergen will? Schlägt er etwa so mit der Stirn gegen die Felsen im mächtigen Heulen des Orkans? Licht bitte, damit wir wieder unter vernünftige Leute kommen. *Das Licht erhellt ein Zimmer in einer Herberge, ein junger Mann schreibt an einem Tisch, es klopft.*

DER JUNGE MANN – Herein. *Eine Magd stellt einen Wasserkrug auf den Waschtisch.*

DIE MAGD – Um wieviel Uhr, Monsieur?

DER JUNGE MANN *dreht sich um* – Bleib heute nacht hier, Mélanie, denn der morgige Tag wird uns für immer trennen. *Sie setzt sich zu seinen Füßen nieder.* Für immer! Es scheint mir, daß ich dir ewige Treue schwöre. Auch hier, wo es niemand erwartet hat, tritt das Absolute ein und spricht. Absurd, absurd. Deine Haare. *Sie fallen über die Knie des jungen Mannes.*

MÉLANIE – Wenn ich nur noch ein schwarzer Punkt hinter Ihnen bin, werde ich mit ganz schwerem Herzen wieder in die Herberge zurückgehen.

ER – Du gutes Mädchen. Es kommen alle Tage viele Reisende vorbei, und bei diesem Autoverkehr.

MÉLANIE – Ich komme mir wie eine Tote vor.

ER – Das ist nur eine Redensart.

MÉLANIE – Reisender: du gehst so plötzlich, wie du zu mir gekommen bist: es waren nur drei Tage, aber von nun an wird ein großer Wind mein verlassenes Leben durchschütteln. *Er steht plötzlich auf und geht hin und her.*

ER – So beginnt wieder die Lüge: genau so. Wieder wird die Ewigkeit zum Zeugen genommen, es ist eine Krankheit. Nachdem ich meinen Platz im Bus vorbestellt habe, sieht es wenig danach aus, daß ich ihn um deiner schönen Augen willen verpasse. Wozu dieses »von nun an«?

MÉLANIE – Monsieur können sehen, meine Arme versuchen nicht, ihn zurückzuhalten. Aber wenn er auf anderen Bergen oder in den Städten des Flachlandes zu der zurückgekehrt ist, an die er hier unablässig denken mußte, dann möge er sich, wenn sie lügt, dieses große Wunder, an Mélanie erinnern, ein Mädchen für jedermann, das sich zwar mit Fuhrleuten, mit Zuhältern herumgetrieben hat, aber das nur einmal die Augen aus Lust geschlossen hat, Mélanie.

ER – Ich bin ein einsamer Mann und gehe durch den Dekor nur hindurch. *Sie ergreift die Hand des jungen Mannes und betrachtet sie.*

MÉLANIE – Monsieur Pierre, Ihr Ring?

PIERRE – Ich habe ihn in die Romanche geworfen.

MÉLANIE – Ihren goldenen Ring?

PIERRE – Er steckte so lange an diesem Finger, daß er dort eine Spur hinterlassen hat. Aber die wird schnell vergehen. Wie hübsch, ein Ring im Wasser, ein Ring, der über die Kieselsteine hüpft und den Schaum und verschiedene Dinge, von denen weder du noch sonst jemand irgend etwas erfahren wird.

MÉLANIE – Pierre.

PIERRE – Pierre, ja, richtig: Pierre, der ganze Unterschied zwischen früher und jetzt liegt darin, daß Pierre, ja, richtig: Pierre ... oder Joseph oder René oder ... Ah, ah!

MÉLANIE – Pierre.

PIERRE – Morgen früh, verstehst du?, trägt mich der Bus davon, und du weißt nicht mehr, ob ich lebe, Montag, Dienstag, Samstag, immer. *Er beugt sich plötzlich über sie.*

MÉLANIE – Ich erwarte Ihre Lust. *Sie richtet sich leicht auf, die Lichter erlöschen.*

Vor dem Vorhang

Ein Mann begegnet einem Lichtbogen. Er hält seine Hand vor die Augen.

DER MANN – Könnten Sie nicht aufpassen?

DER LICHTBOGEN – Was wollen Sie, ich bin das Licht.

DER MANN – Das ist bequem.

DER LICHTBOGEN – Sagen Sie das nicht. Ich vertue mein Leben mit kleinlichem häuslichen Zank. Ein Stück Zucker, zu stark durchbratenes Fleisch ...

DER MANN – Sie übertreiben.

DER LICHTBOGEN – Sie können mir glauben, Monsieur. Welches Interesse sollte ich daran haben? Und im übrigen, so fliehen die Tage dahin und krallen sich an liebliche Familienbilder, die ich unnützerweise beleuchte. *Er fängt zu kohlen an.* Es ist zum Zähneknirschen. Aber was wollen Sie?

DER MANN – Ich bin der Vertreter des Hauses Lido, der Lido-Hosenträger. Sie kennen doch das Plakat: »Lidos sind chic! Das sind Hosenträger!« Sie gehen nicht über die Schultern, sie werden nicht an der Hose angeklammert. So gibt es auch nicht mehr diese roten Flecken, die den Mann entehren und es ihm unmöglich machen, vor seiner schüchternen Gattin sein Hemd ganz auszuziehen; und es gibt auch nicht mehr diese Verformungen, die dem Hosenbund durch ein lästiges Ziehen zugefügt werden. Die Bügelfalte fällt gut, der Bund bleibt gerade. Der freie Mann und die freie Hose, das ist das Ideal. Und wir verkaufen kleine Gummiplättchen zum Auswechseln des einzigen Teils unseres Hosenträgers, der dem Tode unterworfen ist: ich meine die Seele.

Er zieht einige Hosenträger aus seiner Tasche und schwingt sie.

DER LICHTBOGEN – Ich möchte sprechen. Aber ich trage keine Hosenträger: ich trage keine Hosen.

DER MANN – Man braucht keine Hosen zu tragen, um Hosenträger zu tragen.

DER LICHTBOGEN – Würden mir Hosenträger helfen, meine Sorgen zu tragen?

DER MANN – Wenn Sie Sorgen haben, Monsieur, dann sind Sie schön dumm. Habe etwa ich Sorgen?

DER LICHTBOGEN – Sie demütigen mich. Aber wissen Sie, was es heißt, ganz allein auf einer Straße zu toben mit einem Stück Schwarzbrot zwischen den Zähnen und sonst nichts in der Tasche? Oder zum hundertsten Male jemandem die Antwort nein zu geben, nur aus Höflichkeit oder weil ich nach dem Weg gefragt werde?

DER MANN – Das Mitleid bringt Sie um, mein Lieber. Das Mitleid oder die Geduld.

DER LICHTBOGEN – Ihrer Meinung nach. Aber wie soll man sich gegen mehrere Generationen von Frauen wehren?

DER MANN – Hosenträger, Hosenträger.

DER LICHTBOGEN – Gegen den Eigensinn, das Schweigen und die Sanftheit?

DER MANN – Hosenträger.

DER LICHTBOGEN – Lohnt es sich wirklich, dieses oder jenes Schicksal zurückzuweisen, wenn man nach einigen Exaltationen schließlich doch immer wieder in dieselbe Geschichte zurückfällt und pünktlich nach Hause kommen und die Tür abschließen muß.

DER MANN – Hosenträger.

DER LICHTBOGEN – Und über die Gespräche will ich erst gar nichts sagen. Wenn ich bedenke, zu welchen Überlegungen ...

DER MANN – Hosenträger.

DER LICHTBOGEN – He, Doktor, glauben Sie, daß Sie mich dazu bringen werden, Ihre Hosenträger zu schlucken?

DER MANN – Husten Sie mal. *Der Lichtbogen kohlt.* Ich sagte es ja: Hosenträger.

DER LICHTBOGEN – Ich weiß, daß ich verloren bin.

DER MANN – Hosenträger.

DER LICHTBOGEN – Mann, du mit deinem Grammophongehirn, hau ab, verschwinde. *Er leuchtet mit grellem Schein auf, der Mann läuft weg, die Hosenträger schwingend.*

DER MANN *hinter den Kulissen* – Hosenträger!

Der Vorhang geht auf.

Eine Kerze beleuchtet schwach dasselbe Zimmer, Pierre sitzt mit offenem Hemd da und streichelt zerstreut die Haare Mélanies, die, den Kopf auf Pierres Knien, eingeschlafen ist.

PIERRE – Hat die Lüge Kinderaugen? Geschmeichelt, mein lieber Frédéric, ich will sagen Pierre. Du fühlst dich geschmeichelt von diesen Beweisen der Bewunderung. Ich will jedoch wissen. Ja, schüttele nur den Kopf und lach' über dich selber: es gehört zum Wesen des Menschen, wissen zu wollen. Was steckt in der Sonne, die einen anschaut, der Mensch nimmt ihr Licht und zerlegt es, und er nennt Tellur, was er niemals gesehen hat. Jede Sache bekommt einen Namen: so ist er nun einmal, und ich möchte einmal das Wahre an einer Frau erkennen und das Falsche. Los, du dunkle Haut, wach auf, mein Liebling, wir wollen ein bißchen über Metaphysik plaudern.

MÉLANIE *erwacht* – Liebling, ist es denn schon Zeit ... Oh, schon. *Sie gähnt.* Aber nein, es ist immer noch warme Nacht. Willst du mich noch einmal verrückt machen? Nein? Was für ein Gesicht! Pierre?

PIERRE – Pierre, das bin ich, höre zu: eine Frau gibt sich einem armen Jungen hin, der nicht weiß, ob er seinen fünf Sinnen glauben darf, vor allem seinen Händen, wenn sie über den ganzen Körper der Dame streichen, einer so stolzen Dame, stell dir mal vor, über ihren ganzen Körper von oben bis unten. Wie alt war er eigentlich, zweiundzwanzig, dreiundzwanzig Jahre? Ohne einen roten Heller, und schüchtern! So richtig ein Bursche, den man um seiner selbst willen liebt, sagst du. Natürlich hat er es geglaubt. Woran dachte er wohl den ganzen Tag über, während er an den Hecken entlangstreifte? Ah, du errätst es. Ein schöner kaputter Hampelmann. Selbstverständlich wäre er nie darauf gekommen, mit welcher Berechnung eine Frau ... Einfach so in das Leben jemandes einbrechen, was kommt's dabei auf ihn an, er ist nur der erste beste. Eines Tages saß sie zu Tisch, er war wie verrückt, verstehst du ... er findet einen Vorwand, und sie läßt ihm durch die Dienstboten sagen ... aber sie schläft, tatsächlich, Mélanie! *Er schüttelt sie, sie fährt mit der Hand über ihre Stirn.* So also hörst du mir zu?

MÉLANIE – Verzeihung, mein Meister, aber das ist auch deine Schuld.

PIERRE – Ja, genau das hat sie zu mir gesagt: »Das ist auch Ihre Schuld.«

MÉLANIE – Nehmen Sie es mir übel, daß ich »deine« Schuld gesagt habe?

PIERRE – Ich sprach von unseren Küssen. »Unsere Küsse? Sie haben Fieber.« Ja, du kannst dir vorstellen, wie mir da die Arme herabsanken.

MÉLANIE – Pierre, ist das Ihre Geschichte?

PIERRE *wieder ganz frostig* – Nein.

MÉLANIE – Liebling, wollen wir nicht schlafen?

PIERRE – Schlafen? O nein, darauf lege ich keinen Wert. Wenn ich schlafe, sehe ich immer nur, wie ich unten an der Treppe warte, im Regen, und das arme Ding von Zimmermädchen kommt, um mir zu sagen, daß es sich nicht lohnt, hier wie angenagelt stehenzubleiben und sich durchfrieren zu lassen, daß Madame vor einer Stunde durch die Hintertür ausgegangen ist. Wie denn? Dir sind ja schon wieder die Augen zugefallen. *Er schüttelt sie.* Verstehst du nicht, um was es sich handelt? *Er steht auf und nähert sich der Kommode, Mélanie erhebt sich langsam und wie mit Bedauern.*

MÉLANIE – Mitten in der Nacht. So müde. *Pierre holt aus seinem Koffer ein kleines braunes Fläschchen, geht zum Waschtisch, gießt Wasser in ein Glas und läßt ein paar Tropfen aus dem Fläschchen in das Glas fallen.*

PIERRE – Das Leben hat merkwürdige Türschlösser.

MÉLANIE *plötzlich ganz wach* – Gift?

PIERRE – Ja.

MÉLANIE – Pierre, das trinkst du nicht. *Sie stürzt auf ihn zu, er hält sie fest und stellt das Glas gut sichtbar auf den Tisch.*

PIERRE – Hab keine Angst um mich. Hör zu.

MÉLANIE – Sprich doch.

PIERRE – Es gibt etwas, das schlimmer ist als der Tod, Mélanie, etwas, das nicht vergeht und mit der Zeit noch wächst. Ein Mann, der einmal richtig betrogen wurde, stell dir mal vor: du zweifelst an der Luft, die du atmest, das ist das ärgste. Das ist so viel, als ob du an dir selbst zweifelst. Du selbst, du bist bald nur noch eine arme Maschine und hast diesen Wurm in dir, und kein Arzt auf der Welt kann ihn dir herausholen. Alle, die mit dir sprechen, lügen. Oh, das nimmt nie ein Ende. Wenn du so jemandem begegnen würdest, würdest du ihn heilen wollen?

MÉLANIE – Ich habe nicht studiert.

PIERRE – Wie kann man das Herz des Mannes hören und sagen, schon gut, das ist nicht so schlimm, wenn man doch einem solchen Kranken einen Vertrauensbeweis geben kann, der so untrüglich ist, daß er dadurch geheilt wird.

MÉLANIE – Man will mir niemals glauben!

PIERRE – Natürlich, vor dieser ganzen Geschichte hätte er niemals vermuten können . . . niemals. Und jetzt weckt es ihn immerzu auf, wenn er schläft, und tagsüber ist er wie besessen; er mustert die kleinen Mädchen, die mit ihrem

Ranzen und einem Lutschbonbon aus der Schule kommen, und möchte sie Huren nennen. Hast du keinen Einfall für so jemanden, Mélanie?

MÉLANIE – Wie kann ich einen Mann zwingen, mich zu lieben?

PIERRE – So was Durchtriebenes. Fällt dir nichts ein, was sich dem Nachdenken und dem Zweifel entzieht, etwas, das so entscheidend ist, daß nichts . . . verstehst du nicht? Etwas, das niemand mehr rückgängig machen kann, verstehst du? Dummkopf. Sag mir: woran kannst du nicht zweifeln? Das ist keine Scharade.

MÉLANIE – Ich kann an meiner Liebe zu dir nicht zweifeln.

PIERRE – Ausgezeichnet. Das läßt sich mindestens auf zweierlei Weise verstehen, ausgezeichnet. Lassen wir die Scherze.

MÉLANIE – Oh, ich sollte an dieser Sonne in meinen geschlossenen Augen zweifeln?

PIERRE – So sind die Frauen: wer spricht denn von dem, was du denkst, du Lustmaschine. Es geht doch um dieses Geschwür der Wege und der Helligkeiten!

MÉLANIE – Was sicher ist, ist sicher. Dieses Feuer plötzlich, wenn du eintrittst. Gestern abend im Speisesaal, mit wem sprach ich da gerade? Plötzlich durchläuft es mich eiskalt, er steht hinter mir.

PIERRE – Ein schöner Mischmasch. Wähle doch wenigstens zwischen Feuer und Eis. *Er lacht.*

MÉLANIE – Sicherer als dein Lachen, als das Leben, als der Tod.

PIERRE – Ah, du hast es getroffen.

MÉLANIE – Was?

PIERRE – Sicherer als der Tod, was ist sicherer als der Tod? Nichts. *Er nimmt sie bei den Händen und zwingt sie zu tanzen.*

MÉLANIE – Pierre!

PIERRE – Das Heilmittel, Mélanie, das Heilmittel.

MÉLANIE *mit einem Aufschrei* – Du hast mir doch gesagt . . .

PIERRE – »Du hast mir doch gesagt«, schon wieder diese Versprechungen! Natürlich ist nichts zu befürchten. Was würde denn s e i n Tod beweisen, und zunächst einmal liebt er sie ja noch, warum sollte er dann sterben wollen?

MÉLANIE – Aber um wen geht es denn?

PIERRE – Ich spreche ganz allgemein, man kann doch verallgemeinern, das macht ja gerade den Zauber der Unterhaltung aus. Ich fasse zusammen: die Unschuld, zwei weiße Arme in der Nacht, viele Kilometer barfüßig über Steine, du kannst immer noch sagen Komödie, nichts als Komödie. Aber der Tod, wie kannst du mit dem Tod spielen, du hast zu viel Angst, und du weißt nicht. Wenn er in den Augen der Agonie das sieht, was er überall gesucht hat, dann freilich! Du schaust mich an, als ob du taub wärst. Aber wer weiß, du hast es schon erraten, du willst lieber als Dummkopf dastehen, gerissen, wie ihr Frauen seid.

MÉLANIE – Sag mir, was ich tun soll.

PIERRE – Ich spreche ja nur ganz allgemein: du hast keine Phantasie, ah, du läßt mir die ganze Mühe. Noch einmal die gleiche Falle: gebrochene Augen, zusammengebissene Zähne, die sich verkrampfende Hand, Hysterie. Er ist ja bereit zu glauben, und wenn er glaubt, ist er geheilt, er verlangt von ihr nur den Beweis , von dem wir sprachen; sie sind im Zimmer, im selben Zimmer, und er steht auf, *er tut, was er sagt,* nimmt das Glas und reicht es ihr.

MÉLANIE – Für mich?

PIERRE – Sofort dieses Zurückweichen. Ich sprach ganz allgemein. *Sie nimmt das Glas.* Würdest du diesen Mann heilen, wenn sich die Gelegenheit böte?

MÉLANIE – Wenn ich ihn liebte.

PIERRE – Ich weiß, woran ich bin, wenn du ablehnst oder wenn der Zufall dein Glas umstößt. *Er tut so, als stoße er aus Versehen an das Glas; sie zieht es zurück und schützt es mit der Hand, dann hebt sie das Glas hoch.* Ich spreche ganz allgemein. Ob das nun aus Überraschung oder im Spiel geschieht, wenn sie tot ist, dann ist auch er nicht weitergekommen, er hat nur ein Fragezeichen mehr. War es eine Finte? Später würde er sich vorstellen, daß sie es durchschaut hatte. Die Agonie und der Tod. Er hat ein ziemlich langsames und ziemlich schmerzhaftes Gift gewählt. Kannst du mir folgen?

MÉLANIE – Ja.

PIERRE – Ich spreche ganz allgemein, aber *Er zeigt mit dem Finger auf das Glas:* ein schreckliches Gift.

MÉLANIE – Ja.

PIERRE – Ja, ja, ja ist keine Antwort.

MÉLANIE – Wenn du es willst.

PIERRE – Mit welcher Märtyrermiene du das sagst.

MÉLANIE – Ich würde es tun.

PIERRE – Und außerdem ein bißchen guter Wille, etwas Schwung. Ich liebe dich nicht.

MÉLANIE – Dann ist es so leicht.

PIERRE – Es kostet dich also doch etwas Überwindung?

MÉLANIE – Die Wiesen, der sanfte Sommer, sanft wie mein Kleid und die Jungen (als ich dich noch nicht kannte, mochte ich Jungen gern, keiner ist wie der andere, und immer sind sie darauf aus, mich zu schlagen oder mich niederzuwerfen).

PIERRE – Worauf wartest du? Ach ich vergaß: »Wenn ich ihn liebte«, pardon. *Sie trinkt, lange Pause.* Der Coup de théâtre oder die Rührung, nein, nein. Kein Mißverständnis, nicht wahr? Das ist klar wie Quellwasser im Fels.

MÉLANIE – Wie deine Augen.

PIERRE – Meine Liebe zu dir wird dadurch nicht größer. Welchen Wert hat die Sache schließlich, und was kann ich dafür? Und außerdem ist es ganz natürlich, wenn man liebt, ah, ich weiß sehr gut, was es heißt zu lieben.

MÉLANIE – Ich spüre noch nichts.

PIERRE – Das ist kein reines Wasser; du wirst mir sagen, wenn die Schmerzen beginnen.

MÉLANIE – Ich habe Vertrauen.

PIERRE – Vertrauen, Giftschlange, und meine geistige Ruhe?

MÉLANIE – Sie sehen doch, daß ich sterben werde.

PIERRE – Beginnt es schon? Warte. *Er geht zur Kommode und holt ein Fläschchen aus dem Koffer.* Du sehnst dich doch wirklich nicht nach den Jungen? Sie sind brünett, hier in der Gegend, nicht wahr? Und ziemlich hager. Sie riechen nach Feuerstein. Trink das!

MÉLANIE – Mach dich nicht über mich lustig ...

PIERRE – Das Gegengift. Ich stelle es auf den Tisch.

MÉLANIE – Oh, wie das brennt, oh.

PIERRE – Leidest du? Wenn du mich liebst, ist das kein Leiden.

MÉLANIE – O weh.

PIERRE – Sie denkt so wenig an mich, als ob ich der Großtürke wäre.

MÉLANIE – O weh, mein Liebling.

PIERRE – Von wem sprichst du?

MÉLANIE – Pierre, oh, Pierre.

PIERRE – Ein häufig vorkommender Name.

MÉLANIE – Von dir, von dir. Mich durchpeitscht das Gewitter.

PIERRE – Ich habe einmal in meinem Leben gesehen, wie jemand vom Blitz getroffen wurde: das macht auf mich keinen Eindruck mehr.
MÉLANIE – Oh, mein Gott, nicht stöhnen, ich kann nicht, oh, der Himmel und die Nacht. Mexiko und Brasilien, der Himmel und die Nacht, ich höre, wie er flieht, Mexiko und Brasilien, der Himmel und die Nacht, ich höre, wie er flieht, Mexiko und Brasilien, es ist eine grüne Gemse, der Himmel und die Nacht, oh, der Himmel, der Himmel.
PIERRE – Das Gegengift steht auf dem Tisch. *Pause.* Ich mache es zurecht. *Er schüttet es ins Glas.* Da hast du's.
MÉLANIE – Laß mich, laß mich.
PIERRE – Woran denkst du jetzt? Bist du endlich ehrlich, wie du dich da über deinen Bauch krümmst? Sprich.
MÉLANIE – An dich, den Himmel und die Nacht, den Himmel und die Nacht.
PIERRE – Du verabscheust mich jetzt, da du leidest, nicht wahr? Mich, Pierre. Du wirst sterben.
MÉLANIE *windet ihre Hände* –Mein Liebling.
PIERRE – Sie denkt nur an sich. I h r Liebling.
MÉLANIE – Pierre, schnell, schnell, das Gegengift.
PIERRE *mit einem Triumphschrei* – Da haben wir's, flache Liebende, oh, das läuft ja gut. *Er gibt ihr das Glas, sie schüttet den Inhalt auf den Fußboden.* Was machst du?
MÉLANIE – Jetzt bin ich ruhiger, oh, wenn das noch stärker geworden wäre, dann wäre die Versuchung... Pierre, Pierre.
PIERRE – Das ist wohl eine Ehrensache für dich, du affektierte Person? Das war alles, was ich tun konnte, um dich zu retten, Mädchen. Da gibt's keinen Irrtum, es ist Selbstmord. Du weißt ja, daß ich dich nicht liebe.
MÉLANIE *brüllend* – Heilige Mutter des Windes und der blutenden Schwerter.

PIERRE – Schrei nicht so. Ein schönes Erinnerungsbild, dieses verliebte Mädchen, das sich wie eine verletzte Hündin über die Teppiche schleppt.

MÉLANIE – Ah, mein kleiner Samtbauch, ah.

PIERRE *öffnet plötzlich die Tür und wirft Mélanie hinaus* – Brüll doch anderswo, Kadaver, zum Krepieren gibt es Heuhaufen. *Nachdem er die Tür wieder geschlossen hat, geht er langsam zum Waschtisch und betrachtet sich im Spiegel.* Frédéric, bei der nächsten Station bist du Gaston. Gut. Und sie ... Das ist ein ziemlich grausames Gift. Alles in allem weiß ich nicht, was sie sich vorgestellt hat. Sie wollte ja trinken. Sie hat getrunken. Keine Macht der Welt hätte sie daran hindern können zu trinken. Eine schöne Art, die Spuren seiner Schritte hinter sich auszulöschen. Aber was für ein Erlebnis! Mit dem Todeskampf kann sich in diesen Kopf leicht irgendein Vorwurf gegen diesen armen Pierre einnisten, diesen alten Freund von mir. *Er geht ins Bett und bläst die Kerze aus.*

DER SPRECHER *im Dunkeln* – Behende fliegen die Schwäne des Kopfkissens davon, mit Girlanden wie auf australischen Briefmarken. In deinem Herzen ein Himmel voller Schäfchenwolken. In deiner Erinnerung ein verbranntes fuchsrotes Pferd. Dämpfe ziehen zum Meer. Wohin gehst du spazieren mit diesem kleinen Eichhörnchen-Ballon, den du da an der Schnur hältst und der dir hoch über deinem Kopfe folgt; und die Schnur macht Zickzack-Bewegungen wie auf Schulheften. Du hast eben nie die Gewohnheit aufgeben können, die letzte Seite mit Zeichnungen zu bekritzeln: dein ganzes Leben ist darin enthalten. Ein Traum? Entscheide mit einer Münze, ob es ein Traum ist, *man hört ein Geldstück auf den Boden fallen,* man kann nichts sehen, es ist zu dunkel. Egal, beim Aufwachen werden wir schon sehen, ob es ein Traum war. *Ein disharmonischer Klang dringt durch die Dunkelheit.* Welch himmlische Musik: sollten sich etwa die Engel des Paradieses die Haare kämmen? *Es ertönt ein elektrisches Klavier, das sehr schnell die Melodie spielt: »J'ai du bon tabac«, dann wird ein kleiner Teil der Bühne hell: Olympe sitzt an ihrem Frisiertisch.* Nicht die Engel, sondern die Heilige Jungfrau. Oh, das ist ja eine echte Erscheinung. Man wird diese Szene malen, das schwöre ich Ihnen, und in einer Ecke werde ich dargestellt werden, der kleine Frédéric mit gefalteten Händen wie die die Kinder von La Salette oder wie Bernadette. *Olympe schminkt sich die Lippen.* Ja, so bist du schöner, Mutter Jesu. Apfel der Wolken. Mähmaschine. Silberspur der Schnecken. Oh, sprich nur, Pforte des Aufzugs.

OLYMPE – Der Oberleutnant, gut, der Oberleutnant, aber der kleine Friseur! Kann man sich das vorstellen, die Frau des Silas Randau und ihr Friseur? Eine Liebschaft mit einem Friseur, Péril heißt er. Aber der Oberleutnant: nach seinen Küssen hat man einen violetten Mund, als ob man Maulbeeren gegessen hätte. Etwas viel Lederzeug: doch das hat auch seinen Reiz . . . Aber Péril, oh das böse Kind, das für alles einen Namen hat, der mir bisher unbekannt war. Ritsch, ratsch, das Schneidegeräusch der Schere. *Sie lacht.*

Die Stimme des unsichtbaren SPRECHERS – Teppich der Vögel. Jalousie der Gewitter. Hagelschutzrakete. Automobil voll der Gnaden. Maria, Polarimeter des Herrn.

OLYMPE – Bei manchen Liebkosungen könnte man meinen, es krabbelten einem Insekten die Beine hoch; das ist Périls Triumph. Später in meinem Salon denke ich plötzlich, so hat er mich gehalten, und ich habe währenddessen ... Es ist sehr schlecht, wenn man ein unwiderstehliches Lachen zurückhalten muß.

DER SPRECHER – Himmlischer Heizkörper. Lackfarbe der Wasserfälle. Maria der Flughäfen. Azur der Augen. Maria, die du angerufen wirst, wenn es regnet.

OLYMPE – Und mitten in all dem Silas! Seine Besuche zu festgesetzter Stunde, das ist zum Totlachen. Der merkwürdigste Mann, dem ich je begegnet bin, nächst diesem kleinen Dummkopf von Frédéric, der fürchtete, mich zu pervertieren. *Ein lauter Schrei in der Nacht und die Stimme Frédérics.*

FRÉDÉRIC – Schweig, Dämon, lege die Züge Olympes ab! *Olympe hat sich erschreckt aufgerichtet; Scheinwerfer durchforsten den Zuschauerraum und die Bühne; man hört Pfiffe, schreckliche Laute im Orchester, zwei sich kreuzende Scheinwerfer beleuchten den Sprecher und Frédéric im Nachthemd, die in einem großen Tumult miteinander kämpfen.*

DER SPRECHER – Fürchte nichts, Bahn der Planeten, Jungfrau im Sternenkranz der Läuse. *Alle Lichter gehen aus.*

FRÉDÉRIC – Dämon, du bist nicht meine Olympe, ich verbiete dir zu blasphemieren. Und du, Dummkopf, laß mich los, Dämon, Dämon. *Das Licht geht wieder an: das Licht des Tagesanbruchs im Zimmer der Herberge.*

FRÉDÉRIC *wacht mit einem Schrei auf* – Dämon! *Vor ihm steht der Herbergswirt, der das Wasser hereingebracht hat.*

DER WIRT – Monsieur, aber wieso Dämon, Monsieur, ich bin der Herbergswirt, der Monsieur wecken will, für den Bus, Monsieur, es ist ja schon Tag.

FRÉDÉRIC *sich in seinem Bett aufsetzend* – Ach so. *Man hört einen Hahn krähen.* Dieser Lärm, waren das die Hähne?

DER WIRT – Ja, Monsieur, ein großer Hühnerhof, viel Plackerei, aber Eier, daß es eine wahre Wonne ist, das muß man zugeben.

FRÉDÉRIC – Du glücklicher Gauner! Aber sagen Sie mal, wo ist eigentlich das Mädchen, daß Sie mich wecken, Monsieur Trapèze?

TRAPÈZE – Die arme Mélanie.

FRÉDÉRIC – Wieso?

TRAPÈZE – Das ist nichts, was man jemandem beim Aufstehen erzählen kann. Die arme Mélanie.

FRÉDÉRIC – Was hat sie denn?

TRAPÈZE – Oh, nichts, Monsieur, gar nichts in diesem Augenblick. Die arme Mélanie.

FRÉDÉRIC – Monsieur Trapèze, reizen Sie mich nicht, was ist mit Mélanie?

TRAPÈZE – Monsieur, in einer anständigen Herberge! und ich bin doch Gemeinderat. So etwas haben wir in unseren Bergen noch nie erlebt.

FRÉDÉRIC *steht auf und schüttelt Trapèze* – Zum Teufel mit der Herberge, dem Wirt und den Bergen!

TRAPÈZE – He, schütteln Sie mich nicht so, Monsieur: tot, sie ist tot, wenn Sie es wissen wollen.

FRÉDÉRIC – Und weiter?

TRAPÈZE – Heute nacht nämlich klopft es an meine Tür: gestern haben wir den Mist eingefahren. Ich sage: »Wer ist da?« und Madame Trapèze flüstert mir zu, das ist wieder dieser Betrunkene, der sich hier herumtreibt, seitdem die Mélanie ihn hat abblitzen lassen. Ich rufe: »Gehen Sie weiter«, und da ruft die Mélanie durch die Tür: »Wenn ich tot bin, bin ich allein daran schuld. Ich hab' einen Trank genommen, denn ich liebte einen, der anderes im Kopfe hatte.« Da will ich aufstehen, doch Madame Trapèze: »Nachtwandeln tut sie.« Wir hatten nämlich vor fünf Jahren ein Mädchen, das über das Dach spazierte. Nun, gegen vier Uhr klopft es wieder, aber diesmal hat Firmin die Mélanie im Pferdestall auf dem Mist gefunden, ganz steif; und sie hatte wahrscheinlich geschrien, da ist ihr die Hündin Faraude, die vor drei Tagen sechs Junge geworfen hat, ins Gesicht gesprungen und hat sie gebissen, damit sie still ist.

FRÉDÉRIC *macht seine Toilette* – Die arme Mélanie. Und wann fährt der Bus?

TRAPÈZE – In einer knappen halben Stunde, Monsieur, und Ihr Frühstück steht im Speisezimmer für Sie bereit.

FRÉDÉRIC – Die Rechnung? Ja. Haben Sie mir etwas für unterwegs zum Essen hergerichtet? Ja. Das Trinkgeld für Firmin. Das wär's, Monsieur Trapèze.

TRAPÈZE – Sie sind zu gütig, Monsieur, ich will ihm sagen, daß er sich bei Ihnen bedanken soll, aber ich störe Sie vielleicht, Monsieur, bis gleich, Monsieur. *Er geht rückwärts hinaus.*

FRÉDÉRIC *stellt die Waschschüssel auf den Boden und wäscht sich die Füße* – Die arme Mélanie, Monsieur, die arme Mélanie. *Er reibt sich kräftig den Fuß und singt:*

Der Himmel und die Nacht Mexiko und Brasilien
Der Himmel und die Nacht ich höre wie er flieht
Mexiko und Brasilien es ist eine grüne Gemse
Der Himmel und die Nacht der Himmel und der
Winter
Mexiko

Den andern Fuß:

Der Schnee und der Wind der Feuerstein
Der Schnee und der Wind wer klopft ans Vordach
Der Feuerstein es ist ein toter Jäger
Der Schnee und der Wind der Schnee und das
Schicksal
Der Stein

Er trocknet sich die Füße ab, gießt die Schüssel aus, stellt sie auf den Waschtisch, schüttet Wasser hinein, zieht sein Nachthemd aus und beginnt, sich den Hintern einzuseifen:

Das Eis und der Schrecken die Morgenröte
oder das Entsetzen
Das Eis und der Schrecken das Kreuzzeichen
Die Morgenröte oder das Entsetzen jeder ist
mal dran
Das Eis und der Schrecken das Eis und der Tag
Die Morgenröte

Ganz in Seifenschaum gehüllt, hört er auf zu singen, geht zur Kommode, nimmt das Giftfläschchen, hebt es ins Licht und lacht lange. Die Lichter erlöschen mit diesem Lachen.

Zwischenspiel

Madame Tosini (in den Kleidern Olympes) und Mademoiselle Aumuse (als Mélanie) betreten einen öffentlichen Park und lachen wie verrückt.

MADEMOISELLE AUMUSE – Ich hielt es nicht mehr aus, meine Liebe, ein unwiderstehlicher Drang: ich hätte es gesagt, wenn meine Szene noch länger gedauert hätte. Kaum hinter der Bühne, rief ich aus: ich und du, Müllers Kuh, Müllers Esel, das bist du.

MADAME TOSINI – Aber denken wir an unsere Fabel! *Sie stellen sich mit dem Gesicht zum Publikum.*

MADEMOISELLE AUMUSE *brüllend* – Ein allerliebstes Kind, ein allerliebstes Kind. *Sie bezeichnet mit der Hand von links nach rechts eine wachsende Reihe von Körpergrößen.* Es wächst zusehends und ist doch erst zwölf Monate alt.

MADAME TOSINI *ebenso* – Das ist mein Junge. Drei Jahre alt. *Sie holt aus ihrer Handtasche eine Lupe und einen unsichtbaren*

Gegenstand und tut so, als halte sie ihn in ihrer hohlen Hand
Sehen Sie selber.

MADEMOISELLE AUMUSE *schaut durch die Lupe* – Oh, der arme Engel, wie mager!

MADAME TOSINI – Nichts hilft, weder Meer noch Gebirge

MADEMOISELLE AUMUSE – Senfbäder?

MADAME TOSINI – Daran habe ich sofort gedacht. Zwecklos. Sport? Alles für die Katz.

MADEMOISELLE AUMUSE – Die Sterne zählen?

MADAME TOSINI – Davon bekam er Warzen.

MADEMOISELLE AUMUSE – Heiraten?

MADAME TOSINI – Dazu ist er zu jung. Man hatte mir zwar gesagt: eine saftige Krankheit, aber ich wage es nicht . . .

MADEMOISELLE AUMUSE *hinschauend* – Oh, diese Fliegenbeinchen! Meine liebe Freundin. *Noch lauter brüllend* Meine liebe Freundin, ich will Ihnen behilflich sein

MADAME TOSINI – Wie, wie, wie?

MADEMOISELLE AUMUSE *klatscht in die Hände* – So. *Monsieur Tontaine, im Kostüm von Trapèze, geht über die Bühne zum Souffleurkasten.*

MADAME TOSINI – Nun?

MADEMOISELLE AUMUSE *in normalem Ton* – Das ist ein Irrtum dieser Dummkopf von Tontaine. Hier muß der Junge auftreten, und Sie müssen rufen: »Wie schön ist er.«

MONSIEUR TONTAINE *bleibt stehen* – Meine liebe Aumuse regen Sie sich nicht auf. Ich spiele in dieser Komödie den Souffleur und gehe in dem mir vom Autor vorgeschriebenen Augenblick an meinen Platz. *Lange Pause.*

MADAME TOSINI – Nun?

MONSIEUR TONTAINE *sich aufrichtend* – Wenn Sie mich immerfort unterbrechen! *Er steigt in den Souffleurkasten, lange Pause.*

MADEMOISELLE AUMUSE – Was machen Sie denn?

MONSIEUR TONTAINE – Ich binde meine Schuhe zu. *Er verschwindet, lange Pause.*

MADAME TOSINI – Nun?

MONSIEUR TONTAINE *taucht wieder auf* – Du Unglückskind, wann hörst du endlich auf, hinter der Bühne die ganzen Töpfe mit Nestle-Milchpulver auszulecken, die man dort herumstehen läßt, ohne sich um Ordnung und Gesundheit zu kümmern? Auf die Bühne, auf die Bühne. *Es tritt Monsieur Givre auf, der die Rolle von Frédéric spielt, als Baby gekleidet.*

MADAME TOSINI – Wie schön ist er, wie schön ist er, wie schön ist er.

MONSIEUR GIVRE *singt* –

Ich bin den Abend hinaufgestiegen
An einem Mondmorgen
Gab es Leuchter
Die dem blonden Riesen der Treppen
Geständnisse machten

Es war irgendwo im Schatten
Gut geschützt
Die Schultern der Luzernen
Tanzen in den Händen des Windes
Die Gefangenen der Kasernen
Träumten noch von andern Körpern

Ich frage euch ihr Fliegen
Was haltet ihr vom Universum
Ich liege auf dem Glimmerschiefer
Und verdamme mich kraft meines Stolzes

Die Vornehmheit verlangt das

MADEMOISELLE AUMUSE *ganz schnell* – O Wunder des Nestle-Pulvers, hat er nicht eine Tenorstimme wie ein Bariton? und Muskeln! Alfred, zeig deine Waden. Und es schadet nicht im geringsten der Entwicklung der Intelligenz: er kann nämlich bis dreiunddreißig zählen. Darüber hinaus wird es etwas schwierig. Alfred, zähle bis dreiunddreißig.

MONSIEUR GIVRE – Eins zwei drei fünf sechs sieben acht neun zehn elf dreizehn siebzehn achtzehn neunzehn einundzwanzig zwei drei fünf sechs sieben acht neunundzwanzig einunddreißig zwei drei zwei drei dreiunddreißig dreiunddreißig dreiunddreißig dreiunddreißig drrr. *Knacken eines zerbrochenen Laufwerks.*

MADEMOISELLE AUMUSE – Und in Geschichte und Geographie! In Geschichte und Geographie ist er unübertroffen.

MONSIEUR GIVRE *mit schriller Stimme* – Als Kaiser Konstantin die Macht über Byzanz (Kantonshauptstadt, zwanzigtausend Einwohner, gute Gasthöfe) errungen hatte . . .

MADEMOISELLE AUMUSE – Du wirst nicht ausgefragt, das interessiert niemanden. Und in Trigonometrie! Und in vergleichender Literaturgeschichte! Und im Fahrrad!

MONSIEUR GIVRE *vertraulich, mit Stentorstimme* – Marke La Française, auf Pirelli-Reifen.

MONSIEUR TONTAINE *taucht auf* – Oh, die Spazierfahrten auf dem Tandem, wenn es stürmt! Worte des Hasses, gemischt mit Begehren, und der Staub, der Essigstaub. Der Akrobat folgt geschickt den Gedanken Madames.

MADEMOISELLE AUMUSE *wütend* – Tontaine, es ist jetzt nicht der Augenblick, den Idioten zu spielen. *Monsieur Tontaine geht wieder in seinen Kasten.* Was sagen Sie dazu, Tosini?

MADAME TOSINI *schlägt die Hände zusammen* – Und wo gibt's diesen Brei, mit dem man die Kinder auf Hochglanz bringt? Diesen Schwarzen Löwen des Wachstums? Im Kaufhaus Louvre? Im Bon Marché? In der Samaritaine?

MADEMOISELLE AUMUSE – Bei allen guten Schlossern. Aber unter uns gesagt . . .

MONSIEUR TONTAINE *kommt aus seinem Kasten hervor* – Einen Augenblick! *Alle vier stecken die Köpfe zusammen.* Mademoiselle Aumuse, Ihr zauberhaftes Baby, Ihr süßes Kind, solange das noch leicht ist, *mit Stentorstimme,* werfen Sie es doch auf den Müllhaufen.

MADAME TOSINI – Ah, ah, ah! *Sie wird ohnmächtig; Monsieur Tontaine und Monsieur Givre tragen sie tanzend herum, während Mademoiselle Aumuse sie wieder zu sich bringt, indem sie sie kitzelt.* Hi, hi, hi. *Sie gehen hinaus und machen dabei Grimassen und Verrenkungen nach einer vom Orchester gespielten Melodie.*

Zweiter Akt

Vor dem Vorhang sieben Straßenlaternen, die noch nicht brennen. Der Laternenanzünder tritt auf.

DER ANZÜNDER *singt* – Ich bin Popol, ich wohn' im Entresol. *Er zündet die Laternen an, und nachdem er die letzte angezündet hat:* Manche Leute haben keine Freude an ihrem Beruf. Bei mir ist es anders: ich liebe meinen Beruf. *Er kehrt wieder um, löscht die Laternen und geht singend hinaus:* Ich bin Popol, ich wohn' im Entresol.

Die Bühnenarbeiter tragen die Laternen hinaus, der Vorhang geht auf: irgendwo im Gebirge begegnet Frédéric, für eine Bergtour ausgerüstet, einem Ziegenhirten und seiner Herde.

DER ZIEGENHIRT – Guten Tag, Monsieur, eine glühende Sonne heute.

FRÉDÉRIC – Und ein steifer Wind, Kamerad.

DER ZIEGENHIRT – Kommen Sie aus dem Nordtal oder aus dem Südtal?

FRÉDÉRIC – Ich komme vom Romanche-Tal, der Bus hat mich bis zum Paß gebracht, und jetzt geh' ich zu Fuß weiter.

DER ZIEGENHIRT – Ja? Haben Sie den Bus bei der »Grünen Gemse« genommen?

FRÉDÉRIC – Ich hab' drei Tage in der »Grünen Gemse« gewohnt.

DER ZIEGENHIRT – Ja? In der »Grünen Gemse« haben sie ein schönes Mädchen.

FRÉDÉRIC – Das ist möglich.

DER ZIEGENHIRT – Eine ganz dunkle mit weißen Zähnen, Mélanie.

FRÉDÉRIC – Mélanie!

DER ZIEGENHIRT – Der kann man nicht widerstehen. Sie ist nicht abweisend, nein: aber sie hat ihre Launen. Ich hab' sie einmal gehabt, und dann, Sense: als ob sie die Jungfrau und die Heiligen wäre.

FRÉDÉRIC – So, so. Eine Zigarette?

DER ZIEGENHIRT – Wenn Sie eine entbehren können, aber bei diesem Hundewind. *Er zündet sich die Zigarette in seinem Hut an.* Und es ging ihr gut, der Mélanie?

FRÉDÉRIC – Sie ist tot.

DER ZIEGENHIRT – Tot, wirklich? *Er läßt die Zigarette fallen.*

FRÉDÉRIC – Sie lassen Ihre Zigarette fallen. *Der Ziegenhirt hebt sie mechanisch wieder auf.* Ja! Tot wie die Moränen, wie die Erde: tot wie das da. *Er schlägt mit einem Eispickel gegen den Felsen.*

DER ZIEGENHIRT *mit veränderter Stimme* – Soll das ein Scherz sein, bloß um was zu sagen? Ist das denn wirklich wahr?

FRÉDÉRIC *zeigt zum Himmel, ohne ein Wort zu sagen.*

DER ZIEGENHIRT – Mélanie! Und ich bin hier auf dem Berg. *Er pfeift.* Hinunter, ihr Viecher, hinunter! Mélanie, die Freude und das Blut. Danke für die Nachricht, Monsieur, Mélanie, oh. *Er geht hinaus und treibt seine Tiere vor sich her.*

FRÉDÉRIC *allein* – Sie hatte ihre Launen. Und du, du gehst allein unter der Sonne und im Wind, du schlägst mit dem Fuß auf den harten Boden und erzählst dir ganz leis eine alte, wohlbekannte Geschichte: ein junger Mann und eine Kokette, Küsse in einem großen Bett und später eine Freitreppe im Regen, stundenlang.

Er geht hinaus.

Vor dem Vorhang

Zwei Männer: der eine ist niedergekauert und scheint etwas zu suchen, der andere folgt seinen Bewegungen.

DER ZWEITE – Suchen Sie etwas, Monsieur? *Pause.* Sie suchen etwas. Eine Nadel. *Pause.* Nein, dann also eine Krawattennadel. *Pause.* Eine sehr wertvolle Nadel. Einen Diamanten. Nein. *Pause.* Einen blauen Diamanten. *Pause.* Oder haben Sie vielleicht Ihre Uhr verloren? Ich verliere immerfort meine Uhr. Oder die Fotografie von jemandem. *Pause.* Vielleicht haben Sie nur eine kleine Münze verloren. Es geht nicht um den Wert, aber man will sie finden. *Der andere dreht sich um und ohrfeigt den Fragenden links und rechts.*

DIESER *läuft davon, seine Backen haltend* – Das werden Sie mir büßen, das werden Sie mir büßen. *Der andere sucht von neuem den Fußboden ab und geht dann hinaus.*

Der Vorhang geht auf, ein Gletscher wird sichtbar. Ein Briefträger überquert mit seiner Tasche langsam die Bühne. Kurz bevor er sie verläßt, öffnet er seine Tasche und blättert ein Paket Briefe durch. Er holt einen Brief heraus, hält ihn gegen das Licht und lächelt:

DER BRIEFTRÄGER – Ein Liebesbrief.

Er zerreißt ihn in viele kleine Stücke und geht hinaus. Von der jeweils entgegengesetzten Seite treten ein: Frédéric, gekleidet wie zu Beginn des zweiten Aktes, und der Sprecher, genauso gekleidet wie er. Zum erstenmal bemerkt man die große Ähnlichkeit zwischen diesen beiden Gestalten. Der Sprecher unterscheidet sich von Frédéric nur durch den Strohbesen, den er anstelle des Bergstocks trägt.

FRÉDÉRIC – In dieser Gegend also treibst du dich herum, Milchbruder.

DER SPRECHER – Hör mal, du da, du könntest ruhig höflich sein.

FRÉDÉRIC – Wir sind Spießgesellen. Ich hatte dich heute nacht gar nicht erkannt, mein Ebenbild.

DER SPRECHER – Als du dich auf mich gestürzt hast, was passierte mir da: »Dämon, Dämon.« Es schrie, und ich merkte, daß ich in meinen Armen einen nackten Mann hielt, in seinem Nachthemd, versteht sich, und einen schönen Mann, das muß man sagen: ganz meinesgleichen.

FRÉDÉRIC – Halunke, warum hast du mich nicht weitermachen lassen?

DER SPRECHER – Oh ja, wenn's nach dir ginge, Monsieur Ichselber, hätte ich darauf verzichten sollen, dich en passant zu streicheln, und nicht feststellen dürfen, daß du immer noch Olympe liebst.

FRÉDÉRIC – Du bist doch unverbesserlich vulgär, Frédéric, dagegen kann ich nichts machen.

DER SPRECHER – Dagegen kann ich nichts machen, Frédéric, und du würdest gar nicht so gern meine Vulgarität missen wollen.

FRÉDÉRIC – Ein ganz hübsches Gepäck. Die Sonne der Gletscher bekommt dir nicht.

DER SPRECHER – Du bist mir ein sauberer Kumpan, Frédéric.

FRÉDÉRIC – Wieso? Frédéric?

DER SPRECHER – Sieh mich an, und sag' mir, wen du liebst. Wirklich Olympe oder mich?

FRÉDÉRIC – Olympe.

DER SPRECHER – Ts, ts, Bruderherz! Bist du ganz sicher, daß du an Olympe denkst? Ich hatte dich seit einiger Zeit nicht mehr gesehen, du bist kräftiger geworden. Deine Haut ist zart.

FRÉDÉRIC – Armes Spiegelbild meiner selbst, der du glaubst, mich festlegen zu können.

DER SPRECHER – Was liebst du an Olympe anderes als dich selber, deine Vergnügen, deine Küsse? Jedenfalls nicht die ihren, sie kann nicht küssen.

FRÉDÉRIC – Was weißt du davon, Idiot? Was ist die Erinnerung an die Umarmung im Vergleich zur Umarmung selber? Die Mühle und der Wind.

DER SPRECHER – Du gibst es zu. *Er schwingt seinen Besen.* Und was ist Olympe im Vergleich zu Frédéric, ich bitte dich? Eine Maus.

FRÉDÉRIC – Verrückter, du warst eine knarrende Tür, als du sie verlassen hast.

DER SPRECHER – Wer sich fragt, ob er gelitten hat, ah, du hast gut von Leiden reden. Frédéric, du liebst nur dich selbst.

FRÉDÉRIC – Kleines Taschenmesser, verloren im Gebirge. Was weiß ich schon, und wer bin ich? Geh, du kannst dein Schicksal nicht erraten.

DER SPRECHER – Schau in meine unendlich tiefen Augen.

Sie stehen lange Zeit unbeweglich und stumm einander gegenüber, es beginnt Abend zu werden.

FRÉDÉRIC – Ein Land ohnegleichen, in dem Gläser-Jagden auf Hochwäldern biegsamer Körper reiten, die stöhnen wie in unseren Gegenden die Weiden im warmen Hauch des Abends. Fundsachen, Packeis, Ventilatoren durcheinander: Dekor, Dekor, alles nur Dekor.

DER SPRECHER *öffnet die Arme* – Frédéric!

FRÉDÉRIC *läßt sich in seine Arme fallen* – Frédéric, armer Frédéric!

DER SPRECHER – Mein Ich, mein liebes verwirrtes Ich, komm zurück und weine; laß nur, du hast immer noch zu sehr die anderen geliebt. Mélanie, bah! und die andere, der weiße, falsche verliebte Hermelin, oh, all diese Leute ringsherum in deinem Blickfeld, Illusion. Du hast zu sehr die andern geliebt, Frédéric, ihre entzückenden, lächerlichen Körper, deine Mätressen, Unbekannte, Dienstmädchen, Leute, die dich auf der Straße um Feuer baten. Eine verfluchte Bande, ihre Außenwelt. *Ein leerer Handkarren, der sich von selbst fortbewegt, fährt von der rechten Seite herein und grüßt die Ausflügler, indem er seine Deichsel senkt.*

DER KARREN – Der Abend bringt Regen wie einen Raupenstaub. Es ist die große Nacht des Jahres, und hier sind Sie, Messieurs, im ewigen Eis. Alle Gesetze der Welt sind euch heute nacht preisgegeben, meine lieben Landsleute, bis der Feuerregen des Augusthimmels die Doggen in ihre Hütte zurückgetrieben hat. Wollt ihr etwas beiseite treten, damit die Wunder beginnen können? *Sie gehen hinter dem Handkarren hinaus; es wird ganz dunkel, eine sanfte Musik kündigt eine bleiche, einsame Helligkeit an, die langsam die Bühne überquert und hinauszieht.*

Die Stimme FRÉDÉRICS – Was ist das für ein Licht, das

nicht von den Gestirnen herabfällt und das wie eine Königin in der Nacht spazierengeht?

Die Stimme des SPRECHERS – Pst, mein Ich, über die Geheimnisse der großen Nacht darf man niemals Fragen stellen. *Plötzlich die Melodie: »J'ai du bon tabac«, und in einem mondhaften Licht tauchen schnellen Schritts Olympe und ihr Zimmermädchen auf, in keiner Weise diesem wilden Ort entsprechend gekleidet.*

OLYMPE – Wo sind wir, Betsy, zu so später Stunde? Wir müssen unseren Weg verloren haben. Ich kann einfach nicht verstehen, wie das passiert ist.

DAS MÄDCHEN – Ich auch nicht, Madame. Ich kann mich nicht daran erinnern, wie dieser Lauf begonnen hat. Madame saß vor ihrem Frisiertisch.

OLYMPE – Wir sind immer noch im Gebirge und offenbar auf einem Gletscher. Kannst du mir sagen, ob ich heute einen Brief bekommen habe? Wer weiß, vielleicht gehe ich zu einem Rendezvous?

DAS MÄDCHEN – Madame haben drei Briefe bekommen und ein blaues Billett, das gut duftete, oh, oh.

OLYMPE – Das hab' ich nicht bemerkt. Jedenfalls Maurice suche ich hier nicht auf. Sollte es Rodolphe sein oder der kleine Denis? Ich finde mich da nicht mehr zurecht. Hilf mir.

DAS MÄDCHEN – Madame verzeihen mir, aber die Arithmetik ... *Sie macht einen Knicks.*

OLYMPE – Betsy, Betsy, schau doch mal, wer da kommt. *Das leere Licht überquert langsam die Bühne in umgekehrter Richtung.* Hast du gesehen? Was soll das bedeuten?

DAS MÄDCHEN – Madame, Madame, was machen wir hier? *Eine Melodie; es treten drei nackte Frauen auf, die sich bei der Hand halten und um den Ziegenhirten herumtanzen, den sie mit sich ziehen.*

DER ZIEGENHIRT – Hört doch auf, ihr Feen, hört doch auf, ihr Mädchen, ihr habt, es ist doch Unsinn, was ihr da macht.

1. FEE – Ziegenhirt, sieh dir mal meinen kleinen Mund an, baolibâouuiihh.

2. FEE – Ziegenhirt, faß mal meine runden Hüften an, lolololo, die schönen runden Hüften.

3. FEE – Ziegenhirt, Ziegenhirt, faß mich nicht an, sieh mich nicht an, du bist zu schön für eine Fee.

DER ZIEGENHIRT – Es ist nicht nett, einen armen Mann in Versuchung zu führen.

1. FEE – Deine Zähne glänzen.

2. FEE – Deine Augen leuchten.

3. FEE – O Atem des Mannes, Atem des Mannes und der Liebe.

DER ZIEGENHIRT – Ihr zieht mich mit, wohin ich nicht will, ich wollte hinuntersteigen, und jetzt steig' ich wieder hoch. Ich habe nicht die Absicht, euch zu folgen. Wie sie sich um mich herumdrehen. Ich kann nicht mit euch dreien Liebe machen, wenn die eine da ist, kommt die andere, und wenn ich sie fassen will, die dritte. Ich kenne mich selbst nicht mehr, ihr Schönen, und jetzt hab' ich noch meine Ziegen verloren.

1. FEE – Fürchte nicht um sie, du wirst sie wiederfinden.

2. FEE – Sie sind auf den Höhen den heiligen Böcken begegnet.

3. FEE – Sie werden schwanger werden, und wenn ihre Bäuche zur Ebene hinabsteigen, werden ihre Glöckchen bimmeln.

DER ZIEGENHIRT – Du Böse da, ich erwisch' dich. *Sie entzieht sich ihm.* Verflixt, das reinste Quecksilber. Aber ich bin geradezu verzaubert von der Haut dieser Feen: ich wollte doch woanders hin, ihr leichten Mädchen, in das Tal, in dem Mélanie tot ist wie der Fels unter dem Eispickel, wie der Mann vom Bus gesagt hat, Mélanie.

1. FEE – An wen denkst du da? Unter meinen Achseln habe ich Veilchen.

DER ZIEGENHIRT – Sie liegt tot unter der Erde.

2. FEE – Bah, du wirst doch diesen ganzen Weg nicht wegen einer Toten machen. Meine Brüste sind aus Gummi.

DER ZIEGENHIRT – Die Freude und das Blut.

3. FEE – Hatte sie meine Enzianhaare?

1. FEE – Komm, wir trinken Wacholder und singen dir Lieder vor, die die Gespenster dieser feierlichen Nacht zum Erröten bringen werden.

DER ZIEGENHIRT – Du, du. *Er läuft ihr nach.*

BETSY – Was sind denn das für Leute?

OLYMPE – Diese Frauen sind ja nackt, wie schrecklich. *Der Ziegenhirt verfolgt die Feen, die ihm entwischen und um ihn herumtanzen, dabei fängt er Olympe, die im Halbschatten stand.*

DER ZIEGENHIRT – Jetzt hab' ich eine, oh, so etwas Gerissenes.

OLYMPE – Ist das Rodolphe oder Denis? Aber nein, das ist ein Unbekannter, das ist mir genauso lieb.

DER ZIEGENHIRT *zieht sie nach draußen* – Dich werde ich mit meinem Bart stechen, ich werde dich unter die Sterne werfen wie ein Ziegenfell, du wirst die Burschen noch fürchten lernen, die während der Sommermonate Ziegen hüten.

OLYMPE – Etwas Besseres könnte mir gar nicht passieren, Monsieur, aber Sie machen mir meine Absätze kaputt. *Sie gehen hinaus.*

BETSY – Madame, Madame, wo ist sie? Ich habe Angst. Jetzt, da sie mit einem Mann versehen ist, glauben Sie, daß sie an mich denken würde? So sind unsere Herrschaften. *Die drei Feen entdecken sie und beginnen, um sie herumzutanzen.*

1. FEE – Madame? Deine Herrin hat ihn uns gestohlen, du rothaarige Katze!

2. FEE – Ihr da, habt ihr schon einmal eine Frau gesehen, die einem Autobus ähnlicher sieht?

3. FEE *reißt Betsy die Perücke herunter* – Ha, meine Freundinnen, die Haare der Frauen halten nicht so gut auf den Köpfen wie bei uns.

BETSY – Madame, wollen Sie mir das zurückgeben? Ich erkälte mich sonst. *Sie verfolgt sie.*

3. FEE – Fang auf. *Sie wirft die Perücke der 2. Fee zu; Betsy läuft zu ihr hin.*

2. FEE – Fang auf. *Das gleiche Spiel mit der 1. Fee.*

BETSY *nicht mehr aus und ein wissend* – Anstatt ein anständiges Mädchen zu quälen, solltet ihr euch lieber etwas anziehen, ihr dummen Gänse, schämt ihr euch nicht? *Die Feen lachen.* Lacht nur, lacht nur, Höllenbrut. *Alle vier gehen zum hinteren Teil der Bühne hinaus; vorne kommen drei Maschinenschlosser herein, die Hände und das Gesicht mit Ruß beschmiert.*

LEDOUX – Du kannst mir glauben, Cotonnade, das ist nicht der Weg zur Versammlung.

COTONNADE – Dann führ du uns doch, Ledoux, wenn du so gescheit bist.

LEDOUX – Jetzt, jetzt, und was meinst du, Démence?

DÉMENCE – Ich meine, daß wir am Nordpol sind. Wir müssen also Feuer machen, indem wir Holzstücke gegeneinander reiben und einen Unterschlupf in den Boden graben, um darin schlafen zu können.

LEDOUX – Was erzählst du da? Ist das der Weg zur Versammlung oder nicht?

COTONNADE – Wir haben schon Verspätung, eine schöne Bescherung, wo ich doch die Lohnforderungen in meiner Tasche habe.

DÉMENCE – Bah, sie werden immer noch ein paar Ersatzforderungen haben, die sie fordern können.

LEDOUX – Du hast gut lachen, du Streikbrecher. Die werden wieder den Brotpreis erhöhen und die Löhne senken.

DÉMENCE – Ob du dabei bist oder ob du nicht dabei bist, das ist schnuppe: Die Arbeitgeber sind doch alle gleich, sie geben die Sache an die Regierung weiter. Dann sagt der Minister: »Rührt euch nicht, ich komme, meine Schäfchen«, und er schickt die Soldaten, um auf dich zu schießen. Wenn sie vor der Fabrik aufgezogen sind – setzt die Gewehre zusammen! –, da siehst du die dicke Nasenspitze des Ministers, der sich dir als unparteiischer Schiedsrichter anbietet. Wenn ich schon umgebracht werden soll, dann lieber von den Bären und dem Nordpol. Ich schlafe hier. *Er legt sich auf die Erde.*

COTONNADE – Mein lieber Démence, warst du nicht dabei, als wir den Aufstand der Commune machten?

DÉMENCE – Und du, Cotonnade? *Die drei Feen laufen über die Bühne und verlassen sie wieder.*

LEDOUX – Hast du gesehen, Cotonnade? Drei kleine Mädchen, ich kann dir sagen!

COTONNADE – Und nicht größer als meine Hand.

DÉMENCE – Was? Ich hab' nichts gesehen. *Er steht auf und stößt direkt auf Betsy, die keine Perücke trägt.* Nicht größer als meine Hand? Ja, sind das da eure Schönen? Verdammt.

BETSY – Auch noch Rowdys! Sogar noch auf den Gletschern trifft man Rowdys. *Sie läuft davon.*

LEDOUX – Da staunste, aber sieh doch mal. *Die Feen kommen wieder, jeder der Männer schnappt sich eine.* Ein richtiges Spielzeug!

1. FEE – Lassen Sie mich los, Monsieur, Sie stinken nach Knoblauch.

LEDOUX – Schaut euch so was an, die Zimperliese!

2. FEE *zu Démence* – Du bist schön, aber du bist schmutzig.

DÉMENCE – Was ändert das an der Sache?

COTONNADE – Und du, Stumme, was hast du da?

3. FEE *setzt Cotonnade die Perücke auf* – Schau her, Meister, jetzt siehst du wie ein Mädchen aus. *Die drei Paare verschwinden im Dunkeln, man hört sie lachen, die Bühne wird nur von einem Scheinwerfer beleuchtet, der die zurückkehrende Betsy verfolgt.*

BETSY – Ist niemand mehr da? Diese affektierten Dinger: es war eine neue Perücke, und niemand hatte es geahnt. Ich höre dort ein Geräusch. *Sie entdeckt das erste Paar.* Oh. *Sie flieht und entdeckt das zweite.* Oh. *Das gleiche Spiel beim dritten Paar.* Oh, oh, oh, was soll denn das heißen? *Sie sieht ihre Perücke auf dem Kopf von Cotonnade.* Meine Perücke!

COTONNADE *wirft sie ihr zu* – Da, nimm und sieh nach, ob ich drinstecke. *Betsy entfernt sich, stülpt sich die Perücke über und setzt sich in eine Ecke.*

BETSY – Sie können sagen, was Sie wollen, was mir passiert, ist nicht normal. Und Madame ist schon ziemlich lange weg mit diesem ordinären Mann. *Lautes Sägegeräusch auf dem Stein.* Meine armen Ohren. *Mit einem kleinen Mondstrahl auf dem Bauch tritt Monsieur Trapèze auf, ganz verdutzt.*

TRAPÈZE – Ein anständiger Wirt in einer dunklen Nacht auf einem Eisfeld. Was wird Madame Trapèze sagen, wenn sie aufwacht? Das erstemal in zwanzigjähriger Ehe.

Ja, wenn ich wenigstens losginge, um . . .! Aber nein, ein Eisfeld in einer dunklen Nacht. Ich bitte Sie, was soll denn das für einen Sinn haben. *Er sieht Betsy.* Welch schreckliche Erscheinung. Singen wir, um uns Mut zu machen und um diese Gespenster zu verjagen.

Tanzen wir die Kapuzine
's gibt kein Brot bei uns
Brot gibt's bei der Nachbarin
Doch das ist nicht für uns

DIE DREI PAARE *im Dunkeln* – Juhu!

TRAPÈZE – Hallo? Hier hört man ein Echo.

BETSY – Wer ist denn das schon wieder? Ein Monsieur. *Sie ordnet ihre Schürze und ihre Locken.*

TRAPÈZE – Das dicke Gespenst hat etwas gesagt, kein Zweifel. Ich fühle mich nicht wohl in meiner Haut. Das ist wirklich eine schreckliche Spukgestalt: man könnte glauben, es ist die Frau, die ein gewisses Haus hütete, als ich meinen Militärdienst leistete. Was kommen dir jetzt wohl für Gedanken, Trapèze?

BETSY – Monsieur, Sie sehen wie ein anständiger Mann aus: ich warte auf meine Herrin und habe Angst bei all dem Spuk, der die Nächte im Gebirge durchzieht. Wollen Sie mir Gesellschaft leisten?

TRAPÈZE – Du gerissener Teufel! So kannst du mich nicht schnappen. Uh, Ziegenfuß, Eule, Puffmutter. *Er macht große Kreuzzeichen.*

BETSY – Oh, ich hätte wirklich geglaubt, daß dies ein Monsieur ist. Und dann, bums, und dann ist es nur wieder so eine ungehobelte Nebelschwade, die mich foppt. Jede Gemeinheit ist recht, um ein armes Mädchen hereinzulegen.

TRAPÈZE *macht einen Satz nach rückwärts* – Der Himmel, die Heiligen und die Taube, die so gut über dem lieben Gott aussieht, mögen mich vor einem solchen Übel bewahren! Tja, sollte es dieser Futterwagen auf meine Tugend abgesehen haben? Arme Madame Trapèze, du kannst ganz beruhigt sein, mein Liebling.

BETSY – Ich verbiete Ihnen, Geist, mich Ihren Liebling zu nennen.

TRAPÈZE – Das gilt Madame Trapèze, dazu hab' ich doch ein Recht, meine ich. *Es erscheinen im Hintergrund Olympe und der Ziegenhirt, ganz allein vom Licht bestrahlt: sie sind beide in unordentlichem Aufzug; Trapèze bemerkt Olympe.*

TRAPÈZE – Bei der da wäre es was anderes, und wenn sie's gelüstet, wird Madame Trapèze nichts davon erfahren. Ach, das geht noch mal gut ab: sie ist nicht allein. Donnerwetter, das ist ja der Halunke, der Mélanie nachgelaufen ist. Er wollte sterben, ah, da sieht man, wie man den Burschen glauben kann. Madame Trapèze ist ein Glückspilz.

BETSY – Ah, das ist Madame. Ich hielt es nicht mehr aus.

OLYMPE *zum Ziegenhirten* – Mein Freund, bin ich wirklich auf einem Gletscher? Das ist ganz unwahrscheinlich. Aber verlaß mich noch nicht.

DER ZIEGENHIRT – Unersättliche Fee, schon wechseln alle Gegenstände der Welt wie Schlangen die Haut, und im Grunde unserer Augäpfel wirbeln die schwarzen Strahlen des Schlafes.

OLYMPE – Es ist nicht der Schlaf, es ist das Begehren. Du stößt gegen mich wie ein Nachtfalter, warm und schwer. Du kannst mir nicht weismachen, daß wir auf einem Gletscher sind.

BETSY – Madame, gehen wir bald nach Hause?

OLYMPE *ohne sie zu hören* – Ich hoffe doch, daß du, solange es Nacht ist, mich lieben wirst, sag mir, Schakal?

DER ZIEGENHIRT – Du Felsenhexe, ich bin wie ein Kreisel, den du mit Worten peitschst.

TRAPÈZE – Ich fürchte, die Welt ist verrückt geworden. *Die Paare der Arbeiter und Feen werden ihrerseits beleuchtet: jede Gruppe hat ihr eigenes Licht, und der Raum wird von großen Schattenstreifen durchzogen.*

COTONNADE – Mein Topas, nur Vögel hüpfen so hin und her.

3. FEE – Mein lieber Cotonnade, wie gut riecht doch der Knoblauch bei dir.

2. FEE – Démence, mein Herz, bei wem kaufst du diese hübsche schwarze Schminke?

DÉMENCE – Du bist mindestens Blumenverkäuferin, du, du hast Manieren.

LEDOUX – Ich werde dir Romane leihen, du wirst sehen.

1. FEE – Romane? steckt man das in die Haare?

BETSY – Madame, gehen wir bald nach Hause? *Ein Schatten überquert die Bühne und streift gelegentlich die Lichtkegel.*

OLYMPE *mit einem Aufschrei* – Habt ihr gesehen? Betsy, was ist das?

TRAPÈZE – Noch eine Hexe.

DÉMENCE – Da ist jemand, den man nicht sieht. *Alle verstummen, eine Stimme beginnt in der Dunkelheit zu sprechen, so als ob sie überall wäre; ein schwarz verschleierter Geist, in den Goldsterne eingestickt sind, erscheint von Zeit zu Zeit.*

DIE STIMME – Jetzt legst du die Schleifen der Straßen um deine Stirn, und auf deinem Dekolleté sind die Juwelen Häuser und tausend Diamentenkolliers, alles, was unter dem Mond funkelt, und die silbernen Seiten der schönen Lokomotiven, wenn sie aus den Tunnels herausfahren, sind die muskulösen Beine deines Liebhabers, Sternenduft.

TRAPÈZE – Wo zum Teufel habe ich diese Stimme schon einmal gehört? *Alle scheinen um sich herum die sprechende Stimme zu suchen.*

DIE STIMME – Du dringst mit dem Wind in den Mund der Reisenden ein, deren Zungen lügen: sie verstehen nicht, woher ihnen diese Wollust kommt. Dir, Wespe, gehört der blonde Arm des Schnitters, und die braunen Nacken, die das Taschentuch nicht immer am Mittag schützt, gehören dir, Sonne. Flüchtige Liebkosung. Blumenstrauß des Tages, Berührung der Körper, unerfüllte Begierden, das bin ich, Wespe, Sonne und alles, was ihr so merkwürdigerweise Natur nennt. Ich liege in euren Betten, schöne Männer, die ihr sofort zur Flamme bereit seid, und ihr, meine Schwestern, die ihr, kaum hat euch ihre Hand berührt, schon Seufzer seid gleich über die Zeit gespannten Brückenbögen.

DER ZIEGENHIRT – Ich weiß nicht, woher diese innere Unruhe kommt: Hallo, wer hat gesprochen?

DIE STIMME *von oben kommend* – Ich schüttele meinen Mantel, und aus einer Falte fallen hundert Männer und hundert Frauen im Durcheinander der Lust heraus. Beim Erwachen werden sie nicht mehr den Namen wissen, den sie bis zum Morgengrauen geflüstert haben. Du, jeder von euch kennt nur sich selbst, und für einen kurzen Augenblick noch ist der andere einem nicht fremd, aber beim Erwachen gebe er acht! Der andere, der andere, das bin immer nur ich, eine Art geschmuggelten Alkohols. Du holst deine Lust, wo du sie findest, und du findest sie immer nur auf deinen eigenen Lippen, auch wenn dich Wiesen narren, wenn dich Brücken und Schiffe narren, wenn dich Nachthemden narren, die hinter den Jalousien des Universums herabfallen. *Plötzlich verlassen alle Lichter ihre Herren und konvergieren auf der Erscheinung in der Mitte der Bühne, auf einem Felsen, so daß die anderen Schauspieler im Dunkeln bleiben, mit Ausnahme ihrer Köpfe, die wie abgeschnitten wirken und im Kreis um den leuchtenden Felsen herum auftauchen: die Erscheinung lüftet ihren Schleier, ihr Gesicht wird nur den Schauspielern sichtbar.*

DER ZIEGENHIRT – Mélanie!

OLYMPE – Wie entsetzlich, ihr Gesicht ist voller Blut.

TRAPÈZE – Mélanie! Das ist der Biß der Hündin. Mélanie, *er fällt auf die Knie,* meine Kleine, verzeih. Bist du mir böse, daß ich dir nicht die Tür geöffnet habe? Oh, oh.

DER ZIEGENHIRT – Ich Verrückter, was haben meine Glieder mit dieser Schindmähre da getan. *Er wirft Olympe zu Boden.*

OLYMPE – Du brutaler Kerl, ich bin aufs Eis gefallen: das ist nämlich wirklich Eis.

BETSY – Madame, gehen wir nach Hause.

TRAPÈZE – Mélanie, laß mich in die Wärme zurückkehren zu Madame Trapèze: ich werde dir Blumen bringen.

MÉLANIE – Mein kleiner Körper ist eine nackte Geige in der Nachtluft. Männer, Männer, habt ihr kräftige Beine und Arme, um hier heraufzusteigen? *Cotonnade, Ledoux, Démence, der Ziegenhirt und Trapèze stürzen ins Licht und versuchen, auf den Felsen zu klettern, Trapèze fällt.*

LEDOUX – Drängle nicht, Cotonnade.

COTONNADE – Zurück, du Schwein. *Sie schlagen sich.*

DER ZIEGENHIRT – Die da oben gehört mir, du Mann aus der Stadt. *Er zieht Démence am Fuß zurück.*

BETSY – Madame, gehen wir.

OLYMPE – Ich habe mir auf dem Eis weh getan und meinen Absatz verloren.

I. FEE – Das ist eine Tote, mein Geliebter.

2. FEE – Démence, dein Kolibri.

3. FEE – Jetzt lassen sie uns im Stich. *Alle Männer am Fuß des Felsens prügeln sich untereinander und mit den Frauen, die sie zurückzuhalten versuchen.*

2. FEE – Du fliehst vor mir um einer Leiche willen.

3. FEE – Lolololo.

1. FEE – Baolibâouuiihh.

MÉLANIE – Männer, Männer, ihr braucht zu lange, und ich steh' im Wind wie eine stachelige Leydener Flasche.

DER ZIEGENHIRT *der sich frei gemacht hat* – Ich komme, dunkelhäutige Mélanie, ich, die Wüste und der Furor. *In dem Augenblick, in dem er die Plattform erreicht, taucht Frédéric zwischen Mélanie und dem Ziegenhirt auf.*

FRÉDÉRIC – Verschwindet, Spiele der Finsternis, Marionetten der Außenwelt. *Alle versinken im Dunkeln und verschwinden. Frédéric bleibt allein im hellen Licht gegenüber der Erscheinung.*

FRÉDÉRIC – So bist du also eine Rauchsäule, Geist Mélanies!

MÉLANIE – Bist du es, Pierre? Komm, schlafen wir im blauen Geröll oder auf den Nebelschwaden des Tales. Mein offenes Kleid wird uns beide einhüllen.

FRÉDÉRIC – Entschwinde, letztes Bild des Lebens, Tote, die du aus meinem Hirn herausgetreten bist. *Er schlägt sie mit seinem Eispickel mitten ins Gesicht, sie fällt, sich um sich selbst drehend, vom Felsen herab: Frédéric ist endlich allein.* Du wirst nie mehr die Unterwelt verlassen, in die ich dich hinabgestürzt habe, Mélanie, du Lumpenweib, und auch ihr anderen nicht, ihr Mistelkugeln, die ihr die Eiche verschlingen wolltet! Frédéric, mein Junge, du hast im Augenblick eine einzigartige Position. Du bist allein, du kannst dich setzen. *Er setzt sich.*

Die Stimme des SPRECHERS – Frédéric!

FRÉDÉRIC *aufstehend* – Ach, den da hatte ich vergessen.

DER SPRECHER – Frédéric. *Er tritt auf die Bühne, eine Laterne in der Hand.* Wo ist mein Brüderchen hingegangen? Frédéric! Ah, da bist du ja. Was stehst du da wie angeklebt auf diesem Felsen? Sieh da, diese ganze hübsche Gesellschaft hat sich empfohlen. Nun bist du allein mit dir selber, Frédéric. Jetzt oder nie können wir ein kleines Picknick machen. Ich habe Brot, Wurst und eine Flasche Bier. Nichts macht so Durst wie Bergsteigen. Und dazu noch die Emotionen, das macht hungrig: Olympe, Mélanie, der Teufel und seine Clique.

FRÉDÉRIC *ohne auf den Sprecher zu achten* – Wo bin ich? Spiegel in der Finsternis, kratze das lügnerische Silber von deinem Rücken, werde wieder Glas wie zuvor. Sich täuschen können, etwa zu sagen, ich habe sie seit 77 Jahren nicht gesehen, statt seit 17, das ist eine menschliche Erfahrung. Aber wenn man einen Schritt weitergeht, wie nennt man dann bei einem jungen Mann die Fähigkeit, sich selbst zu zerstören? Unsere Phantasie setzt uns hart zu. Besonders die Menschheit: bei jeder Etappe im Land der Zisternen das Trugbild fliegender Raben.

DER SPRECHER – Nun, Frédéric, willst du endlich deine Vogelstange verlassen? Man muß essen, wenn man schön bleiben will, mein Junge. *Im Licht seiner Laterne stellt er ein Essen auf, Gläser, Gabeln usw., die er aus seinem Rucksack holt.*

FRÉDÉRIC *wie oben* – Und du, Verdacht eines Gewitters, Skrupel der Außenwelt? Ich bin eine unbewegliche Wahrheit zwischen zwei Lügen, zu welcher Seite wirst du dich neigen? Schau sie an, deine Innenwelt, Descartes im Kleinformat, er ißt Wurst. *Er lacht.*

DER SPRECHER – Was willst du sonst machen? Du bist ganz allein. Genier' dich nicht, bohr' ruhig mit dem Finger in der Nase.

FRÉDÉRIC – Frédéric, hörst du dein eigenes Denken, Frédéric? Das also bist du, der du im Winde stöhnst und die verliebten Mädchen zu den Brennesseln wirfst; sie haben zwar gelogen, das ist klar, aber sie sind weißer als dein Augapfel und gleichen den rotierenden Leuchttürmen. *Mit veränderter Stimme:* Töte, Frédéric, töte. Vergiß diese toten Zweige, die an deinen Kleidern hängenblieben.

DER SPRECHER – Beredter Monsieur Ich, das Essen steht bereit.

FRÉDÉRIC *zum Sprecher* – Du Mißgeburt, willst du endlich dein verpestetes Maul halten?

DER SPRECHER – Kleines Ich, die Rhetorik reißt dich mit.

FRÉDÉRIC – Du Krabbe in deinem Schlamm, scher' dich zu den anderen Erscheinungen.

DER SPRECHER – Du hast den Kopf verloren.

FRÉDÉRIC – Du Jahrmarkts-Ich, du Pappmaché, du Schießbudenfigur! Wirst du endlich abhauen?

DER SPRECHER – Sssss, Sssss. Soll das dein Ernst sein? Willst du, daß ich dich an gewisse Details aus deiner, aus unserer Jugend erinnere?

FRÉDÉRIC – Ah, darauf stützt du dich, um die Stimme der Wälder und den Lärm der Wagen zu überdecken.

DER SPRECHER – Sieh da, jetzt bist du höflicher, aber wenn du dich nach dem Karneval der Außenwelt sehnst . . .

FRÉDÉRIC – Nach ihren Masken oder deinem Aschermittwoch-Gesicht, Kröte? Weder nach deinem Krebs noch nach ihrer Syphilis, mein Schatten.

DER SPRECHER – Du kannst mir nicht den Laufpaß geben, Frédéric, damit mußt du dich abfinden.

FRÉDÉRIC *schleudert seinen Eispickel auf den Sprecher* – Lös' dich auf, Trugbild meiner selbst. *Der Pickel trifft die Laterne und löscht sie aus, gleichzeitig erlischt das Licht Frédérics: völlige Dunkelheit, man hört etwas wie ein Dröhnen, das immer stärker wird.*

STIMME –

Was ist die große Nacht des Jahres
  Beeilen wir uns
Das ist die Nacht in der die Fische fliegen
  Beeilen wir uns
Das ist die Nacht der Fahrräder
  Beeilen wir uns
Das ist die Nacht der Armbanduhren
  Beeilen wir uns
Das ist die Nacht der zerbrochenen Scheiben
  Beeilen wir uns
Das ist die Nacht der maskierten Banditen
  Beeilen wir uns
Das ist die Nacht der träumerischen Kurbelstangen
  Beeilen wir uns
Das ist die Nacht der Pferdestärken.

Ein Sternschnuppenregen durchzieht den Himmel und bringt das Schweigen zurück.

Die Stimme FRÉDÉRICS – Ein einsamer Mann, der durch den Dekor nur hindurchgeht. *Eine Sternschnuppe gibt den Zuschauern die Richtung zum Ausgang an.*

Paris bei Nacht

für Robert Desnos

Aus reinem Zufall war ich, durch die Rue de l'Hôtel-de-Ville schlendernd – der Spiegel und die Esplanade –, von einem Naturphänomen aufgehalten worden, das seltsam genug war, um die Aufmerksamkeit auf sich zu lenken, trotz der Albernheit dieser Blume, die, dem Klischee der Volksphantasie zufolge, zwischen den Pflastersteinen wächst. Sagte ich Veilchen? Als aus einem Haus diese große Rothaarige herauskam und im selben Augenblick ein nackter Jüngling und als ich ihm zurufen wollte: wo gibt's denn so was!, da öffnete er für mich ein buntscheckiges Flügelpaar und verschwand zwischen den Dächern. Das Mädchen aß eine Knoblauchzehe, und ich, mein Veilchen zwischen Daumen und Zeigefinger ... Dann folgte ich ihr, nicht weil ich sie besonders begehrenswert fand, außerdem schielte sie, ich folgte ihr mehr wegen dieses wunderlichen Herrn, der nur seine Federn als Bekleidung hatte, und auch wegen des Veilchens, obgleich, kurz, ich folgte ihr bis zu den Hallen, und jetzt merke ich, daß ich das Wesentliche und Komische der Geschichte vergessen habe. Jetzt fällt's mir wieder ein: es herrschte graue Nacht, und da es bereits zwei Uhr war, gab es schon dieses ganze Hin und Her im Stadtviertel.

Seit man das Kino erfunden hat, kommen einem die Nächte wie eine Komödie vor; sie nehmen das Aussehen eines hellichten, blaustichigen Tages an, und die Straßen sind sehr belebt.

Haben Sie schon einmal gesehen, wie sich Leute prügeln? Rums in die Tische, das Bier und den Champagner, ein Mann zu viel oder eine Frau zu wenig? Dann macht es Spaß zu leben, dann gibt's nicht auszusetzen, dann . . . was hab' ich gesagt? Ja, der Mann, der sich meines Armes bemächtigte, hatte ein blutüberströmtes Gesicht, und ich in meiner Verrücktheit hätte ihn beinahe noch darauf angesprochen, als er mir die Rothaarige zeigte, ob ich etwas mit ihr hätte? Aber konnte ich denn einem Unbekannten so mir nichts dir nichts das Veilchen und eine gewisse Vagabundenlaune erklären? Er hätte sich über mich lustig gemacht.

Es gibt Vergnügen, die als Verbrechen gelten, und dies nur, weil man sie im allgemeinen nicht selbst erlebt hat. Als es noch Sklaven gab, hatte man zumindest die Muße, fast alles auszuprobieren; da fiel das Urteil darüber milder aus. Ich sage das nicht, um mich zu entschuldigen. Als Kind schnitt ich mich aus Spaß, einfach so.
Aber man handelt nicht immer, wie man möchte, und je seltener eine Speise ist, um so mehr schätzt man sie und um so mehr zahlt man für sie.

An das Veilchen dachte ich eigentlich nur einmal, als ich mit Alfred auf unser Gegrilltes an der Straßenecke wartete, etwas ermüdet durch alles, was sich in dem Hause abgespielt hatte, von dem ich nur mehr vage die steile Treppe vor mir sah und über dem Plüschsofa die *Salome* von Regnault. Alfred schwörte beim Namen Gottes, daß die Frauen mir alles weismachen könnten, was sie wollten. Was ihn betrifft, so ging es seinem Gesicht, wie man sich denken kann, bei all dem nicht besonders gut, und da man

behauptet, dies sei gesund, beschmierte es Alfred mit warmem Fett, als er seine Würstchen bekommen hatte.
Die Gemüsehändler zogen mit lautem Gepolter vorbei.
»Das Kriegskreuz haben sie mir verliehen, weil ich Denunziant war, und einen Urlaub bekam ich noch dazu. Aber nach dem Waffenstillstand war die schöne Zeit vorbei: sie warfen mich als Denunzianten ins Gefängnis. Das ist nicht gerecht, ich habe höhnisch gelacht, ich habe ihm das Schmuckstück gezeigt, dem Richter, und er sagte zu mir: *Schämen Sie sich nicht?* Aber ich war nicht auf den Mund gefallen. Hätte nicht er rot werden müssen?«

Man hört Schreie: durch die Fenster des Cafés sieht man aufgebrachte Leute und eine bleiche Frau, bleich gegen die Scheibe gedrückt. Es wird Blut geben: ein Stuhl fliegt durchs Fenster und ein Arm, glauben Sie, daß es ein Arm ist? Die Haare sind zerzaust, und einige kleben an den Schläfen. Der eiserne Rolladen wird heruntergelassen, während man die Leute hinauswirft, die mit geducktem Kopf unter der Guillotine des Eingangs hindurchschlüpfen.
»Haben Sie den Amerikaner gesehen?« flüstert Alfred, und der letzte, ein Mann, kriecht durch das Katzenloch, das sich hinter ihm schließt.
Und die Frau? Der *Amerikaner* ist im Smoking und zieht seine weißen Handschuhe wieder an.

ALFRED:

Sie sind einem Engel begegnet, erlauben Sie, daß ich Sie dem

DÄMON

vorstelle.

Der Dämon ist genausowenig Amerikaner wie ich. Hol-

länder vielleicht? Und selbst das ist unwahrscheinlich! Ich finde ihn weniger schön als liebenswürdig. Liebenswürdig, das ist das richtige Wort. Er spricht etwas schneller als er denkt. Er denkt mit den Zähnen, strahlenden Zähnen. Hol mich der Teufel, wenn ich weiß, warum Alfred mich mit dem Teufel zusammenbringen wollte. Es ist die Rothaarige von vorhin, die hier gerade ohnmächtig wurde und die dort, aber zur Sache. Wohlverstanden, der Dämon liebt auch die schöne rote Flüssigkeit, wenn sie den Körper gerade verlassen hat und noch in der Schale dampft, in der sie gerinnt; oder, wenn sie, unsichtbar, durch den kleinen geschmeidigen Gummischlauch mit der glänzenden Nickelklemme (ein außergewöhnlicher Strohhalm, Monsieur, der ebenso keimfrei ist wie Toilettenpapierrollen) direkt vom Herzen zu Lippen eilt. In manchen Augenblicken, sagt er, sieht das Fleisch wie die Flamme der Gasbrenner aus: dann muß man hineinstechen, damit sich unzählige rubinfarbene Verästelungen hochranken, als ob es Sommer wäre und die Sonne das Grün der Blätter in Feuer verwandelte. Mir gehen solche Sehweisen auf die Nerven. Ich verstehe nicht das Bedürfnis nach all diesem Raffinement, nach der Zurschaustellung dieses Raffinements, wo es doch um etwas ganz Einfaches geht. Er durchschaut mich und fragt: »Was halten Sie von der Lust?«
Er und Alfred zwinkern sich gegenseitig zu.

Ein absurder Ort im Mark des Schattens mit unbekannten Evas und Adams, und da stehe ich inmitten meiner Requisiten: ein kleiner schäbiger Dekor aus Zink und Stuck, ein Bistro, das nicht rechteckig ist, das Pfeifen der großen Kaffeemaschinen und ein Glas in meiner linken Hand,

übrigens: was ist das für ein Gebräu, das wie Opal schillert?
So ist das Leben: du hast diesen Plüsch- und Wolkenrahmen auch nicht selber ausgewählt, in dem zwischen Kunstleder und Fransen die Familienporträts umherstolzieren, die dich seit deiner Geburt verfolgen, mein Lieber.
Drei blaue Punkte und ein Buchstabe an der Stelle, wo der Daumen fehlt, ziehen meine Blicke auf die Hand des Zeitungsverkäufers, der an der Theke mit seiner Tasse spielt.
Man möchte meinen, daß jede Neugierde gestorben ist.

Und sie erzählen, meine Kameraden.
»Ich bin dem Mann der Trambahnen begegnet: er trägt ein Köfferchen in der Hand. Auf einmal ist da jemand auf der Plattform, dessen Gesicht dunkel wird, dessen Lippen sich zusammenpressen. Die holperige Fahrt bewegt das Köfferchen hin und her. Der Mann der Trambahnen mit seinen gleichgültigen Augen und seiner undurchdringlichen Häßlichkeit steigt plötzlich an einer Bedarfshaltestelle aus. Er nimmt eine andere Trambahn. So durchfurcht er den ganzen Tag die Hauptstadt. Eine merkwürdige Existenz!«
Solche Anekdoten gibt es haufenweise. Alfred erzählt vom Katzentöter des Pont-Neuf, der übrigens ein Freund von mir ist. Nun, auch die haben nichts Neues erfunden. Ich verlasse sie.
Aber die Hand des Dämons hat sich auf meine Hand gelegt: »Was geben Sie mir, wenn ich Ihnen nur eine einzige neue Sache zeige?« – »Wenn Sie der Dämon sind, werden Sie mit nichts etwas anzufangen wissen außer mit meiner Seele, und meine Seele, die haben Sie schon, wenn

Sie der Dämon sind.« – »Wollen Sie, Monsieur, mir den Gefallen erweisen, nicht über Ihre Seele zu scherzen? Ich verlange von Ihnen heute nacht nur Ihren Körper.«
Nun gut, was riskiere ich schon?

Weil der Leuchtturmwärter die Rauchwolken seiner Pfeife immer wieder in Einklang bringt mit dem Rhythmus des periodischen Verschwindens des rotierenden Lichts, das er überwacht, so wie andere Lichter bei Kranken wachen, die vom Husten auf ihrem Lager hin und her geworfen werden, oder bei kleinen Kindern, die sich, von Unruhe getrieben, an den weißen Schatten der Vorhänge klammern, denkt er, der Leuchtturmwärter, schließlich nur mehr in dem Intervall zwischen den Passagen des großen hellen Tuches, das vom Turm herabfällt und seine Ideen wegfegt, sobald es sich zu jener Seite dreht, wo der Mann sich auf seiner Bank sein armseliges Speichelvergnügen leistet mit etwas Tabak und der unendlichen Zeit, die sich allmählich mit dem Horizont und dem Meer identifiziert.
Da befinde ich mich plötzlich in einem dunklen Saal, in dem vielleicht hundert Personen gegenseitig ihre Anwesenheit erahnen.
Ihr Schweigen wartet auf das Begehren.

Gewitterstimmung: es gibt Augenblicke, in denen die Liebe des Menschen der des Schafes zum Verwechseln ähnlich sieht. Jahrelang kamen mir immer wieder dasselbe Bild und ein paar unflätige Worte in den Kopf, jedesmal wenn mein Körper sich einer natürlichen Neigung zu irgendeinem anderen Menschen oder zu der Traumvorstellung, die ich mir von ihm machte, ausgeliefert fühlte;

und so habe ich denn so ziemlich überall dasselbe Bein leidenschaftlich geliebt.
Wir gingen langsam, eng aneinander geschmiegt, in dieser nahezu vollkommenen Dunkelheit, die fast nur dem Tastsinn erlaubte, jedes Detail zu erkunden. Das ergab ein Rieseln von Körpern, die sich abzuschätzen suchten, ohne es sich recht einzugestehen, denn wo waren wir? Außergewöhnliche Kühnheiten, Furcht vor Mißerfolgen und die Erinnerung an eine vorangegangene Berührung: das Zögern dieser Menge schien jede Wahl zu bestimmen. Es bildete sich allmählich in jedem Geist so etwas wie ein Monstrum, ein zufälliges Konglomerat von Stücken von Männern und Frauen, die der Reihe nach ein vorübergehendes Begehren erweckten. Eine Art Trunkenheit stieg auf, in der sich die Individuen voneinander loslösten.
Ich kenne Teile meines Körpers, die sich immer zugunsten ihrer Nachbarteile frustriert fühlen. Ich kenne Winkel meiner Haut, die eigene und widersprüchliche Instinkte haben. Dieser Teil möchte gerne zerquetschen und jener ... aber was kommt es auf den Gegenstand dieses ganzen Deliriums an? Ich klammere mich an einen Wandteppich, der die Schöpfung darstellt.
Jeder wurde in diesem Chaos zum geometrischen Ort mehrerer Teillüste. Die Glut eines jeden übertrug sich auf mehrere, der ganze Saal war ein Seil, das ein Schelm zu einem Knäuel verheddert hatte: ich verzichtete darauf, das alles zu entwirren. Jedenfalls befriedigte jeder mehrere Laster und befriedigte so mehrere Personen.
Schwierig schien es nur zu sein, sich selbst wiederzufinden.

»Meine lieben Freunde«, sagte eine Stimme, »die Statuten unserer Gesellschaft erlauben . . .« Es handelte sich um die großen Sabbate des 18. Jahrhunderts im Schwarzwald. Ich erfuhr, welche Rolle die *Gesellschaft der Lust* in den italienischen Unabhängigkeitskriegen sowie bei der Ermordung der Königin Draga Machine spielte, deren Bild auf dem Titelblatt der illustrierten Beilage des *Petit Journal* ich nicht vergessen kann; man sieht, wie sie im Nachthemd aus dem Fenster geworfen wird: ihre Haare verfangen sich wie Fledermäuse im Balkongitter; sie schreit: *Zieht nicht an meinen Haaren!* Und die Offiziere in Stiefeln und Persianermütze – zu Recht oder Unrecht rollt sich dieses schwarze Schaf auf ihren glattrasierten Schädeln zusammen – setzen stumm im Dunkeln die Aufgabe ihrer schweren Hände fort. Ihre Zähne leuchten. Ich bin eure Königin, meine Herren, ich bin aus einem Wandervariété gekommen, und unter meiner Krone schlummern eine stürmische Kindheit und die Place Clichy, wo ich auf den Strich gegangen bin. In der Stille der Silos, in die ich eure Väter geworfen habe, wurden sie, einer nach dem andern, meine Liebhaber, ihr Mörder; und ich fühle an den Wunden, die ihr mir zufügt, das mächtige Echo ihrer Liebkosungen, ihr Mörder; selbst noch an den blauen Flecken, dic mir eure Fäuste beibringen, ja an den Schrammen, die mir eure Sporen versetzen, spüre ich sie, ihr Mörder. Ich fühle, wie in euren Schlägen Zärtlichkeit aufsteigt und um sich greift, und euer Atem, ihr Mörder, euer Atem, der sich mir nähert, sucht die Löcher in eurem Haß, um die zu lieben, die ihr zerreißt. Ich fühle eure Lippen, ihr Mörder; ich vibriere unter euren so verschiedenartigen Küssen wie ein großer Vorhang, der in das Fenster gespannt ist, aus dem das gewaltige Drängen eurer Begierden mich immer

mehr, zusammen mit dem Mond und meinen Juwelen und meiner Vergangenheit, in die Gräben hinabstürzt und auf die Spitzen des Gitters, das das Schloß umläuft. Ah, man beißt mich, man beißt mich. Gegen meine Zähne pressen sich zwei rivalisierende Zungen, und gleichzeitig sorgen meine beiden Hände dafür, daß zwei ihr Schamgefühl vergessen.
Der Leuchtturmwärter . . .

Der Leuchtturmwärter verläßt die Bank, nähert sich dem Abgrund und spuckt hinunter: er denkt an ein schottisches Strumpfband und lächelt. Der weiße Fächer des Leuchtturms entfaltet sich.

Was hat dieser Idiot in meiner Geschichte zu suchen, dieser Halbkretin? Beim ersten Mal geht's ja noch: ich ließ ihn reden. Weit davon entfernt, seinem Beispiel zu folgen, habe ich von dieser einzigartigen Nacht nur die Augenblicke blendender Helligkeit, nur die Augenblicke des Begehrens behalten, meine Herrschaften, und was macht es Ihnen schon aus, wenn ich nicht mehr weiß, welche Treppen von einer Liebe zur andern führten, und wenn ich die Namen der Leute vergessen habe und die Uhrzeit und was auf den Wänden geschrieben stand.

Im Garten also hatte jeder Baum seinen Sebastian; zerstreut streichelten die Frauen sie im Vorübergehen und verletzten sich dabei ihre makellosen Finger an den Enden der Pfeile. Ich fühle mich so, als wäre ich dieser angebundene Körper und gleichzeitig dieser Spaziergänger und noch zwanzig andere. Welch hübsche Überraschung wäre es, wenn sich der Himmel eines schönen Morgens mit

mehreren Sonnen schmückte. Im Lichte der Begierden, die von allen Seiten auf mich zukommen, heben sich die Schattenregionen, die in mir schlummern, in seltsamer Weise ab. Es steigt in mir der Wunsch nach einer Sonnenbrille auf. Allmählich gehen zwischen meinen unbeweglichen Körpern die verschiedensten Menschen hindurch: ihr Frauen mit den schweren Brüsten, wie leer sind eure Augen und wie gefügig eure Lenden. Und diese Mädchen da leuchten noch vom Glanz der Milch, und ihre Beine brauchen die Umarmung des Mannes, um die Zeichnung zu bekommen, die der ohnmächtige Schöpfer ihnen nicht zu geben vermag. Das Fleisch der Greise zieht sich zusammen. Das Silberhaar dieser Hexe wäre ein verdammtes Getränk für meinen Durst. Gestandene Männer stützen ihre Langsamkeit auf Ackergeräte: das Fett verschiebt den Ansatz der Haare, die majestätisch aus ihrer Haut heraussprießen. Es gibt keinen Körper, der mich nicht zur Liebe reizt. Der Geschmack jeder Kreatur an jeder anderen wird mir klar wie Felswasser: ich verstehe die schlimmsten Gewohnheiten, die plötzlichen Begeisterungen, alles, was Sie für unrein halten und was die Schreie der Empörung und gleichzeitig die der Lust, dieses großen Verrückten, entreißt.
Und selbst der Baum, den meine Arme umschlingen, wahrhaftig.
Und ich selber erst.

Ich muß lachen, wenn ich an Jupiter denke. Du Dummkopf: du glaubtest Tantalus zu bestrafen, indem du unablässig seine Begierden erneuertest, dabei wissen wir alle sehr gut, was passiert, wenn wir kraftvoll begehren, was sich nicht erreichen läßt. Im Augenblick bin ich ein lebendiges Beispiel dafür.

Das Mädchen – man nimmt es nicht so oft ins Theater mit – wandte in seiner jugendlichen Begeisterung die Augen nicht von diesem prächtigen jungen Helden im Rampenlicht, und so stark preßt es sein Armband gegen den Samt der Loge, daß es wie Nägel in seine perlmuttfarbene Epidermis sticht: das Mädchen folgt mit leuchtendem Blick der Hin- und Herbewegung des Oberkörpers, der unsagbaren Harmonie der Glieder und der unvergleichlichen Lebhaftigkeit des Ganges. Was für eine Erscheinung!

Plötzlich breitet sich eine tiefe Verwirrung auf den Zügen des Kindes aus: es weiß nicht, was ihm geschieht, es möchte weinen, es steht auf, taub gegenüber der mütterlichen Beunruhigung, es verlangt nach dem Automobil und fährt, ohne das Ende des Aktes abzuwarten, allein im Wagen nach Hause, und unterwegs beißt es in seine Hände, die so durchsichtig sind im Vergleich zur Kristallvase, deren schon verwelkende, übelriechende Blume man heute nicht durch eine frische ersetzt hatte.

Ich fand Alfred rittlings auf der Klostermauer wieder: während alle Ausgänge versperrt waren, schlug gegen die Tore eine Kroatenarmee oder ein Brand, kurz, irgendeine grandiose Geißel, die diesem weiß gekleideten Volk, das, die Augen starr zum Himmel gerichtet, im Mittelhof kniete, jede Hoffnung nahm. An diesem Himmel trug eine geflügelte Schar weinend den gesteinigten Körper eines kleinen Kindes davon, und der Engel, der seine Füße hielt, wandte sich ab, um sich in den Saum seines orangefarbenen Gewandes zu schneuzen. »Was halten Sie von der Lust?« rief mir mein junger Freund zum zweitenmal

zu, während sich die Geißel schon in den Gräben des Klosters hin und her wiegte.
Da lösten sich die Mundwinkel der Schwester Saint-Pamphile, als sie an das riesige Unglück dachte, in das die Gemeinschaft gefallen war. Sie denkt an die verlorene Ruhe. Sie betrachtet die Schafe des Herrn. Aber was für ein Gedanke! Mein Gott, bewahre mich vor der Versuchung. Alfred bietet mir saure Drops an. Er trinkt heimlich Kölnisch Wasser. Währenddessen nähert sich die Gefahr, sie steigt auf mit einem Meer von Gotteslästerungen und mit im voraus ausgestoßenen Schreien der Unzucht. Schwester Saint-Pamphile richtet entsetzt einen flehenden Blick zu den Altarfiguren empor. Aber der Zauber, den sie ausstrahlen, ist nicht die Gnade. Die Haare einer Novizin haben sich aufgelöst. Ein ganzes Leben, ein ganzes Leben. Dabei ist es doch kein Verbrechen, die Perlen eines Rosenkranzes zu streicheln. Die Feuerzungen von Pfingsten, aber wo habe ich denn meinen Kopf? Halten Sie sich die Ohren zu, Schwestern, der Wind treibt einen Höllenlärm heran. Wie schön ihre Hände sind. Alfred streicht mit den Fingerspitzen sanft über seine Lippen und sieht mich dabei an. Seine Augen schließen sich. Große bräunliche Lider, geheimnisvoller als Jalousien. Schwester Saint-Pamphile hört in ihrem Innern ein seltsames, immer stärker werdendes Rauschen. Man möchte meinen, ich bin eine ganze Welt. Eine Nonne ist aufgestanden. Sie geht hin und her. Sie erinnert sich an eine alte Geschichte draußen in der Welt. Dieser verrückte Geschmack eines Mundes einst, der stärker ist als das Büßerhemd und das Vergessen. Das kleine Kind dort oben, im Schutz der Engel, ist wirklich ein Skandal. Die Pforten zittern. Eine Schwester küßt verzückt ihre feinen Fingernägel und

führt sie an die Spitze der Zähne, die eine Brise von Litaneien entschlüpfen lassen. Schreckenspaare verbinden sich fern der Mauern. Was flüstert mir Alfred ins Ohr? Schwester Saint-Pamphile führt sich wie eine Besessene auf. Wenn der Fluß aus seinem Bett heraustreten will, wenn die auf den Berggipfeln angehäuften Schneemassen ihn mit der Kraft ihres Schmelzens bedrängen, dann können ihn weder der Gedanke an die verlorenen Ernten, an den Einsturz und die Verwüstung jener lachenden Wohnstätten, in denen mit Marmelade beschmierte Kinder unschuldig im lauten Lärm der Arbeit der Erwachsenen spielen, noch Mitleid oder Vernunft zurückhalten. Es gibt nichts anderes, er muß heraustreten. Da schüttelt er lange das Haupt, stützt sich einen Augenblick auf seine Ufer und streicht mit einer warmen Hand über seine Stirn. Er läßt seinen Blick rundum über die Welt schweifen, er ermißt, was er bedecken wird. Strahlendes Fleisch, von der Erde vergoldet. Sein Körper reckt sich und formt sich nach dem Bild dessen, was er begehrt. Er brodelt. Die Rinde des Wassers spaltet sich. Die ersten Pforten des Klosters sind aufgesprengt. Der Fluß wirft seine unnützen Kleider ab, er hat sich des Gegenstandes bemächtigt, der seiner Raserei am nächsten stand. Schwester Saint-Pamphile, ist Ihnen das klar? Alfred, mein Freund, lassen Sie mich in Ruhe. Wie ein Donnerschlag bricht eine große Wahrheit auf; es ist Schneeschmelze, meine Kinder, alle Mittel sind gut, wenn es um die sofortige Befriedigung der Körper geht.

Hier sind wir auf dem Floß der *Medusa* oder in einem Leprakrankenhaus in Südamerika. Auch ein Unterseeboot weiß in der Tiefe des Ozeans, daß es die Meeresoberfläche nicht mehr sehen wird. Überall, wo die leiseste

Hoffnung wie ein Stein ins Wasser gefallen ist, finden die *Gefährten der Lust* ihre Pfründe. Nicht nur einmal stürze ich mich mitten in Kriege und Revolutionen: aber noch ehe das Lächeln Alfreds Zeit hat zu erlöschen, bin ich schon wieder am Endpunkt aller irdischen Leidenschaften angelangt. Ich erfasse die Agonie dessen, was man Reinheit nennt, in dem Augenblick, da sie eine uneingestehbare Wollust erreicht, oder mache diese Agonie sogar selber durch. Welch seltsame Anpassungsfähigkeit: kaum merke ich, daß ich mich in einem neuen Rahmen befinde, dreht sich schon alles um mich. Der böse Gedanke der letzten Stunde, das bin ich. Jeden Moment lasse ich die Flamme triumphieren, die mich ganz und gar durchzuckt. Einen Spiegel, einen Spiegel! Meine Seele für einen Spiegel! Die Sonnen und die Nächte schmelzen in meinen Augäpfeln.

Was trägt diese neue Morgenröte, die meine Haare badet, in ihrem Mantel davon? Ihr asiatischen Steppen mit den eisigen Füßen der Tartarenpferde, und du, hübsches, kleines bürgerliches Intérieur in Saint-Etienne im Département Loire, dem einen von euch obliegt es, den Steuereinnehmer zu ermorden, dem andern, den Missionar zu vierteilen: beide erleben dieses Aufzucken des Todes, das die Mörder hätte erröten lassen wegen der ergreifenden Analogie, an die es denken läßt, wenn diese tüchtigen Leute anständig erzogen worden wären. Was auf mich zurückgespritzt ist, ist nicht Blut. Einen Spiegel, sag' ich Ihnen, einen Spiegel! Hier ist die große Angst der Polarexpeditionen, wenn die *Sainte-Mère-des-Nuages,* in den Eiskinnladen des südlichen Sommers gefangen, in ihren Eingeweiden wie ein vom Frost rissiger Stein knarrt und wenn auf ihrem geborstenen Rumpf plötzlich mit einem einzigen

Schrei der höchste der Masten in seiner schneeigen Haarpracht zusammenbricht. Diesmal bin ich die ganze Mannschaft, und es wird keinen Zeitverlust geben. Hier droht der Lichtschein des Vulkans Monte Pelée über Saint-Pierre-et-Miquelon. Anderswo bricht eine Sturmflut wie ein Stier in die kleinen Beschäftigungen der Menschen ein: sie hatten es sich wohl sein lassen, die Cherubine. Schau deinen Vater an, kleines Mädchen, und du, Fahrradfahrer, der du ruhig deine Gummibänder anlegtest, schau deine Frau an. Genug damit.

Im Licht Europas schleppt sich mein Körper mit den Vorortszügen dahin, mit dem Schrei der Scherenschleifer und dem süßen Geruch der Wolle.

Ich bin, ich bin ... ich habe meine Berufung gefunden. Ich bin Maria-die-Trösterin. Wenn der Augenblick gekommen ist, in dem der Verurteilte benachrichtigt wird, daß ihn nichts auf der Welt mehr retten kann und daß der Präsident der Republik selber sein Gesicht von der Conciergerie abgewandt hat mit den Worten: Das Verbrechen soll bis zum letzten Tropfen gesühnt werden, – dann, während eine vom Geruch und vom Geschmack am Blut, das man vergießen wird, angezogene Menge – und sie hat in den Sternen gelesen, daß es heute morgen geschehen soll – sich gegen die Gefängnismauern drängt und dabei gemeine Klagelieder anstimmt, in denen der Name des Märtyrers zu absurden Wortspielen Anlaß gibt, wie zum Beispiel coupe-seins[1], wenn man ihn seit seiner Kindheit Coussin[2] nennt (und an diesen Namen hatte sich allmäh-

1 Brustabschneider (A. d. Ü.).
2 Kissen (A. d. Ü.).

lich eine ganze Menge Leute gewöhnt, und er hatte Mädchen von sich träumen lassen), dann, dann enthüllt sich, wie schon seit Zeiten, die jenseits menschlicher Erinnerung liegen, das Mitleid mit seinem burlesken Gefolge plötzlich im Herzen der Gesellschaft, und diese Dame im Gehrock mit ihren melierten Favoris und einer Ledertasche unter dem Arm beugt sich zu ihrem Sklaven im Büßerhemd herab und fragt ihn, ob es nicht in der weiten Welt eine Sache gibt, eine einzige, auf die er wirklich Lust hat, ohne daß sie jedoch mit dem Vollzug der Gerechtigkeit unvereinbar wäre. Es kommt vor, daß sich die Bescheidenheit des Verurteilten mit einer Zigarette begnügt. Es kommt vor, daß ihm sein Entsetzen nicht erlaubt, irgend etwas zu finden. Aber manchmal kommt ihm ein Wunsch, bei dem der Gefängniswärter den Kopf schüttelt. Da greife ich ein, ich, die Maria.

Seit Félix Faure war ich für jeden da, der mich angefleht hat. Hübsche, kahl geschorene Liebhaber, sie jedenfalls lieben mich ohne Hintergedanken. Sie fürchten weder die Untreue noch meine Krankheit. Manche prägen mir ein Zeichen auf den Körper mit ihren Zähnen, was wollen Sie, Touristen schreiben ja auch ihre Namen auf die Treppen historischer Denkmäler. Manche fluchen schrecklich. Manche wollen ein unvergängliches Andenken hinterlassen. Ich weiß ja, daß es unmöglich ist, und ich lächle, geschlagen, gezwickt, gebissen, unterworfen; ich brauche nur zu sagen, daß es schnell gehen muß. Dann vollzieht sich im frühen Morgengrauen, während die Wärter durch das Schlüsselloch spähen, wieder einmal dieses Wunderbare, und ich singe das Lied, das ich liebe und das zart von Flieder spricht.

Wie es geschah, daß Alfred mich unter seinem Knie gegen die Erde preßte und daß das Gesicht des Dämons über dem meinen schwebte, davon habe ich keine Ahnung, aber die Mündung eines Revolvers bedrohte mich und wurde immer größer, je mehr sie sich mir näherte. Wie rund so ein Revolver ist, von vorne gesehen. Ich wollte schreien. Ich bäumte mich mit aller Kraft auf und erhielt einen mächtigen Schlag, der keinerlei Ähnlichkeit mit dem Schmerz hatte. In schwindelerregender Schnelligkeit erlebte ich ein außergewöhnliches Abenteuer mit Dirnen und Schecken, mit herunterrutschenden Strümpfen und Rauch; eine Gigue von Schlafwagen und Flüssen; und landete schließlich am Gesicht eines widerlichen Kerls, der lachte und in der absoluten Unordnung der Liebe Pfefferminzpastillen knabberte.

»Aufwachen, Monsieur, genug geschlafen«, sagte der Kellner und klopfte mir ungeniert auf die Schulter, während Alfred mich gegen den schäbigen Marmor des Tisches schüttelte. Im trüben Morgen gossen die Zeitungsverkäufer an der Theke hastig ihren Kaffee hinunter und wischten sich mit ihren von frischer Druckerschwärze beschmutzten Fingern die wulstigen Lippen ab. Draußen fuhren die Milchmänner und die rosigen Metzger, in ihren holprigen Wagen stehend, vorbei. In meinem Glas war nur ein Tropfen Opal übriggeblieben, und der Dämon war verschwunden. Ich betrachtete den Schmiß auf Alfreds Wange. »Alfred? Und der Dämon?« Alfred neigte sich zu meinem Ohr: »Der Dämon? Er ist weg, Monsieur, und hat Ihren Körper mitgenommen.«

Der große Torus

für Benjamin Péret

Eine Idee fährt durch das Gebirge. Sie ist schwarz und glänzt, hat vernickelte Initialen und eine rote Motorhaube. Der Mann wird etwas geschüttelt. Wir sind am Abend seines Verlobungstages.
Wie die Schaukel zum Boden zurückschwingt, so verläßt er die Welt der Glückwünsche. Ich habe kein Schmetterlingsnetz. Mit zerstückelten Augen blicke ich auf die Zukunft des jungen Mannes: ein Stern, der Bockspringen spielt. Ziemlich zufrieden schminkt sich Concepcion wieder ihre Lippen. Guten Tag, Madame.
Meine Hände.
Sullivans Vater hatte mit Talg ein beträchtliches Vermögen erworben. Man versteht, daß Mama geschmeichelt war. Es gab Besuche mit fingerfreien Handschuhen, Unterhaltungen, frischen Wassermelonen in den verknöcherten Händen der Hausfrauen. So erreichte man den Palmsonntag. Ein richtiger Samt.
In den Nächten Kairos trugen die Geldwechsler das Produkt ihrer Kenntnis der Kurse und der Sprachen zu verbotenen Spielen. Nirgendwo hat das Grammophon mehr Macht als bei den alten, verschimmelten Rassen. Die Anwesenheit von Boris dem Bleichen erklärt sich aus den Kriegen und Revolutionen.
Völlig betrunken kommt Sullivan später in die Stadt zurück. Stadtviertel, die er niemals betreten hat, in denen die Frauen inmitten der Orangen gähnen. Der Bauer denkt an die rauhen Zärtlichkeiten der Hunde Australiens.

Concepcions Mund. Es geht nicht gut, wenn man seine Arme und Beine plötzlich schlaff werden fühlt.
Irgendwo im Norden ist gerade ein Kabinett mit großem Krach gestürzt. Einfach toll!
Boris gewinnt. Welch höllisches Spiel. Kleine Augen schließen sich und Hosenlatze werden wegen der Hitze aufgeknöpft. »Ich werde da sein, grausame Nina«, tönt es aus dem Grammophon. In Singapur findet eine alte Justizgeschichte ihr Ende: eine Greisin stirbt, die Hände gefaltet über dem Geheimnis von Chicago, bedrückt von der Last, daß sie niemals von dieser Trunkenheit hat sprechen können, die viel stärker war als die des Weltkrieges der Leute in Europa. Niemand mehr wird an diese außergewöhnliche Minute denken, in der Harry ... da haben wir es, niemand mehr.
Concepcion inmitten ihrer Gefährtinnen. Woher kommt der Wind? Die eine behauptet, vom Westen, die anderen befeuchten ihren Finger. Er würde jedenfalls die Bäume umbiegen. Die Verlobte wundert sich über sich selbst, wie blau ist doch ihre Mundhöhle. Sie streichelt ihren kleinen Bruder. Ein Kind. Was macht Sullivan, Sullivan, Sullivan, ein Name, bei dem man im Freien schlafen möchte, ein Name, bei dem man ... ha.
Die Bordelle entlassen in Richtung auf den Hafen einen Strom befriedigter Männer, Leute ohne Namen und Begehren. Ein blonder Riese, die Augen immer noch voll von Wacholder, kann sich noch nicht von den bedeckten Kleidern der Gassen losreißen. Letztes Jahr, als ich die Beute Afrikas war. Meine liebe Concepcion, du ahnst nicht, was dich noch alles erwartet, o lala. Mein Vater war Brettschneider. Du lügst. Mein Vater hat mit Talg ein beträchtliches Vermögen erworben.

Oh, aber die internationale Lage verschlechtert sich.
Die Schwachen werden gebeten, sich zu verstecken. An einem andern Abend wimmelt es nur so in den Straßen Kairos von seltsamen Gedanken. Boris beobachtet, wie im Krach einer Schlägerei ein Teppichhändler einschläft. Ich sage Ihnen, die Weltlage ist prekär. Der Bosporus gleicht jetzt einem Zündholz. Dort, wo sich die Berge mit den Ellbogen berühren, zwischen dem I und dem C der Landkarte, überstürzen sich die Bankrotte: man jagt sich Kugeln in den Kopf, daß es ein wahres Vergnügen ist. Ich sehe einen Strom von Selbstmorden. Ich höre laikale Fanfarenstöße, und in den Bohrlöchern der Erde sinkt der Ölspiegel, sinkt rapide.
In Paris, in einem Atelier auf der Rive Gauche, empfinden einige Leute gähnende Langeweile. Joseph steht auf und geht auf die Straße. Die Pissoirs empfangen ihn wie Schwestern. Durch die ausgeschnittenen Sterne in ihrem Blech überwacht er die vorübergleitenden Schatten. Welch geheimnisvolle Sprache sprechen sie? fragt sich Boris, der sich in den Teppichen des kleinen Händlers verfangen hat, und Sullivan ist ganz allein auf dem Lande.
Die Schatten kümmern sich nicht um die Absichten der Menschen. Da entschwinden sie und gleiten zwischen die Häuser. Woher kommen sie? Schatten, Schatten, gebt acht: ihr seid die Unordnung und das Verderben. Glauben Sie eigentlich wirklich, daß der Vater von Sullivan Barney, Josuah Harry Barney, sein Vermögen mit Talg erworben hat? Panik dringt in die Kaufhäuser ein. In einem kleinen Hotel in der Londoner City müssen ein paar absurde, ganz erschöpfte, in allen Stockwerken mit ihrer Liebe gestrandete Existenzen ihre Ausweise vorzeigen.

Es war ein Malaie zuviel da. In Kairo oder anderswo breitet sich die Revolte im Ödland vor der Stadt aus.
Das ist nicht alles: Concepcion redet, um sich zu betäuben. Es lohnt sich nicht. Sullivan sitzt neben ihr und blickt verschlagen drein. Sie berührt seine Knie. Er schiebt sanft ihre Arme beiseite. Diesmal unterbrechen wir nicht: es ist Krieg. Das Unerhörte: selbst Spanien wird kämpfen. Die Kabinette stürzen nicht mehr. Boris verjagt mit großen Fußtritten eine Art Spatz, der unter Teppiche geschlüpft ist. Was für ein Zornausbruch. Joseph schreibt etwas auf eine Mauer. All diese Leute sind dazu da, sich zu verstehen. Im hellen Licht, das sich über die Welt erhebt, kann die Mama von Concepcion wegen des Talgs nicht schlafen. Letzten Endes ist der Talg auch nur eine Redeweise. Josuah Harry hat vergessen.
Zerzaust bricht der Hochzeitstag an. Ich verzichte darauf, diese pittoreske Zeremonie zu beschreiben. Wenden Sie sich an das Olympia-Music-Hall. Im Augenblick, da sich die Schellen und die Kirchenfahnen in Bewegung setzen, beginnt die Sonnenfinsternis. Ohne abergläubisch zu sein, kann es einem doch kalt über den Rücken laufen, wenn eine Sonnenfinsternis mit dem Augenblick der Wandlung in der eigenen Hochzeitsmesse zusammenfällt. Eine kleine Verwechslung der Hostie. Joseph fröstelt auch, aber bei ihm ist es Fieber. Er findet zuviel Gefallen an gewissen Praktiken, der Junge. Dieser ganze Tag ist blutigen Vorbereitungen gewidmet: der allgemeinen Mobilmachung, und von der Kirche zum Festmahl unter der Platane gehen Sullivan diese verbotenen Bilder durch den Kopf. Der Abend erscheint, als Boxer gekleidet, aufrecht über dem Horizont. Überall spielt man Musik. Boris liest die Heiratsanzeige seines alten australischen Kameraden.

Eine unmäßige Heiterkeit überfällt ihn. Lach nicht so laut, bleicher junger Mann, Zähne leuchten an der Straßenecke. Die Schatten tauchen aus dem Meer auf. Sie gleiten über den Vater Barney, der völlig betrunken ist. Erinnerst du dich an nichts, alter Mann, der du die Verantwortung hattest? Du bist wie Gott, etwas vergeßlich, etwas verkalkt. Aber dein Sohn macht einen kleinen Gang durch die Stadt, während seine Frau sich auszieht. Nur so eine Idee.

Zufälligerweise denkt er gerade in diesem Augenblick an Boris. Ihn bringt das nicht zum Lachen. Er betrinkt sich wie jedermann und dreht sich in seinem Käfig, der Stadt. Regimenter mit ekstatischem Auge ziehen vorbei. Die Brieftauben werden im Herzen der Nacht von den sich schneidenden Hertzschen Wellen getroffen und fallen senkrecht herunter. Um Mitternacht verlassen die Kürassiere das Ausbildungslager. Inzwischen scheint mir der Jungvermählte nicht mehr zu wissen, was er tut. Der Deserteur Joseph ist in Spanien gelandet; denn er weiß nicht, daß Spanien diesmal Fahnen und Uniformen in den Cafés, den Kloaken und den gepflügten Feldern herumführen wird.

Concepcion ahnt nichts. Sie ist zwar etwas traurig, aber sie streichelt alle möglichen Dinge, um sich die Zeit zu vertreiben. Wie Sullivan auf sich warten läßt! Er läßt nicht so sehr auf sich warten, sondern hat vielmehr ein Tête-à-tête mit seiner Vergangenheit, der Vergangenheit seines Vaters und ihren gemeinsamen Instinkten. Der alte Mann schnarcht. Der junge ist auf dem Weg nach Hause und kratzt dabei mit seinen Nägeln die Mauern. Ein Schatten, noch ein Schatten. Mein lieber Joseph, Sie hier! Eine merkwürdige Begegnung. Bei der Rückkehr werden sie

zu zweit sein, unter dem roten Schutz der Vorhänge. Concepcion windet sich auf der Erde. Sie will absolut nicht. Meine Liebe, am Abend einer Mobilmachung. Aber Sullivan, Sullivan, warum hast du mich geheiratet? Er wendet Gewalt an, er zieht sie an den schwarzen Haaren, er schreit durch das Schlafzimmer. Joseph schaut zu. Du mußt tun, was mir Spaß macht. Es gibt keine andere Art, mich zu lieben. Alle Könige der Welt erscheinen im Fackelschein auf dem Balkon der Paläste: »Wir sind eine Gruppe von Leuten«, sagt Boris zu diesem schweigsamen Gefährten, »die auf so etwas nicht mehr verzichten können. Das frenetische Bedürfnis nach Trottoirs und Überraschungen. Wir lieben nur die gesichtslosen Schatten, die sanften Schatten des Zufalls.« – »Aber«, sagt der Betreffende, »haben Sie niemals daran gedacht zu heiraten?« Heute nacht sind alle Schatten da, gestützt auf das Gesims der Finsternis. Das Phantom der Revolutionen begibt sich langsam in den fernen Westen.
Du, meine Tochter, zu dieser Stunde? Mutter, mit diesem Mann ist das Glück unmöglich. Du Verrückte, willst du wohl zu unserem lieben Sullivan zurückkehren, sonst wirst du nach deinem Tode lebendig verbrannt. Die Spanier fackeln nicht lange: in die unverständlichen Schreie der Matrosen mischen sich die Rufe des bewaffneten Volkes. Die Regimenter stürzen auf die Häuser, die Fenster speien Pech, und zwischen dem Himmel und uns fallen Faustschläge. Concepcion sucht das Abenteuer. Sehen Sie sie? Ein schwarzer Mann nimmt sie in die Arme. Drei, vier Stockwerke. Man begegnet Gewehren und Spießen. Das Universum kracht auf einem Bett. Pompons der Vorhänge, melancholische Pompons. Das Blut fließt in der aufständischen Stadt. Der Mann richtet jetzt seinen Blick

auf ein Sternenviereck, und die weißen Strümpfe der Braut gehen bis zu den Schenkeln hinauf. Die Schatten tanzen im Wind.

Es wird keinen Krieg geben, haben die Finanziers beschlossen, wir spielen noch Hausse. Beide Kontinente sind ganz brav. Sie machen heia-heia in unseren Händen. Monate folgen auf Monate wie herunterfallende Haarnadeln. In der Stadt Kairo betritt Boris ein Tanzcafé. Er knüpft mit einer Spanierin ein Gespräch an. Concepcion ist dorthin geraten, ohne zu wissen, wie und warum. Sie tut alles, was man will. Blonder Mann, du gefällst mir, du siehst Sullivan ähnlich. Er hat dieselben Leidenschaften wie dieser. Sie befriedigt sie, ohne ein Wort zu sagen, sie singt besser als das Grammophon den letzten Schlager der Saison. Blonder Mann, blonder Mann, erzähl mir von den Schatten. »Sie sind sanft, sie gehen mit gedämpften Schritten durch unser Leben, und wenn wir sie geliebt haben, lassen sie uns nicht mehr los. Ihre Gesichter erlöschen unter den Küssen. Wir Körper, die wir an die Mauern der Sackgassen gekreuzigt sind, wir Körper, die wir auf den Ufern der Kanäle kauern, was wissen wir vom Glück. Ich liebe diese zauberhafte Schicksalhaftigkeit: nichts kann mich mehr fesseln. Ich habe etwas zuviel getrunken, nicht wahr?« Er verließ sie wankend, und die Gläser fielen vom Tisch. Der Tänzer des Etablissements war gerade eingetreten.

Die Französin
(1923)

für Max Morise

Ich erhalte einen Brief von Madame de Staël;
sie findet meine Briefe traurig und fragt mich,
was mir zu meinem Glück fehlt.
BENJAMIN CONSTANT

Einen Teppich für die köstliche Sohle unserer Füße.
GERMAIN NOUVEAU

In den Geschäften zieht alles das Auge an, alles reizt einen. Ich habe mir die Herrenbekleidung angeschaut.

Stell' Dir vor, jemand ist mir nachgegangen!

Selbst die kältesten Worte bringen mich, wenn sie mir von Liebe sprechen, zum Brennen. Auch die Körper. Ist das Untreue? Doch eine Hand, ein Blick oder irgendein so simpler, gängiger Satz wie: »Sie leben nur für einander«, und ich kann mich nicht mehr beherrschen. Nur Du, mein Freund, hast mir beigebracht, Lippen einen solchen Geschmack abzugewinnen. Wenn ich einen jungen, tiefroten Mund anstarre, fange ich an zu zittern, und wenn ich ihn erst berühre . . . aber wirst Du je verstehen, welche Liebe solchen Verwirrungen zugrundeliegt?
Heute nacht hab' ich von Dir geträumt.

Ich habe keine Zeit, Dir zu schreiben. Du darfst Dich nicht beklagen.

Du sagst es mir ja immer wieder: gewiß ist es ein großes Unglück, wenn man von Geburt an so zärtlich ist. Schau, ich leide mehr als irgendeine andere an den Qualen der Trennung. Wenn eine außergewöhnliche Sommerhitze zwei Liebende bedrängt, schafft sie ein Band zwischen ihnen. Ich habe es mir heute den ganzen Nachmittag bequem gemacht, und ich konnte mich nicht damit abfinden, daß ich allein in der Wohnung war. Soll ich es Dir gestehen? Ich spürte überall die Gegenwart eines Unbekannten. Du siehst, ich bin offen.

Die Kinder. Du weißt ja, was ich immer sage. Mein kleiner Neffe Pierre soll mir – mit seinen elf Jahren! – ähnlich sehen.

Was für eine Hitze! Wieder ein Tag im bloßen Hemd. Mathilde leistete mir Gesellschaft. Sie sah sich Dein Foto an. Sie rühmte Deinen Hals, Deine Schultern. Was für eine Hitze!
Ehrlich gesagt, Zärtlichkeiten von Frauen mag ich nicht besonders.

In der Nacht überkam mich eine so heftige Vorstellung, daß ich Hals über Kopf aus dem Bett sprang. Es ist einfach unglaublich, was für einen bitteren, düsteren Geschmack doch das Fenstergitter für den Mund hat, der da hineinbeißt. Von diesen einsamen Augenblicken des Wachseins zwischen zwei Schlafphasen bleibt eine geheimnisvolle, unerklärliche Erinnerung zurück; am Morgen weiß man nicht so recht, ob man geträumt hat, ob man ein paar echte Wollüste einfach vergessen hat.

Der Klempner ist gekommen, um den Ausguß in der Küche zu reparieren.

Lieber Freund, wer macht Dich denn eifersüchtig? Im Grunde sehe ich in jedem Mann doch nur Dein Bild. Was für eine Ähnlichkeit stellt allein schon die Männlichkeit dar! Aber ja, ich sehne mich auch nach ganz vulgären Eigenschaften. Gestern stellte ich mir vor, Du hättest einen Schnurrbart, und ich musterte daraufhin Arbeiter auf der Straße. Oh, ich schwöre Dir, Du solltest Dich ein bißchen anstrengen, um zu verstehen.
Wenn ich Kinder sehe, bringe ich es einfach nicht fertig, sie nicht anzufassen. So geht's mir auch bei Tieren, bei manchen Katzen, großen Hunden, aber davon bleibt mir immer ein gewisser Nachgeschmack, gleichsam ein nachträglicher Ekel, das Bedürfnis, mir die Hände zu waschen.

Mathilde schwört, man könne Liebe mit Kräutertee heilen. Aber wieso denn! Mein Liebling, Du solltest sehen, was ich für Strümpfe trage! Ich verbringe ganze Tage damit, sie zu betrachten. Ich kann meine Beine nicht entblößen, ohne an die Deinen zu denken.
Sei vor allem nicht unvorsichtig: wenn Du Dich mit Huren einläßt, könntest Du krank werden.

Was erzählst Du da, daß Du auf Dich eifersüchtig bist? Das ist doch Unsinn!

Du verstehst, was ich davon halte. Für mich ist das Herz nicht wichtiger als alles übrige. So, wie ich Dich kenne, tätest Du besser daran, geradewegs das Vergnügen zu suchen. Ach, ich habe ein solches Bedürfnis nach Geschichten. Wenn ich Dir anvertraute, was mir manchmal vor den Spiegeln so durch den Kopf geht.

Ich habe einen großen Spaziergang gemacht. Trotzdem will ich's mit diesen Tees versuchen. Du brauchst aber keine Angst zu haben, daß ich Dich deswegen weniger liebe. Nur wegen meines kleinen Neffen lasse ich mich darauf ein.

Der Klempner ist gekommen, um den Ausguß in der Küche zu reparieren. Es ist merkwürdig.

Seit einiger Zeit bin ich so ruhig, daß ich mich über meine Ruhe geradezu wundere. Man möchte meinen, es sei Abend. Mathilde versteht wirklich gar nichts. Der Abbé D. hat mir geraten, eine dänische Dogge zu kaufen. Eine Sicherheit in meinem Haus.

Warum kränkt es mich eigentlich so sehr, wenn meine Umgebung mich besonders hätscheln will? Eine Frau braucht nur leicht meinen Arm zu streifen, und schon glaube ich an irgendeine Beleidigung. Neulich haben unsere Gäste wegen des Gewitters nachts hier geschlafen. Vielleicht war es das Gewitter.

Ich verstehe nicht so recht, was du über Mathilde sagst. Ich habe das doch überall erlebt.

Ich hatte einen merkwürdigen Traum. Einen sehr, sehr merkwürdigen.

Wo ich Dir doch immer wieder sage, daß das keine Konsequenzen hat. Als ob ich, die ich freilich . . .

Mein lieber Freund,
was für ein Phantast Du bist, und wie ich Dich ausschimpfen müßte, wenn ich nicht wüßte, welches Gift die Trennung zusammenbraut, und wenn ich nicht letztlich von so viel Einbildungskraft geschmeichelt wäre. Du hast unrecht, was die Küsse betrifft: sie sind nicht genauso, wie Du sie beschreibst. Ich habe, mein Kind, diese triumphierende Bewegung nicht vergessen, die für mich die ganze Erinnerung an Deinen Körper ausmacht. Ich finde mich heute sehr schön, während ich so die Räume durchschreite. Ich bringe etwas Ordnung in die Nippsachen. Ich flaniere herum. Ich lasse mir nichts anmerken. Man wollte mir Blumen schenken, aber ich habe sie zurückgewiesen. Wir haben Gäste zum Mittagessen.

Packt Dich das oft?

Mein Schatz, zum hundertsten Male, folge doch dieser natürlichen Neigung, deretwegen ich Dich ja gerade liebe. Du machst mir diese Selbstlosigkeit zum Vorwurf, Du wirfst mir meine Offenheit vor. Und alles erscheint Dir schuldhaft. Du wirst gestatten, daß ich in Deinem letzten Brief den Abschnitt von »zweifellos . . .« bis »Warum nicht?« nicht tragisch nehme.

Wiederum eine ganz unbanale Nacht.

Ich weiß nicht, wie ich Dir schreiben soll, Du Teufelskerl.

Wie ich doch auf Kleider versessen bin! Auf das und auf Dich. Ich habe mehrere Stunden bei der Schneiderin verbracht. Sie lachte wie eine Verrückte.

Jetzt reicht's.

Was hatten wir heute doch für ein phantastisches Wetter!

Sag deutlich, was Du meinst. Es kostet doch nichts, das Pünktchen auf das i zu setzen. Versäume auch nicht, mir Deine Träume zu erzählen. Warum sprichst Du von Enttäuschung? Es paßt mir nicht, raten zu müssen. Ich jedenfalls habe von Liebe geträumt, verstehst Du? Von Liebe.

Man hat mir ein Buch geliehen.

Kokett, was heißt denn das eigentlich, kokett? Weil ich Dir alles sage? Zunächst einmal sage ich Dir gar nicht alles.

Du warst auf mir wie ein wildes Tier, und als es zu Ende ging, o Gott, da fing das Ganze schon wieder von vorne an. Zwanzigmal hätte ich die Augen geöffnet, wenn ich nicht diese Einsamkeit in mir gefühlt hätte.

Ich möchte wissen, woran ich mich halten kann.

Wie Du mir fehlst: ich wage niemanden zu bitten, mir den Kopf zu kraulen.

Ich bestehe nicht unbedingt darauf, daß Du nur mit vulgären Frauen verkehrst. Ich fülle meine Zurückgezogenheit damit aus, mein Freund, mir Dich mit verschiedenen Geliebten vorzustellen, die eine da, die Du so pöbelhaft findest, und die andere, die ich Dir schenke, ohne sie zu

kennen, eine große, etwas hochnäsige Brünette, die Du erst noch finden mußt. Natürlich will ich nicht, daß sie mir in allem überlegen ist, das nicht. Aber dieses Geschenk ist nicht zu verachten. Wenn ich alleine bin, unterhalte ich mich damit, euch zu vereinigen, ich vergesse dabei nicht, daß ich Dich liebe, ich lasse mich sogar etwas eifersüchtig machen. Ich stelle mir Deinen Körper vor, Deine Bewegungen, ihre Verweigerungen, dann ... ah, ich bin verrückt. Sie führt sich merkwürdig bei all dem auf. Mein Liebster, in der Phantasie räche ich mich an der Komplizin Deiner zahlreichen Treulosigkeiten. Ich bitte Dich, tu es um meinetwillen.
Du siehst, wie ich Dich an meinen geheimsten Gedanken teilnehmen lasse.

Sprich mir von Veränderung. Es gibt Vergnügen, die mir, glaube ich, entgehen. Ich spreche nicht von der Veränderung, die auf die Dauer, mit den Jahren, eintritt, sondern an ein und demselben Tag zum Beispiel. Irgend so etwas wie Wetterumschlag. Gerade der Himmel bleibt keine zwei Stunden hintereinander derselbe. Nach einem erbarmungslosen Blau ziehen schnell große, niedrige Wolken vorbei: die reinsten Schiffe. Oder eine gleichmäßige, bleierne, drückende Färbung. Alle Augenblicke steh' ich auf, laufe hin und her, ganz unruhig. Ich gehe durch dieses große traurige Haus und schüttele die Kissen auf. Ich öffne die Fenster. Ah, wie ist die Luft gut!
Wenn ein Lüftchen weht ...

Abendeinladung bei den F. Ich trug mein rotes Kleid und den großen Anhänger meiner Mutter. In der Nachbarschaft von Federn gefallen mir meine Arme besonders.

Fast eine Stunde blieb ich auf dem steinernen Balkon, weißt Du, mit einem Herrn, der kein einziges Wort sprach, kein einziges.
Ah, doch, eines. Als ich den Vorhang hochhob, um wieder in den Salon einzutreten, sagte er zu mir: »Sie verlieren einen Strumpf, Madame.«

Ich muß schon sagen, Du kennst mich nicht. Du bemühst Dich auch nicht, mich kennenzulernen. Daß Du meine Absichten mißverstehst, das mag ja noch gehen, meine Handlungen, das ist schon schlimmer. Aber meinen Charakter! Was soll ich von diesem irritierenden Respekt, den Du mir entgegenbringst, eigentlich halten? Du behauptest, es sei Angst, mich zu verletzen, zu weit zu gehen, in die falsche Richtung zu gehen. Ah, wir wären ja sauber dran, wenn alle Männer so dächten wie Du.
Man gewinnt immer dabei, wenn man meine schwachen Seiten kennenlernt.

Ich habe dieses Buch zu Ende gelesen. Ich glaube nicht, daß ich eine Frau wie Micheline bin. Als ich mich heute morgen kämmte – ich muß Dir gestehen, Ich hatte einen unruhigen Schlaf –, da waren meine Haare vielleicht verheddert! Als ich zerrte, um den Kamm herauszubekommen, tat ich mir weh, aber wie! Ich sah mich im Spiegel, die Haare horizontal bis ans Ende der Arme gezogen, die Augen, als ob sie dem Kamm gefolgt wären, und mein Morgenmantel rutschte herab. In diesem Augenblick geht die Tür auf. Mein Herz zuckt zusammen. Aber es war nur der Wind. Wieder einmal ein Gewitter, ich hatte es vergessen.

Ich bin auf der Straße einem Mann nachgegangen. Einem Burschen von dreißig, zweiunddreißig Jahren. Ich fragte mich, welches Vergnügen Ihr Männer an so was habt. Oh, nur von ganz fern, diesmal wenigstens. Ziemlich schön von hinten: eine Art ruhige Beweglichkeit. Es ist seltsam, wie das die Aufmerksamkeit anzieht. Ich war mit meinem ganzen Körper davon ergriffen. Wenn man seinen eigenen Schritt nach dem des andern ausrichtet, scheint man in ihm drin zu stecken. Er war das völlige Gegenteil von Dir, dieser Passant, der ganz und gar nichts ahnte.
Ich werde das wieder machen. Ich blieb davon wie in einem Traum befangen.

In diesem Traum warst Du es, und dann warst Du es wieder nicht. Ich empfand keine Gewissensbisse, sondern eher eine Art Erleichterung, als ob ein Kummer verflogen wäre. Während dieser ganzen Zeit konnte ich nicht umhin, auf der Bodenleiste des Zimmers ineinander verschlungene Initialen zu bemerken, die sich unendlich wiederholten: und ich wußte sehr wohl, daß es sich dabei um den Namen dieses recht schönen Mannes handelte, dem ich neulich abends bei den F. begegnet war und der spitze Zähne hatte. Ich hatte auch sehr lebhaft das Gefühl, daß er sich zur selben Stunde irgendwo entkleidete, seine Socken auszog und seine nackten Füße nacheinander in seine sanften Hände nahm. Der andere Mann, der, der mich in den Armen hielt, gestand mir, er sei Briefträger. Lache nicht.

Ich glaube ganz und gar nicht, daß ich eine Frau wie Micheline bin.

Nein, Du verstehst nicht, was ich meine, überhaupt nicht.

Wie verhältst *Du* Dich eigentlich zu den Frauen, daß Du mir solche Vorwürfe machst? Die Vorstellung, die ich von der Liebe haben möchte, ist ganz unkompliziert. Aber überall ist nur Lüge, Heuchelei. Wie kann man dem, was man an Positivem über sie sagt, beipflichten, wenn dieser Blitz nur in *ihrem* Auge aufleuchtet und jedes *ihrer* Worte in den Schatten stellt? Etwas Merkwürdiges, das Verlangen.

Ich hatte nicht gerade einen *Bestimmten* im Kopf. Vielmehr zwei oder drei.

Möchtest Du denn, daß ich meine Aufrichtigkeit bedaure?

Der September ist wieder schön geworden. Eine glühende Sonne, aber niemand flieht vor ihr. Gegen vier, fünf Uhr wird es plötzlich kühl. Dann empfinde ich meine Einsamkeit. Ich mache mich auf den Weg. Ich ziehe durch meine Wüste. Ah, ich zittere vor den Metzgereien, den Flüssen.
Wie alles nackt ist. Von der Seite beobachte ich die Pferde.

Ich hatte es mir fest vorgenommen: ich bin einem kleinen Telegrammboten nachgegangen. Ein bizarres Vergnügen, diese unmittelbare Nähe, wenn jeden Augenblick das Schweigen zu zerbrechen droht. Was das doch für eine sonderbare Erziehung bei Euch Männern enthüllt, diese Selbstverständlichkeit, mit der Ihr eine Unbekannte anspricht. Die Welt hat uns so gemacht und beschränkt, daß wir dies meist erst im Alter lernen, dann aber ganz bewußt.

Ich legte meine Hand auf seine Schulter. Er zitterte etwas. Er erzählte mir von seiner Mutter. Er war im Stimmbruch. Ich hätte ihn fast in eine Konditorei mitgenommen. Aber rechtzeitig überlegte ich es mir anders: wir setzten uns auf die Terrasse eines Cafés. Er schaute mir mit so hellen Augen in meine so dunklen Augen. Ich verstand, daß er über meine Jugend staunte, dieser Junge. Er schien sich verstohlen für meine Beine zu interessieren, ich glaube, er hätte gern meine Brüste berührt.
Es drängt mich einfach, Liebster, Dir meine verrücktesten Einfälle zu erzählen. Aber was ist daran eigentlich verrückt? Mein Freund, was mußt Du doch einst für ein zauberhaftes Tier gewesen sein. Heute abend lebe ich in der Erinnerung an Deinen Atem, in meinem Ohr summt ein bestimmter Ton Deiner Stimme; ich bin dermaßen von Deiner Liebe besessen, daß ich mir im Spiegel plötzlich Dir ähnlich vorkomme.

Schwachkopf!
Wie sehr muß ich doch an Dir hängen.
Aber niemals werde ich Dir – oder sonst jemandem – verzeihen, daß Dich die Aufrichtigkeit der Liebe so leicht ins Flegelhafte abgleiten läßt.

Ich verabscheue das Vulgäre.

Wirst Du endlich verstehen wollen, daß Du allein mir diesen Sinn für die Dinge der Liebe beigebracht hast; und ich möchte Dich fast fragen, warum ich Dich liebe. Es steht jedenfalls fest, daß ich zwischen zwei Küssen ganz desorientiert bin. Ich versuche, die Pausen dieser unvergleichlichen Musik auszufüllen. So haben früher in unse-

ren Nächten Deine Einfälle unsere Schwächen vertuscht. Meine Seele hat sich schließlich an diese leichte Gymnastik der Körper gewöhnt, und in den Leerstellen des Lebens ähnelt sie einem Käuzchen am hellichten Tage. Sie kann nicht mehr die Leidenschaft und die Ruhe des Schlafes noch weniger die Ruhe und den Wachzustand miteinander in Einklang bringen.
Diese ganze Woche hindurch verfolgen mich Hände.

Welch seltsames Schweigen.

Gestern, mein Freund, als die Wolle der Teppiche allmählich den Glanz Deiner Spuren verloren hatte, fühlte ich mich ganz ausgeleert, ganz kraftlos. Ich habe mich immer noch nicht von dieser unerwarteten Rückkehr erholt. Irgendwie fehlten mir die Mittel für eine Rekonvaleszenz.

Lieber törichter Körper.

Eine ganze Welt setzt sich zusammen. Zum Beispiel: Deine Anwesenheit gibt meinem Mann eine gewisse Realität. Langsam wird mir wieder bewußt, was uns voneinander trennt. Jede Verzögerung hat ihren Wert, jedes Hindernis. Zwischen dem 19. und 23. werde ich einen Abend frei sein.

Was für ein Vergnügen würde es mir machen, wenn ich Dich einen ganzen Tag lang sehen könnte.
Ich weiß jetzt genau, was ich an Dir liebe: Deinen Körper. Ich erkenne in ihm Züge meiner eigenen schweifenden Träumerei wieder. Dein Körper, ein weites Land für meine Stimmung. Ich trage dieses intime Bild von Dir mit mir herum, und manchmal schließe ich die Augen.

Ja, Du wirst mich bei diesen uninteressanten Leuten treffen.

Mein Freund, ich muß Dir etwas Dringendes und Ernstes sagen. Ich muß Dich morgen oder Dienstag für einen Augenblick allein sprechen.
(Natürlich bleibt's nach wie vor beim Mittagessen.)

Verzeihung.

Stell' Dir mal vor, was für einen schönen Vormittag ich Dir verschafft habe. Glaub' mir bitte, daß ich Dich immer wieder um diese wilde Ungeduld beneide, wie Du ohne Grund plötzlich aufstehst und Deine Stirn gegen die Fensterstores drückst. Einige Stunden lang nagst Du dann an Deiner Liebe herum, das hat auch seinen Reiz.
Aber als ich später aufrecht auf meinem Stuhl saß und mir das Geschwätz einer Alten und eines Nichtstuers anhören mußte, half mir hinter meinem Lächeln nichts anderes, als in den Spiegelungen der Fensterscheiben die vage Erinnerung an einige Vergnügen zu suchen.

An manchen Tagen weiß ich nicht mehr, was ich liebe. Gestern war es ein bißchen so. Zu allem Überfluß kam noch hinzu, daß Du banale Streitigkeiten nicht vergessen konntest. Du hieltest lange Reden über Recht, Unrecht und Rücksichten.
Bei mir genügt schon fast ein Nichts, und ich gerate aus der Fassung. Es gibt für mich keine Idee, die einen Moment der Unaufmerksamkeit gutmachen könnte. Eines schönen Tages kann ich aus Trägheit verschwinden. Gott sei Dank sind wir keine Familie, haben wir kein Heim

gegründet, handelt es sich bei uns nicht um Liebe im *eigentlichen Sinne*.
Ich schaute Dich an. Du rolltest Deine Schultern von einer Wand zur andern wie ein abergläubischer Matrose. Aufs Herumstreiten hatte ich keine Lust.

Ich habe eine irre Strecke zurückgelegt, um irgendwo auf der Straße außergewöhnliche Augen wiederzufinden, die ich nicht beschreiben könnte. Diese Augen hatten mich plötzlich in einer Menge getroffen. Ich erinnere mich nicht an den Menschen, dem sie gehörten. Ich suchte sie gierig entlang diesem trägen Strom von Männern und Frauen, dann in seinen Nebenflüssen, in seinen Sammelbecken, wo eine Begegnung ganz unwahrscheinlich war, und plötzlich sah ich mich auf einem großen traurigen, windigen Platz, wo ein paar Schatten im Licht ganz einfacher Begierden herumstreiften.

Laß doch diese falsche Eifersucht, diesen Ehrenstandpunkt. Schließlich bin ich eine Frau, und was bindet Dich an mich? Wirst Du nie aufhören, mir meine Offenheit vorzuwerfen? Ich kann mich wirklich nicht zwischen Liebe und Kälte teilen. Das geht einfach nicht. Was willst Du, lieben ist doch keine Frage der Person. Es ist ja schon eine absurde Anomalie, daß ich Dir gewisse Privilegien reserviere.

Wie üblich.
Immer wenn ich mit Dir zusammen bin, muß ich mir eingestehen, welch unendliches physisches Gefallen ich an Dir finde. Wie sehr gebe ich doch dieser unbestreitbaren Neigung, dieser dumpfen Hingerissenheit nach, wie sehr

überlasse ich mich ihr. In *diesem* Zustand besitze ich den Schlüssel zu einer großen Anzahl besonderer Emotionen. In diesem Gefühl der Entschlossenheit, in dieser vorübergehenden Klarheit könntest Du die wirkliche Treue entdecken, mein Freund, wärst Du nicht dieser aufgebrachte Liebhaber, maßlos, aber dennoch charmant.

Sagen wir Donnerstag?

Du hast Dich also aufs Schmeicheln verlegt? Wir werden uns ein paar Tage lang nicht sehen können.

Diese ganze Zeit, wie habe ich sie eigentlich verbracht, diese ganze Zeit? Ich fragte mich wirklich, wieso ich diesen Geschmack an Dir finde, den ich nicht leugnen kann! Die schlechte Stimmung, die Du mir hundertmal bei solchen Gelegenheiten gezeigt hast, ist nicht dazu angetan, mich zu Geständnissen zu verleiten, die Tieferes über das Wesen unserer Beziehungen aussagen. Aber trotzdem, ich werde noch einmal diese Zurückhaltung aufgeben, die mir zuwider ist und der ich nichts verdanken will, was Dich betrifft.
Die äußerste Gleichgültigkeit, die ich mühelos einem Ehemann entgegenbringen kann, der seine Vorrechte doch keineswegs verschmäht, steht durchaus im Gegensatz zu der Vorstellung, die ich eigentlich in meinem Innersten von mir habe. Was uns verbindet, erklärt nichts; denn ich will mir auf die Dauer nicht verheimlichen, wie wenig ich mich Deiner Umarmungen erinnere bei gewissen brutalen Regungen, die sich in meinem Herzen an den verschiedensten und ungeeignetsten Orten zu den unmöglichsten Zeiten melden. Die Tugend verlangt, daß

man sich immer, wenn man nicht so recht weiß, was ihr Wesen ausmacht, um Aufklärung bemüht. In unserem letzten Gespräch hatte ich so lebhaft meine Abhängigkeit gespürt, daß ich es mir nunmehr schulde, ihre Grenzen anzuerkennen. Das ist geschehen.

Ich hielt meinen Brief nicht für zweideutig. Auf das rein Faktische eines solchen Erlebnisses kommt es nur wenig an, und ich kann mir nicht vorstellen, daß zwei Erlebnisse dieser Art möglich sind. Nach dem Ton Deiner Antwort zu schließen, scheinst Du sehr wohl verstanden zu haben, was Du angeblich nicht verstehst. Nach dem Ton Deiner Antwort zu schließen, scheint es aber vor allem, daß ich nur allzu recht hatte, wenn ich mich scheute, mit Dir über die natürlichsten Dinge zu sprechen. Und Deine Antwort verlockt mich nicht zu jenen umfangreicheren Geständnissen, die sie zu fordern scheint.

Meinetwegen. Ich ziehe diese vagen Beunruhigungen, die Du nicht beherrschen kannst und mit denen Du mir letzten Endes auf die Nerven fällst, die Vorwürfe, die Bitterkeit, ja sogar das Unverständnis vor, das mein Bekenntnis bei Dir hervorrufen wird. Dieses wird sich an das Wichtigste halten und sich bemühen, Dir Auskunft über mich zu geben, es aber nicht darauf anlegen, Deinem Wahn konkrete Elemente zu liefern.
Eine menschliche Gestalt, an die man seine Sinne noch nicht gewöhnt hat, erscheint einem immer irgendwie nackt, unharmonisch. Im ersten Augenblick entgeht einem der geheimnisvolle Zusammenhang, der all diese Züge verbindet. Die Aufmerksamkeit richtet sich auf eine linkische Bewegung des Oberkörpers, die Schwerfällig-

keit einer Geste und baut um diese Schwäche herum einen Eindruck auf, der zunächst irreführt und ablenkt. Von der Tür des schäbigen Zimmers aus sah ich zu, wie sich der Mann dem Bett näherte. Während ich – wie zur Probe – das Spiel seines Körpers unter seinen Kleidern, die stummen Zuckungen dieses Nackens, die kleinen Verschiebungen des Ohrs betrachtete, machte ich mich auf den Ausbruch einer von mir erwarteten Vulgarität gefaßt. Mit einer gewissen Furcht stellte ich mir mühelos vor, wie dieses Gesicht, das mir noch verborgen war, einen ganz einheitlichen Ausdruck annehmen würde, der jener Liebe entsprach, die man an einem solchen Ort vollzieht, an den wir, ohne uns etwas vorzumachen, gekommen waren, und der mich mit seinem kleinen Teppich, dem kargen Mobiliar und der nur auf das Allernotwendigste beschränkten Ausstattung an die Bemerkung erinnerte, die mir einmal jemand – warst Du es? – über das gefällige Lächeln gewisser Portiersfrauen gemacht hat. In diesem Augenblick legte sich die Hand des Mannes auf das Bettuch.

Er selbst wandte mir nur den Kopf zu, ohne Schroffheit, und ich sah, wie seine Haut dunkel war von dem, was in ihm vorging. Seine Augen senkten sich, seine halb geöffneten Lippen wurden von kleinen Muskeln bewegt, deren ungewohntes Zucken unter der Haut ich plötzlich bemerkte. Sein Gesicht leuchtete immer wieder auf und erlosch wie eine Sonne, an der Wolken vorbeijagen. Er beugte leicht ein Knie und wandte sich wieder ab. Seine Hand löste sich vom Bettuch, ohne sich weit von der tiefen, blauen Mulde zu entfernen, die sie hinterließ. Leise schloß ich die Tür. Eine kleine Wellenlinie entstand in der Tiefe des graugrün melierten Anzugs. Erst da begriff ich, daß er zu jenen Männern gehörte, für die sich – anders als es die Legende will – die Liebe niemals ohne Ernst vollzieht, und ich erkannte an mir selber, daß ich es nicht mehr nur mit einer Schaufensterpuppe zu tun hatte. Ich wartete darauf, daß dieser wirkliche Mensch zu sprechen anfing. Das ergab ein ganz hübsches Schweigen.

Ich hatte nicht gedacht, daß man es mir überlassen würde, dieses unüberwindliche Hindernis der Distanzen zu überschreiten, die wirre Bedeutung winzigster Nebensächlichkeiten aufzuheben. Wenn sich der Partner, den ich mir gewählt hatte, auf diese spärliche Mimik beschränkte, dann offensichtlich nicht aus Unerfahrenheit. Man konnte auf seinem Gesicht das ganze Übermaß seiner Aufwallung ablesen. Aber er spielte mit dieser Zurückhaltung, die angeblich oft den Zauber der Frauen ausmacht und die – wie ich sah – auch der Liebe der Männer eine so starke Verführungskraft verleihen kann, daß ich mich wundere, wieso ich nicht in einen Schrei ausbrach. Ich stand noch an der Tür, da fiel mein Mantel zu Boden, mein Mieder öffnete sich, und meine Finger lösten so hastig die Frisur auf, daß sie sich blutig stachen. Ich hörte den Atem des Mannes. Da machte er eine plötzliche Bewegung, und ein Stuhl fiel um. Als er mich anschaute und sah, wie ich schon meine Haltung zu verlieren begann, verstand ich, daß sich sein Verlangen aufs äußerste steigerte, und meine Hände suchten nach seinem Körper. Was seid Ihr doch bizarr gekleidet, Ihr Männer!

Tatsache ist, daß ich es leidenschaftlich liebe, den Körper eines Mannes oder einer Frau zu berühren, den ein Traum von der Liebe bereits in Bann hält. In all seinen Teilen drängt das Fleisch zur Handfläche hin. Ich konnte meine Verwirrung an dem Redebedürfnis ermessen, über das Du

Dich immer lustig machst, und als meine Finger sich in der Krawatte, in den Falten des Anzugs verfingen, da sagten meine Zähne: »Nackt, nackt, nackt«, und es blies frisch hinter meinen Zähnen. Das Entkleiden dauerte ziemlich lange, ungeschickt gingen meine zitternden Hände immer wieder von Brutalität zu Zärtlichkeit und von Zärtlichkeit zu Brutalität über. In ihrer Verwirrung wußten sie nicht mehr, ob sie streichelten oder ... aber das ist eine andere Sache. *Er* verriet gerade durch seine Unbeweglichkeit seine Ungeduld. Unsere Hast war verbunden mit der Furcht, unser Verlangen könnte zu lebhaft werden, und es könnte in unserem Drang, es zu befriedigen, irgendein Mißgeschick unsere Wollust stören. Dieses Gefühl hemmte uns etwas.

Keine Frau auf der Welt versteht besser als ich, mein Freund, das Gefallen, das Ihr Männer an Unterwäsche habt. Etwas Seltsames, diese Unterhosen. Sie sind die Uniform einer ganzen weiblichen Mythologie. Nun, ich kann es einfach nicht fassen, aber in diesem Köstüm wird die Verschiedenheit der Männer deutlicher als in jedem anderen. Da kann man die Leute wirklich unterscheiden, und Du sagst Dir, ich habe mich nicht getäuscht. Ich hatte mich auch nicht getäuscht.

Es ist jedesmal die gleiche Leier; es kommt ein Augenblick, in dem ich mir auf Grund einer gewissen, in die Kindheit zurückgehenden Neugierde, auf Grund des Geschmacks an gewissen Bildern und an den Gewohnheiten in Music-Halls, vornehme, mein Hemd anzubehalten und vor allem meinen Freund daran zu hindern, das seine auszuziehen. Du weißt, wie das dann weitergeht. So kam es denn auch. Als wir uns schließlich näherten und ich mit dem Bein seinen Sockenhalter erriet, als seine vom Rasieren noch rauhe Wange sich langsam zum Rand meiner Lippen vorschob, umschlang mich mein neuer Liebhaber, und ich fühlte, wie mein Hemd zerknüllt wurde, meine Hände strichen an seinen Hüften, die mich preßten, hinab, der Stoff wurde unter unseren Nägeln zerknittert: da fühlte ich den Übergang von der Wäsche zum Fleisch. Unsere Hemden bildeten kleine unnütze Knäuel zwischen uns. Als unsere Lippen sich berührten, wünschten wir, mit dieser Maskerade Schluß zu machen, und er begann sein Hemd über den Kopf zu ziehen. Während nun der weiße Stoff diesen noch kaum vertrauten Kopf in eine Kapuze hüllte, schien mir dieser ganze Körper meiner eigenen Vorstellung ausgeliefert zu sein, es war nicht der Körper von Statuen – dieser häßlichen und impotenten Lüge aus Stein –, es war der Körper des Mannes mit seinen farblichen Unregelmäßigkeiten und den lebendigen Spuren von seiner Kleidung, es war die Haut mit ihren Unebenheiten, ihrer langen Geschichte und dem Abenteuer der kleinen Narben, es war der Taumel des Atmens, der Körper in seiner ganzen Aufrichtigkeit. Der Anblick seiner Schultern ließ mich plötzlich auf das Bett sinken: jetzt erst nahm ich das Gesicht wahr, das mich beherrschte.

Im Schimmer der Liebe und in einem so nahen Abstand, daß man nicht mehr deutlich sehen kann, verursacht das Verschwommene der Gesichtszüge dieses gewisse Unwohlgefühl, das einen nachts beim katastrophalen Anblick der Straßen im Scheinwerferlicht überkommt. Diese außerordentliche Bedeutung der ebenen Gesichtsflächen, des Blinzelns, der Runzeln. Eine ganze Landschaft enthüllt sich, eine Region, eine Natur. Es ist wie im Film. Der eisige Schimmer der Lippen bekommt durch diese Vergrößerung einen unwiderstehlichen Reiz. Ich ging ihnen entgegen. Mein Mund packte diese Erdbeere und fand sie hart; im übrigen schien mein Liebhaber wenig Wert auf dieses partielle Vergnügen zu legen, er gab mir unsanft und jäh einen Kuß zurück, den sein Ungestüm sofort unterbrach. Es wurde ihm plötzlich bewußt, was sein Ziel war und mit welchen Mitteln es sich erreichen ließ; meinen Mund nahm er nur, weil ihn ein heimlicher Instinkt zur List trieb, als ob er noch fürchtete, ich könnte mich wehren. Meine Hand kam ihm entgegen und belehrte ihn sogleich eines Besseren.

Einen kurzen Augenblick lang dachte ich an Dich. Wie Du Dich weniger egoistisch zeigst, wie Du bemüht bist, auf mich Rücksicht zu nehmen, wie Du auf das kleinste Ausweichen meinerseits achtest. Er aber schien sich, als er das genaue Ziel gefunden hatte, seiner Sache sicher und war nur von dem Wunsch besessen, seine menschliche Aufgabe zu erfüllen, wobei eine gewisse Verachtung für die Kreatur, mit der er umging, zu spüren war. Im Grunde mißfiel mir das nicht, trotz einigen Bedauerns, das mich dazu brachte, seine Brust zu berühren. Offenbar glaubte er, ich wollte ihn zurückweisen, denn er stellte mir daraufhin sofort eine plumpe Falle: seine Hände bemächtigen sich meiner Brüste, sein Nacken beugt sich, sein Kopf taucht in meinen Busen und bedeckt diese gefangenen Brüste abwechselnd mit gierigen Liebkosungen. Du kennst mich ja. Das dauerte nicht lange. Der Kopf ging wie durch einen elastischen Rücklauf in seine Ausgangsstellung zurück und streckte sich dann etwas nach hinten. Ich sah nun, wie sich auf diesem Gesicht jene Gefühle einander ablösten, die mit leichter Verzögerung auch in mir selber aufkamen.

In diesem Augenblick hatten sich seine Züge verhärtet, weil seine Seele auf einen ganz anderen Gegenstand gerichtet war. Sein von Natur aus fester Mund verlor seine Zeichnung, klaffte leicht über den zusammengepreßten Zähnen. Da war eine blutleere Zone um die Lippen, von der ich nicht hätte sagen können, ob es noch die Lippen waren oder bereits die Haut. Eine leichte Asymmetrie machte sich bemerkbar und zog das Kinn nach links. Unter den seitlichen Falten, die die Lippen beherrschen, und auch direkt unterhalb der Unterlippe sah man die kleinen Nebenmuskeln zittern, die sich vor den Blicken verbergen, solange die Gesichtsmechanik kalt vom Bewußtsein gelenkt wird. Sein Gesicht war ein großartiges Muskelmodell: manchmal enthüllte ein Zucken die streifenförmigen Muskeln der Wangen und brachte ein Raubtiergebiß in Bewegung. Dann entspannte sich alles, mit Ausnahme der bebenden Nasenflügel, die ein ganz natürliches starkes Atmen zum Zittern brachte. Die kaum gesenkten Augenlider verbargen nicht den starren Blick, der mehr ungleichmäßig als trübe war. Seine Augen hatten aufgehört, sich mit mir zu beschäftigen, sie wurden in der Tiefe der Augenhöhle von einer herrischen Vorstellung angezogen; sie sahen eine innere Realität erstehen; sogar ihre Materie schien verwandelt; sie hatte nicht mehr die Transparenz des Glases, und das Weiß hatte nicht den gewohnten Glanz der Spiegel. Das ähnelte, wie soll ich sagen, den Augen der Statuen, der Terrakotta, dem ungebrannten Ton, der Erde. Diese leblose und zugleich lebendige Materie zeigte noch (gleichmäßig, als ob die Pupille in der Hornhaut geschmolzen wäre) große blau-weißblaue Perlmuttreflexe. Taubenblaue Augen. Nackte Augen. Ich wünschte zu sehen, wie sie sich weiter auflösten, wie Perlen in Essig, ich wünschte zu sehen, wie sich diese Augen für immer verlören. Stirb, stirb, Blick, sagte ich mir. Und als die Züge nach und nach erloschen, als auch der Mund selbst die Erinnerung an seine eigene Farbe verlor, als sich alle vorübergehenden Falten, alle Runzeln glätteten, als sich die Nase und die Wangen, die Wangen und die Lider im Unförmigen vereinten, als der ganze Kopf zwischen meinen Händen, die ihn genommen hatten, unterging, als ich mit dem Fleisch der Finger seine kühlen Ohrläppchen schmelzen fühlte: da sagte ich mir, stirb, Gesicht, stirb.

Nun, selbst die Haare hatten nicht mehr diese Ordnung, die ihnen so selbstverständlich erscheint, man hätte schwören mögen, das sei Baumwolle. Man mußte sehen, wie neben ihnen die Haut blaß wurde, dann durch alle Farbnuancen hindurchging, die ein spärliches Licht ermöglicht; wie die Schatten der Blätter dem Vorbeigehenden die Finsternis zeigen, so wußten die Haarwurzeln vieles über die geheimen Bewegungen der Lust zu sagen. Eine Falte zeichnete sich auf der feuchtkalten Stirn ab. An den Schläfen brachten plötzliche Atemstöße, tief wie Sturmfluten, immer wieder scharlachrote Wogen an die Oberfläche, die sich in feinen Netzen verlieren sollten. An diesem köstlichen Strand schlief eine Schlange, die sich nur schlecht im Sand vergraben hatte. Sie schien im schimmernden Licht die aufgeblähten Ringe ihrer Drohung zu schütteln. Unter meiner Handfläche glitt die Haut über die Knochen, die sich glatt wie Achat anfühlten.

Die wachsende Erregung des Körpers teilte sich diesem verlassenen Gesicht fast gar nicht mit. Auslaufende Brandung. Hier ist das Liebesrennen am kürzesten. Ich weiß schon, Du wirst sagen, das sei Absicht. Doch liegt mir nichts ferner als der Gedanke, Dich die Geduld verlieren zu lassen. Aber da Du ja verstehen willst, so verstehe doch, es gibt nicht x-beliebig viele Mittel, es zu machen. Wenn ich Dich ärgern wollte, würde ich mich nicht darauf beschränken, Dir nur ein paar Einzelheiten zu berichten. Du würdest dann auch das Zimmer kennenlernen, die Möbel, den Wasserkrug und allen möglichen Kram. Du hättest mich auf dem Rand des Bettes mit den eingeschlagenen Tüchern gesehen, ein Bein ausgestreckt, das andere herunterhängend, während er vor mir stand.

Du siehst, wenn ich wollte . . .

Dieser Vergleich mit dem Film ist im Grunde sehr richtig, ich nehme ihn noch einmal auf. Du hast doch schon Vorführungen ohne Musik über Dich ergehen lassen. Diese Mechanik in der Stille, die Welt ist taubstumm geworden, es ist schrecklich, es ist seltsam, es ist beunruhigend. Genauso ist es in der Liebe. Nichts zu sagen, wird sehr schnell unerträglich, aber das geringste Wort erst! Dieses gedämpfte Gestikulieren, die Grimassen, das Universum scheint einen Krampf bekommen zu haben. Dann denkt sich jeder im Geist eine Musik aus: es käme einem dumm vor, Märchen zu erzählen. Ich meinerseits halte mich an das Atmen. Das Ineinander unserer Atemstöße ließ mir keine Ruhe, ich hörte, wie unsere Atemzüge sich gegenseitig ablösten, und die Schwankungen ihres Timbres verwirrten mich. Sie erzählten von den mannigfaltigen Variationen unseres Verlangens. Ich hielt mich an dieses Lied, das unsere Wollüste miteinander verband. Es wurde tief und regelmäßig. Dann atmete der Mann so langsam, daß ich dachte: er wird gleich sterben. Sein Gesicht verschloß sich ganz. Dann begann er plötzlich wieder zu atmen. Lachte der Mund? Es war ein Lachen ohne Lachen. Ein Lachen weder der Zähne noch der Lippen. Es war nur ein Lachen der Haut. Das Atmen ging entschieden schlecht. Ich begann, mich an den Wind schlafloser Nächte zu erinnern, wenn die Kaminplatte zittert. Schließlich breitete sich die Dunkelheit aus. Ich trat lebendig in diese Dunkelheit ein. Es geschah nicht ohne eine Mischung von Fieber und absurder Furcht. Es geschah mit dem zunehmenden Bewußtsein vom Herannahen der Lust. Hier nun begann der andere zu sprechen.

Das ereignete sich lange vor Sonnenaufgang in einem traurigen Haus nahe der Schlachthöfe. Die anderen Male kannst Du Dir schon vorstellen.

Mittwoch fünf Uhr.

Nun?

Ich will glauben, daß es Eifersucht ist. Ich werde Dir nichts mehr erzählen. Wieso siehst Du nicht, daß meine Liebe in dieser Prüfung neue Kraft geschöpft hat (welche Sprache zwingst Du mich zu sprechen)?

Du verreist? Ohne mich wiedergesehen zu haben.

Einverstanden. Bis morgen, Madeleine.

Das soll also Monate dauern, Jean. Der Winter dehnt sich vor mir aus, so weit das Auge reicht. Ich habe die Kalenderblätter hochgehoben bis zu dem Tag, an dem Du zurückkehren wirst. Was für ein Packen!

Oh, was für eine Müdigkeit nach Deiner Abreise! Ich räkelte mich in meinen Haaren, ich verdrehte meine Arme, ich berührte meinen Körper, meine Knöchel. Meine besiegten und stolzen Arme kehrten zu ihrer Einsamkeit zurück. Ich dachte nur an Deine zarte Barbarei, an Deine köstlichen Forderungen. Ich träumte von Dir, Jean, auf dem zerwühlten Bett.
Dann habe ich mir den Anfang der Szene wieder vor Augen geführt: diese vorgetäuschte Kälte, diese echten Tränen, Deine heisere Stimme, Deine Heftigkeit. Du zerquetschtest mir die Handgelenke. Du sagtest verrückte Dinge. Jean, Jean, schreibe mir, daß es nur ein Scherz war, daß Du niemals an so etwas gedacht hast. Ich bleibe allein in dieser Stadt zurück und gehe nicht einmal mehr aus. Ich drücke meine Stirn an die Fensterscheiben, meine Augen irren zwischen diesen Dächern unter dem weißen Himmel, ich lausche durch den Raum, ob ich Dich in der Ferne vielleicht lachen höre.

Antworte mir. Ich nehme ein Buch, dann leg' ich's wieder weg. Ich öffne und schließe den Klavierdeckel. Ich stehe unbeweglich im Zimmer herum. Irgend jemand kommt herein und fragt mich etwas, ich zucke zusammen. Aber das ist wie ein für immer unterbrochener Gedanke, ich werde seinen Faden nicht mehr wiederfinden. Was machst Du dort, auf der anderen Seite der Welt?

Acht Tage lang. Spiele nicht mit dem Schweigen.

Ich habe schreckliche Angst.

Ja, ich war etwas nervös, das gebe ich zu. All das hatte nichts Anomales. Aber ich erinnerte mich an Deine Augen, so wie sie bei unserem letzten Zusammensein waren.
Das vergeht.

René hat mir Ohrringe geschenkt, eine kleine Perle und eine große Perle: Du wirst ja sehen. Wie ärgerlich, daß wir miteinander verheiratet sind: er würde einen sehr guten Freund abgeben.
Doch ich denke fast nur an Dich.

Ich habe Deine Briefe wieder gelesen. Du bist eher ein Melancholiker.

Ich war im Kino. Es lief . . ., ich habe es bereits vergessen. Es ging jedenfalls um Liebe.

Ich habe nichts für Dich gefunden. Weder im Kaufhaus Louvre noch in den Galerien.[1]

René kann ganz schön naiv sein. Aber wie sollte es auch anders sein: er ist schließlich verheiratet.

Woher kommt diese Bitterkeit? Küsse.

Küsse.

Küsse.

Du schreibst mir keine langen Briefe.

1 Auf einer Postkarte mit dem Kaufhaus Trois-Quartiers.

Bei mir ist das etwas anderes. Und was würde ich nicht alles tun für ein Liebeswort?
Madame P. trug gestern ein außergewöhnliches Kleid.

Du würdest das ja nicht wollen: aber ich soll die Kleider dieser dummen Person beschreiben? Ich gebe zu, sie hat einen hübschen Körper.

Der Charme einer Frau, man weiß gar nicht, worin der eigentlich besteht.

Küsse.

Sehr herzlich.[1]

Ein gutes Neues Jahr.

Ja, damit Du wieder anfängst, Unsinn zu reden. Womit willst Du, daß ich mein Leben verbringe? Ich bin heute vierundzwanzig Jahre alt geworden. Ich bin halt eine solche Frau. In den Hauptverkehrszeiten fahre ich in der Métro 2. Klasse. Ich gehe nicht zur Messe. Ich stehe nicht gern früh auf. Für Näharbeiten habe ich nicht sehr viel übrig. Ich liebe Spiegel, Juwelen, Männer und das Theater. Um nichts in der Welt würde ich gewisse Wörter in den Mund nehmen.
Tanzen? Tanzen, das hängt ganz davon ab, mit wem.

Nun. Wir gehen zum Tee, zum Tee bei unseren Bekannten; wir treffen Damen und einige Herren. Wir bemerken die neuen Kleider, die alten. Unsere Augen formen sich

1 Auf einer Postkarte mit dem Schlachthof von La Villette.

nach den Spitzengeweben. Unser Geist denkt allmählich nur mehr durch die Stoffe der Mode. Wir sind schnell in der Lage, die Seele der Gegenstände zu erfassen, das, was ihren Erfolg ausmacht. Wir registrieren die gängigen Ideen. So ist es. Oh, wir sind stolze Apparate. Wir erfinden Tricks, um den kleinen epidemischen Launen der Männer zuvorzukommen.
An manchen Tagen jedoch ist das Leben einfach, alles ist so natürlich nüchtern. Dann verlangt Lieben nicht so viel Umstände. Was willst Du.

Ich habe zwölf Stunden geschlafen.

Ich kann nicht haben, daß man mich warten läßt. Nein, ich kann nicht haben, daß man mich warten läßt. Sofort schau' ich zur Tür, zum Fenster. Ich hebe den Vorhang des Fensters hoch. Ich bin außer mir. Die Tugend ist, wenn man eine Stunde auf seinen Mann oder auf seine Schneiderin gewartet hat, eine ziemlich zerbrechliche Sache. Wenn ich einmal die Geduld verloren habe, falle ich, glaube ich, dem erstbesten Draufgänger anheim.
Ja, das Warten entwickelt in mir eine gewisse Neigung zur Liebe.

Ein großartiges Automobil. Es würde Dir gefallen, ich bin sicher.

Nichts ärgert mich so sehr wie diese ewige Konvention, diese Lippenbekenntnisse, zu denen die Liebenden sich verpflichtet fühlen. Aber trotzdem. Manchmal ist es wirklich zu komisch, sich so voneinander zu trennen. Vor allem, wenn manche Männer, von denen man eher einen

gewissen Hochmut erwartete, plötzlich in eine unvorstellbare Schmeichelei verfallen: ihre Augen schließen sich, ihr Kopf fällt auf unsere Knie. Richtige Kinder. Dann endet das mit einem Handschlag vor einem Métroeingang, vor einem Haus mit zwei Türen, und man weiß nicht, wer, wie und warum.
Es bleibt von solchen Begegnungen nicht einmal ein Vorname, nicht einmal ein kleines geistiges Erinnerungsstück.

Bei manchen Leuten auf der Straße frage ich mich, was sie wohl tun.

Bloße Neugierde von mir.

Du hattest mir niemals von Deinen künstlerischen Neigungen erzählt.

Es gibt wirklich Hände!

Keine Begegnung, die voll befriedigend wäre. Ich verdeutliche, ich bin noch niemals jemandem begegnet, hinter dem sich ein einigermaßen allgemeines Geheimnis verborgen hätte. Ein Individuum macht mich leider immer nur auf einen Tick, eine Runzel, ein Detail neugierig. Das kann mich ziemlich berauschen, ich gebe es zu. Aber was soll das schließlich.

Eine ruhende, unbewegliche Hand. Plötzlich kommt Leben in sie, ohne daß sie sich rührt. Kraft, Zartheit, Anmut, Geschmeidigkeit, alle Lebewesen der Schöpfung schlafen in einer solchen Hand. Eine Hand kann auch schamhaft sein, wenn man sie betrachtet. Sie kann auch – von der Handfläche bis zu den Fingern – ganz subtil mit den Gebrauchsgegenständen sprechen. Es gibt Momente, in denen sie für meine Augen spricht mit ihrer genauen und langsamen Art, an alles zu rühren. Schluß. Mein Gott, wie leicht können mich doch Hände verführen.

Wir haben jetzt viel gesellschaftlichen Verkehr, René und ich. Am Monatsende gab es nichts als Abendessen, Theater, Bälle, Empfänge. René amüsiert mich bei all diesen Gelegenheiten: er ist ganz damit beschäftigt, jeden zufriedenzustellen, das nächste gemeinsame Ausgehen vorzubereiten, und dann diese Antworten, die mal passend und mal unpassend sind! Für mich ist das ziemlich bequem: ich brauche nur zu lächeln, mit meinem Fächer zu spielen, etwas aufdringlich zwei oder drei Männer zu fixieren und ein paar Frauen, die mir gefallen: Dekolletés und Hosen.

Wieder ein Abendessen mit Prominenz. All diese Berühmtheiten halten sich für unwiderstehlich. Mir wäre jedoch der erstbeste Gymnasiast lieber als der General Mangin, zum Beispiel. Es gibt Verrückte, die nicht so denken.

Die Legende eines Mannes? Der erstbeste Gymnasiast, sage ich Dir. Ich selbst bin die Legende, das Geheimnis und die Berauschung.
Nun. Ich hab' ihn gesehen, Deinen General Mangin, in einem dieser literarischen Salons, in denen es mir Spaß macht, die Leute verächtlich über Dich reden zu hören. Er ist häßlich, das wirst Du nicht bestreiten. Aber das wäre noch kein Hindernis. Ich habe versucht, mich auf ihn

scharf zu machen. Ich sagte mir: ein Mann, der so viel andere Männer umbringen ließ, diese Wildheit, diese Energie, diese Bosheit. Ah. Nichts, du verstehst mich, nichts. Man weiß zu sehr über ihn Bescheid. Die Geschichte tötet eines Tages die Legende. So *einer* wird niemals einen Unbekannten, an einer Straßenecke, aufwiegen. Er wirkte überhaupt nicht auf mich, der General Mangin.

Es ist komisch, aber im Theater begehre ich nicht die Schauspieler. Ihre Reden scheinen mir nicht für sie gedichtet zu sein. Es sind meine Nachbarn, die davon profitieren.

Ein Ball. Ich liebe vor allem die Atmosphäre, die der Tanz schafft. Die Augen der Männer, die inmitten der Paare nicht tanzen, sagen unzweideutig, was sie wollen. Oh, ich liebe Bälle. Ich habe ein sehr schönes Abendkleid.

Wenn ich Dir *La Couturière de Lunéville* erzählen sollte. Ich kann solche absurden Schauspiele ganz gut vertragen. Der Zuschauerraum gehört mir. Eine Haltung, ein Nichts, das reicht für einen Augenblick. Durch die Lorgnette betrachtet, läßt mich fast niemand kalt.

Die Malerei. Es gibt Verrückte, sagt man, die können alles nur mittels des Bildes empfinden. Wenn sie mit ihren Frauen zusammen sind, dann suchen sie in ihrer Bibliothek etwas, womit sie sich erregen können. Mich würde das aus dem Häuschen bringen.
Nein, ich gehe nicht in Ausstellungen. Eher in Museen: wenn ich dort ein Rendezvous habe.

Ich denke an Dich.

Abendeinladung bei W. M.

Es ist von einer Reise in den Süden die Rede. René, ich ahne es, hat dort irgend etwas vor, was er mir verbirgt. Oh, es ist keine Liebesaffäre, das wäre zu schön.

Nicht viel Neues. Ich fühle mich etwas müde.

Was bedeutet dieser Scherz, Jean? Es war doch alles zu Ende. Du hattest es mir geschworen. Es besteht keine Veranlassung, gar keine. Ich verbiete Dir, mit derartigen Dingen zu spielen, verstehst Du?

Madame, einem schriftlichen Wunsch meines Sohnes entsprechend, übersende ich Ihnen das Bündel Briefe, das in seiner letzten Minute neben ihm lag. Mein Sohn beauftragt mich außerdem, Ihnen zu sagen, daß er sich nicht Ihretwegen das Leben genommen hat. Glauben Sie, Madame, ich erfülle diesen Auftrag, ohne daraus irgendwelche Schlüsse zu ziehen.

Bibliothek Suhrkamp

Verzeichnis der letzten Nummern

311 Donald Barthelme, City Life
312 Günter Eich, Gesammelte Maulwürfe
313 James Joyce, Kritische Schriften
314 Oscar Wilde, Das Bildnis des Dorian Gray
315 Tschingis Aitmatov, Dshamilja
316 Ödön von Horváth, Kasimir und Karoline
317 Thomas Bernhard, Der Ignorant und der Wahnsinnige
318 Princesse Bibesco, Begegnungen mit Marcel Proust
321 Henry James, Die Tortur
322 Edward Bond, Lear
323 Ludwig Hohl, Vom Erreichbaren und vom Unerreichbaren
324 Alexander Solschenizyn, Matrjonas Hof
325 Jerzy Andrzejewski, Appellation
326 Pio Baroja, Shanti Andía, der Ruhelose
327 Samuel Beckett, Mercier und Camier
328 Mircea Eliade, Auf der Mântuleasa-Straße
329 Hermann Hesse, Kurgast
330 Peter Szondi, Celan-Studien
331 Hans Erich Nossack, Spätestens im November
332 Wenjamin Alexandrowitsch Kawerin, Das Ende einer Bande
333 Gershom Scholem, Judaica 3
335 Bertolt Brecht, Svendborger Gedichte
336 Francis Ponge, Im Namen der Dinge
337 Bernard Shaw, Wagner-Brevier
338 James Joyce, Stephen der Held
339 Zbigniew Herbert, Im Vaterland der Mythen
341 Nathalie Sarraute, Tropismen
342 Hermann Hesse, Stufen
343 Rainer Maria Rilke, Malte Laurids Brigge
344 Hermann Hesse, Glück
345 Peter Huchel, Gedichte
346 Adolf Portman, Vom Lebendigen
348 Knut Hamsun, Mysterien
350 James Joyce, Ein Porträt des Künstlers
351 Franz Kafka, Die Verwandlung
352 Hans-Georg Gadamer, Wer bin Ich und wer bist Du?
353 Hermann Hesse, Eigensinn
354 Wladimir Majakowskij, Ich
356 Werner Kraft, Spiegelung der Jugend
357 Edouard Roditi, Dialog über Kunst
358 Miguel Angel Asturias, Legenden aus Guatemala
359 Bernard Shaw, Der Kaiser von Amerika

417 Wolfgang Hildesheimer, Hauskauf
418 James Joyce, Dubliner
419 Carl Einstein, Bebuquin
420 Georg Trakl, Gedichte
421 Günter Eich, Katharina
422 Alejo Carpentier, Das Reich von dieser Welt
423 Albert Camus, Jonas
424 Jesse Thoor, Gedichte
425 T. S. Eliot, Das wüste Land
426 Carlo Emilio Gadda, Die Erkenntnis des Schmerzes
427 Michel Leiris, Mannesalter
428 Hermann Lenz, Der Kutscher
429 Mircea Eliade, Das Mädchen Maitreyi
430 Ramón del Valle-Inclán, Tyrann Banderas
431 Raymond Queneau, Zazie in der Metro
432 Rainer Maria Rilke, Briefe zur Politik
433 William Butler Yeats, Die geheime Rose
434 Juan Rulfo, Pedro Páramo
435 André Breton, L'Amour fou
436 Marie Luise Kaschnitz, Gedichte
437 Jerzy Szaniawski, Der weiße Rabe
438 Ludwig Hohl, Nuancen und Details
439 Mario Vargas Llosa, Die kleinen Hunde
440 Thomas Bernhard, Der Präsident
441 Hermann Hesse – Thomas Mann, Briefwechsel
442 Hugo Ball, Flametti
443 Adolfo Bioy Casares, Morels Erfindung
444 Hermann Hesse, Wanderung
445 Ödön von Horváth, Don Juan
446 Flann O'Brien, Der dritte Polizist
447 Giuseppe Tomasi di Lampedusa, Der Leopard
448 Robert Musil, Törleß
449 Elias Canetti, Der Überlebende
450 Robert Walser, Geschwister Tanner
451 Alfred Döblin, Berlin Alexanderplatz
452 Gertrude Stein, Paris Frankreich
453 Johannes R. Becher, Gedichte
454 Federico García Lorca, Bluthochzeit/Yerma
455 Ilja Ehrenburg, Julio Jurenito
456 Boris Pasternak, Kontra-Oktave
457 Juan Carlos Onetti, Die Werft
458 Anna Seghers, Die schönsten Sagen vom Räuber Woynok
459 Harry Levin, James Joyce
464 Franz Kafka, Der Heizer
465 Wolfgang Hildesheimer, Masante
466 Evelyn Waugh, Wiedersehen mit Brideshead
467 Gershom Scholem, Walter Benjamin

468 Rainer Maria Rilke, Duineser Elegien
469 Hugo von Hofmannsthal/Rainer Maria Rilke, Briefwechsel
470 Alain, Die Pflicht glücklich zu sein
471 Wolfgang Schadewaldt, Der Gott von Delphi
472 Hermann Hesse, Legenden
473 H. C. Artmann, Gedichte
474 Paul Valéry, Zur Theorie der Dichtkunst
476 Erhart Kästner, Aufstand der Dinge
477 Stanisław Lem, Der futurologische Kongreß
478 Theodor Haecker, Tag- und Nachtbücher
479 Peter Szondi, Satz und Gegensatz
480 Tania Blixen, Babettes Gastmahl
481 Friedo Lampe, Septembergewitter
482 Heinrich Zimmer, Kunstform und Yoga
483 Hermann Hesse, Musik
486 Marie Luise Kaschnitz, Orte
487 Hans-Georg Gadamer, Vernunft im Zeitalter der Wissenschaft
488 Yukio Mishima, Nach dem Bankett
489 Thomas Bernhard, Amras
490 Robert Walser, Der Gehülfe
491 Patricia Highsmith, Als die Flotte im Hafen lag
492 Julien Green, Der Geisterseher
493 Stefan Zweig, Die Monotonisierung der Welt
494 Samuel Beckett, That Time/Damals
495 Thomas Bernhard, Die Berühmten
496 Günter Eich, Marionettenspiele
497 August Strindberg, Am offenen Meer
498 Joseph Roth, Die Legende vom heiligen Trinker
499 Hermann Lenz, Dame und Scharfrichter
500 Wolfgang Koeppen, Jugend
501 Andrej Belyj, Petersburg
503 Cortázar, Geschichten der Cronopien und Famen
504 Juan Rulfo, Der Llano in Flammen
505 Carlos Fuentes, Zwei Novellen
506 Augusto Roa Bastos, Menschensohn
508 Alejo Carpentier, Barockkonzert
509 Elisabeth Borchers, Gedichte
510 Jurek Becker, Jakob der Lügner
512 James Joyce, Die Toten/The Dead
513 August Strindberg, Fräulein Julie
514 Sigmund Freud, Eine Kindheitserinnerung des Leonardo da Vinci
515 Robert Walser, Jakob von Gunten
517 Luigi Pirandello, Mattia Pascal
519 Rainer Maria Rilke, Gedichte an die Nacht
520 Else Lasker-Schüler, Mein Herz
521 Marcel Schwob, 22 Lebensläufe
522 Mircea Eliade, Die Pelerine

523 Hans Erich Nossack, Der Untergang
524 Jerzy Andrzejewski, Jetzt kommt über dich das Ende
525 Günter Eich, Aus dem Chinesischen
526 Gustaf Gründgens, Wirklichkeit des Theaters
527 Martin Walser, Ehen in Philippsburg
528 René Schickele, Die Flaschenpost
529 Flann O'Brien, Das Barmen
533 Wolfgang Hildesheimer, Biosphärenklänge
534 Ingeborg Bachmann, Malina
535 Ludwig Wittgenstein, Vermischte Bemerkungen
536 Zbigniew Herbert, Ein Barbar in einem Garten
537 Rainer Maria Rilke, Ewald Tragy
538 Robert Walser, Die Rose
539 Malcolm Lowry, Die letzte Adresse
540 Boris Vian, Die Gischt der Tage
541 Hermann Hesse, Josef Knechts Lebensläufe
542 Hermann Hesse, Magie des Buches
543 Hermann Lenz, Spiegelhütte
544 Federico García Lorca, Gedichte
545 Ricarda Huch, Der letzte Sommer
546 Wilhelm Lehmann, Gedichte
547 Walter Benjamin, Deutsche Menschen
548 Bohumil Hrabal, Tanzstunden für Erwachsene und Fortgeschrittene
549 Nelly Sachs, Gedichte
550 Ernst Penzoldt, Kleiner Erdenwurm
551 Octavio Paz, Gedichte
552 Luigi Pirandello, Einer, Keiner, Hunderttausend
553 Strindberg, Traumspiel
554 Carl Seelig, Wanderungen mit Robert Walser
555 Gershom Scholem, Von Berlin nach Jerusalem
556 Thomas Bernhard, Immanuel Kant
557 Ludwig Hohl, Varia
559 Raymond Roussel, Locus Solus
560 Jean Gebser, Rilke und Spanien
561 Stanisław Lem, Die Maske · Herr F.
562 Raymond Chandler, Straßenbekanntschaft Noon Street
563 Konstantin Paustowskij, Erzählungen vom Leben
564 Rudolf Kassner, Zahl und Gesicht
565 Hugo von Hofmannsthal, Das Salzburger große Welttheater
567 Siegfried Kracauer, Georg
568 Valery Larbaud, Glückliche Liebende . . .
570 Graciliano Ramos, Angst
571 Karl Kraus, Über die Sprache
572 Rudolf Alexander Schröder, Ausgewählte Gedichte
573 Hans Carossa, Rumänisches Tagebuch
574 Marcel Proust, Combray

575 Theodor W. Adorno, Berg
576 Vladislav Vančura, Der Bäcker Jan Marhoul
577 Mircea Eliade, Die drei Grazien
578 Georg Kaiser, Villa Aurea
579 Gertrude Stein, Dinge Essen Räume
580 Elias Canetti, Aufzeichnungen
581 Max Frisch, Montauk
582 Samuel Beckett, Um abermals zu enden
583 Mao Tse-tung, 39 Gedichte
584 Ernst Kreuder, Die Gesellschaft vom Dachboden
585 Peter Weiss, Der Schatten des Körpers des Kutschers
586 Herman Bang, Das weiße Haus
587 Herman Bang, Das graue Haus
588 Hermann Broch, Menschenrecht und Demokratie
589 D. H. Lawrence, Auferstehungsgeschichte
590 O'Brien, Zwei Vögel beim Schwimmen
591 André Gide, Die Rückkehr des verlorenen Sohnes
592 Jean Gebser, Lorca oder das Reich der Mütter
593 Robert Walser, Der Spaziergang
594 Natalia Ginzburg, Caro Michele
595 Raquel de Queiroz, Das Jahr 15
596 Hans Carossa, Ausgewählte Gedichte
599 Hans Mayer, Doktor Faust und Don Juan
600 Thomas Bernhard, Ja
601 Marcel Proust, Der Gleichgültige
602 Hans Magnus Enzensberger, Mausoleum
603 Stanisław Lem, Golem XIV
604 Max Frisch, Der Traum des Apothekers von Locarno
605 Ludwig Hohl, Vom Arbeiten · Bild
606 Herman Bang, Exzentrische Existenzen
607 Guillaume Apollinaire, Bestiarium
608 Hermann Hesse, Klingsors letzter Sommer
609 René Schickele, Die Witwe Bosca
610 Machado de Assis, Der Irrenarzt
611 Wladimir Trendrjakow, Die Nacht nach der Entlassung
612 Peter Handke, Die Angst des Tormanns beim Elfmeter
614 Bernhard Guttmann, Das alte Ohr
616 Ludwig Wittgenstein, Bemerkungen über die Farben
617 Paul Nizon, Stolz
618 Alexander Lernet-Holenia, Die Auferstehung des Maltravers
619 Jean Tardieu, Mein imaginäres Museum
620 Arno Holz/Johannes Schlaf, Papa Hamlet
621 Hans Erich Nossack, Vier Etüden
622 Reinhold Schneider, Las Casas vor Karl V.
624 Ludwig Hohl, Bergfahrt
628 Donald Barthelme, Komm wieder Dr. Caligari
646 Thomas Bernhard, Der Weltverbesserer

Bibliothek Suhrkamp

Alphabetisches Verzeichnis

12.80 4/79